DIE AUTORIN

Lauren DeStefano wurde in New Haven, Connecticut geboren und war ihr ganzes Leben lang an der Ostküste zu Hause. Sie absolvierte ihren Bachelor-Abschluss am Albertus Magnus College im Fach Kreatives Schreiben. Ihre *Chemical-Garden*-Trilogie wurde zum New-York-Times-Bestseller.

Mehr über die Autorin unter
www.laurendestefano.com

Von der Autorin ist ebenfalls bei cbt erschienen:

Fallende Stadt (31199, Band 1)
Flammendes Land (31202, Band 2)

*Mehr zu cbj/cbt auch auf Instagram unter
@hey_reader*

Lauren DeStefano

Zerbrochene Krone

Aus dem Englischen
von Andreas Decker

Sollte diese Publikation Links auf Webseiten Dritter enthalten, so übernehmen wir für deren Inhalte keine Haftung, da wir uns diese nicht zu eigen machen, sondern lediglich auf deren Stand zum Zeitpunkt der Erstveröffentlichung verweisen.

Dieses Buch ist auch als E-Book erhältlich.

Verlagsgruppe Random House FSC® N001967

1. Auflage
Deutsche Erstausgabe Juni 2018
© 2016 by Lauren DeStefano
Die amerikanische Originalausgabe erschien 2016
unter dem Titel »Broken Crowns«
bei Simon & Schuster, New York.
© 2018 für die deutschsprachige Ausgabe
cbj Kinder- und Jugendbuchverlag in der
Verlagsgruppe Random House GmbH,
Neumarkter Straße 28, 81673 München
Aus dem Englischen von Andreas Decker
Lektorat: Catherine Beck
Umschlaggestaltung: semper smile, München
Umschlagmotiv: © Shutterstock
(Sergey kamenskykh, RedGreen, VicW, MrVander)
he · Herstellung: eR
Satz: Buch-Werkstatt GmbH, Bad Aibling
Druck und Bindung: GGP Media GmbH, Pößneck
ISBN: 978-3-570-31204-9
Printed in Germany

www.cbj-verlag.de

Wir werden niemals vom Erforschen lassen,
Und wenn wir alles erforscht haben,
Werden wir wieder am Anfang angekommen sein
Und diesen Ort zum ersten Mal richtig begreifen.
T. S. Elliot

1

Die Stadt fällt vom Himmel!« Das waren Professor Leanders letzte Worte. Die Medizin des Bodens konnte einen alten Mann nicht von der Sonnenkrankheit heilen. Davon abgesehen lehnte er die meisten Behandlungen ohnehin ab. Er hatte bereits erreicht, was niemand anderem gelungen war. Er hatte uns zum Boden gebracht. Wie er mir verriet, war er gespannt, ob seine Seele im Großen Zufluss oder in dem Leben nach dem Tode enden würde, an das man am Boden glaubte. Oder ob es überhaupt etwas geben würde.

Amy war bei ihm, als er starb, und ihr zufolge schlief er ganz friedlich ein. Ein passender Tod.

Im selben Krankenhaus öffnete Gertrude Piper ein Korridorlabyrinth weiter nach einem Monat des Schlafens die Augen. Als hätten die beiden Götter einen gerechten Handel abgeschlossen – das Leben eines Mannes aus dem Himmel für das Leben eines Mädchens vom Boden.

Wir hatten alle mit Birdie Pipers Tod gerechnet. Nach meiner Landung in Havalais am Anfang des Winters war sie in ihrer seltsamen Welt das lebendigste Wesen. Ohne

Vorbehalte bot sie mir und Pen ihre Freundschaft an; sie schleuste uns durch unser Schlafzimmerfenster und zeigte uns die Wunder von Havalais. Die Meerjungfrauen im Meer. Die glitzernden Lichter, die nachts aufs Wasser fielen. Die sich drehenden Metalltassen im Vergnügungspark ihrer Familie.

Und dann überfiel uns plötzlich beim Frühlingsfest der Kalte Krieg zwischen Havalais und dem benachbarten Königreich Dastor. Ich musste zusehen, wie Birdie von einer Explosion verschlungen wurde. Wie ihr blutiger, zerbrochener und verbrannter Körper von irgendeiner Maschine aus Kupfer am Leben erhalten wurde. Sie war noch schlimmer dran als mein Bruder, als er dem Rand zu nahe gekommen war.

Aber nichts ist sicher, nicht einmal der Tod, wenn er über einem Mädchen lauert. Nicht in meiner Welt und auch nicht in dieser. Birdie erholte sich langsam. Im Frieden ihres Deliriums gefangen, brauchte sie einen Monat, um die Augen zu öffnen, und noch länger, um wieder zu sprechen.

Sie erzählte uns von einem Geist, der sie spät nachts in ihrem Zimmer besuchte, um ihr etwas vorzusingen und sich um die Blumen auf dem Tisch am Fenster zu kümmern.

Nachdem sie wieder eingeschlafen war, beugte sich Nim auf seinem Stuhl nach vorn und massierte sich gequält die Schläfen. »Das war kein Geist«, sagte er. »Unsere Mutter war hier.«

Mrs Piper war ein paar Jahre zuvor aufgebrochen, um die Welt zu sehen. Der Wahnsinn, der auf Internment so viele zum Rand führt, sucht auch die Menschen des Bodens heim. Anscheinend ist für niemanden ein Ort genug.

Jetzt ist August und Birdie spricht nicht mehr von ihrem Geist. Stattdessen ist sie mit dem Rest von uns auf festen Boden zurückgekehrt. Sie fragt ihren Bruder nach dem Krieg aus. Sie will das Grab ihres Bruders Riles besuchen. Sie wird wieder gesund und ist bereit, sich den schrecklichen Dingen zu stellen, die das Wachsein oft mit sich bringt. Sie suhlt sich nicht in ihrer Verzweiflung, so wie es sie auch nicht stört, dass ihr schönes Gesicht für immer vernarbt ist.

Pen ist anders. Dieser Tage scheint sie sich nichts stellen zu können. Monate sind vergangen, seit König Ingram nach Internment aufgebrochen ist und Prinzessin Celeste mitgenommen hat, und in dieser Zeit ist Pen immer häufiger für entrückte Augenblicke anfällig. Jack Pipers Wächter haben den Besitz umzingelt; nur selten dürfen wir ihn ohne Eskorte verlassen. Nicht bis König Ingram mit Befehlen für uns zurückkehrt. Aber jede Woche gibt Pen Nimble eine neue Buchliste, die sie gern aus der Bibliothek hätte. Physik. Infinitesimalrechnung. Philosophie. Sie ertrinkt förmlich in Seiten über Dinge, die sie mit keinem von uns teilt. Und das auch nur, wenn sie nicht irgendwo unterwegs ist, wo sie keiner von uns finden kann. Selbst in dem begrenzten Gebiet, das uns zur Verfügung steht.

Die Sonne geht bald unter und nach fast einer Stunde

Suche finde ich sie im Themenpark. Normalerweise wäre er laut den Pipers im August voller Menschen, wäre da nicht die Abwesenheit des Königs und der Krieg. Nun ist er geschlossen. Aber Pen und ich schleichen uns manchmal rein.

»Pen?« Ich setze den Fuß auf eine der Querstangen, um über den Gitterzaun zu klettern.

Sie steht hoch oben auf der Plattform mit den Internment zugewandten Teleskopen und dreht sich zu mir um.

»Was tust du?«, will ich wissen.

Sie zuckt mit den Schultern. Dann drückt sie ein Stück Papier gegen das Teleskop, notiert etwas und steckt den Zettel in die Kleidtasche. »Nichts. Steig nicht drüber. Ich wollte gerade gehen.«

Sie läuft die Wendeltreppe runter. Die Stufen hallen unter den hohen Lederabsätzen, die sie größer machen als mich. Zu Hause dürfte ein Mädchen unseres Alters so etwas nicht tragen.

Sie tritt an den Zaun, umklammert die Gitterstäbe und beugt sich vor, bis sich unsere Köpfe beinahe berühren.

»Was machst du hier?«, fragt sie.

»Nach dir suchen. Du bist nicht zum Essen gekommen.«

»Wer kann schon essen?« Sie reicht mir ihre Schuhe und klettert über den Zaun. »Das Essen hier ist widerlich. Jeden Abend ein anderes Tier. Ich würde eher Gras kauen.« Sie landet schwer auf den Füßen und richtet ihren Rock. Ihre Schuhe nimmt sie zurück, macht sich aber nicht die Mühe, sie wieder anzuziehen.

Ich schnuppere nach dem Geruch von Tonikum in ihrem Atem und hasse mich dafür, aber es muss sein. Sie findet stets Möglichkeiten, irgendwo einen Schluck zu stehlen. Wir haben die unausgesprochene Übereinkunft getroffen, dass ich alles wegschütte, was sie zu verstecken versucht. Und keiner wird es je erwähnen.

Aber ich vermag nicht zu sagen, ob sie was getrunken hat. Als sie mich ansieht, wirkt ihr Blick völlig klar. »Hat Thomas versucht, mich zu finden?«

»Versucht er das nicht immer?«

Sie zieht an meiner Hand. »Ich will noch nicht reingehen. Lass uns zum Wasser gehen. Vielleicht sind ja Meerjungfrauen zu sehen.«

So wie es Birdie erzählt, kommen die Meerjungfrauen niemals so nah ans Ufer. Sie ziehen es vor, dort zu bleiben, wo das Wasser tief ist und man sie nicht so leicht fangen kann oder sie sich mit ihren Haaren in irgendwelchen Angelschnüren verfangen. Aber ich habe nichts dagegen, so zu tun, als hätte ich eine von ihnen entdeckt. Ich versuche mit Pen Schritt zu halten, während sie läuft.

Mit der anderen Hand halte ich den Hut auf meinem Kopf fest. Aber schließlich lasse ich ihn los, und er fliegt davon. Anscheinend muss ich immer etwas Kleines zurücklassen, wenn ich mit Pen zusammen bin.

Wir sind in einem grünen Tal, in dem sich helle Blumen schüchtern ihren Weg nach oben bahnen. Im Wind sehe ich gepunktete Reihen. Ich sehe die Karten, die meine beste Freundin bei jeder Bewegung und jedem Gedanken zeichnet.

»Vielleicht trägt uns der Wind in den Himmel, wenn wir die Arme ausstrecken«, sagt sie, und ich bin überzeugt, dass sie es für möglich hält.

Schließlich bleiben wir irgendwo an der Meeresküste stehen, um wieder zu Atem zu kommen. Pen stützt sich mit den Ellbogen auf meiner Schulter ab und lacht über mein Keuchen. Ich war ihr noch nie gewachsen.

Ihr Gelächter kann ich kaum hören, so laut ist der Wind.

Sie lässt sich ins Gras fallen und zieht mich zu sich runter. Sobald ich wieder Luft bekomme, stemmt sie sich auf die Ellbogen und sieht mich an. »Was ist? Warum dieser besorgte Blick?«

»Der Wind gefällt mir nicht.« Ich spreche laut, um sein Tosen zu übertönen. »Er fühlt sich nicht richtig an.« Auf Internment ist diese Jahreszeit so lieblich. Zu Hause ist es bestimmt wunderschön, sämtliche Wege werden von hellen Blumen gesäumt.

»Der größte Teil dieser Brise kommt vom Meer«, sagt Pen. »Das ist alles.«

»Ich weiß.«

»Morgan, wir sind nicht auf Internment. Es kann nicht gleich sein. Wir sind seit Monaten hier. Wir haben den ganzen Schnee überlebt; das ist nur etwas Wind.«

»Ich weiß.« Die Angst, sie könnte von diesem wirbelnden Wind verschluckt werden, behalte ich für mich. Diese Welt hat schon mal versucht, sie zu töten, und Pen ist furchtlos und dumm genug, sie es erneut versuchen zu lassen.

Weit über uns fliegt ein Vogelschwarm in strenger

Formation. Pen streckt die Arme über den Kopf und macht mit den Fingern einen Rahmen. Ich lege den Kopf neben sie und versuche aus ihrer Perspektive durch den Rahmen zu blicken.

»Einmal angenommen, Internment würde vom Himmel fallen«, sagt sie, nachdem die Vögel verschwunden sind.

»Was?«

»Einmal angenommen, es könnte nicht länger schweben und würde schnell nach unten stürzen. Meiner Meinung nach würde es eine Kurve in einem bestimmten Winkel beschreiben, statt einfach gerade runterzufallen. Ich habe mir angesehen, wie Vögel am Boden landen, und meistens geschieht das in einem Winkel von ungefähr sechzig Grad.«

»Darüber habe ich noch nie nachgedacht.«

Sie dreht den Kopf, um mich anzusehen. »Du hast dir noch nie vorgestellt, wie Internment vom Himmel stürzt?«

»Doch, schon.« Ich starre zum sich grau verfärbenden Himmel hinauf, wo sich pinkfarbene und goldene Schatten noch immer an die spärlich gesäten Wolken klammern. »Aber mehr als Albtraum und nicht als etwas, das wirklich passieren wird. Ich grüble nicht über die Wahrscheinlichkeit nach oder versuche mir vorzustellen, wie das wohl aussieht.«

Pen starrt wieder nach oben.

»Ich glaube, es würde auf König Ingrams Schloss fallen«, sagt sie. »Bestimmt würde es ihn und alle seine Männer töten. Aber der Aufschlag würde auch Internment zerstören. Die Fundamente aller Gebäude würden sich verschieben. Vermutlich würden sie einstürzen.«

»Internment wird nicht vom Himmel fallen.« Ich sage es sanft, aber entschieden. Auch Amy hat sich gefragt, ob Internment abstürzt. Als Kind habe ich das auch getan. Aber Pen ist da anders. Für sie werden solche Ideen real. Sie vergisst, was sich vor ihr befindet, und sieht nur noch das, was in ihren Gedanken herumspukt. Und auf diese Weise verliert sie sich.

Irgendwo über uns ertönt ein mechanisches Grollen und stört den friedlichen grauen Himmel. Ich zucke zusammen. Nicht mal das größte Tier auf Internment könnte so einen Laut hervorbringen. Er stammt vom Jet des Königs, der seine monatliche Rohstoffausbeute von Internment zum Boden bringt.

Zu Beginn eines jeden Monats kehrt der Jet des Königs nach Havalais zurück, um noch mehr Phosan zu liefern, das man aus Internments Boden gegraben hat. In Havalais wurde eine Raffinerie gebaut, die das Mineral in Treibstoff verwandelt. Wenn ich morgens vor die Tür trete, sehe ich die schwarzen Rauchwolken aufsteigen. Manchmal rieche ich sie sogar – der Geruch ähnelt Kompost und Metall.

Aber nach sechs Monaten ist König Ingram noch nicht mit seinen Männern zurückgekehrt und nach dem Entladen fliegt der Jet zurück zur schwebenden Insel. Es ist ein Wunder, dass dort oben überhaupt noch was von der Stadt übrig ist.

Das mit dem König im Krieg befindliche Königreich Dastor hat das Kommen und Gehen des Jets verfolgt. Nimble zufolge hat sich der Krieg zur Heimatfront verlagert. Man rekrutiert Jungen für den Kampf, die sogar noch jünger sind als er. Falls Dastor Internment und seine Energiequelle in die Finger bekommen will, muss es erst Havalais erobern.

»Dazu wird es nicht kommen«, hat er uns gesagt. »Havalais ist größer und fortschrittlicher.«

Ich bin mir da nicht so sicher. In den engen Grenzen dieser behüteten Welt, in der Jack Piper seine Kinder großzieht, bekomme ich vom Krieg nichts mit, aber bei Windstille glaube ich, manchmal Schüsse hören zu können.

Pen nimmt meine Hand, und ich merke, dass ich die Luft angehalten habe. Sie versucht mich zu beruhigen. Ihr ist nicht entgangen, wie ich mich nachts in meinem Bett herumwälze, weil ich mich sorge, welche Neuigkeiten dieser König bei seiner Rückkehr von Internment mitbringen wird. Aber in diesem Moment sorge ich mich nicht. Ich fühle gar nichts, nicht mal das Entsetzen, das König Ingram für gewöhnlich in mir auslöst.

»Wir sollten zurück und es den anderen erzählen«, sage ich.

Pen kaut auf ihrer Lippe herum. Sie setzt sich auf, hat das Gesicht aber noch immer dem Himmel zugewandt. »Vermutlich nur eine weitere Lieferung«, sagt sie, womit sie mutmaßlich recht hat. Dieser Jet ist mittlerweile fünfmal zurückgekehrt und wir haben stumm fünfmal auf die Nachricht von der Rückkehr des Königs gewartet. Sie ist nie gekommen.

Ich ziehe Pen auf die Füße und wir gehen zurück zum

Hotel. Dabei blicken wir beide über die Schulter und verfolgen, wie sich der Jet auf seiner schrägen Bahn bewegt. Wie ein Vogel. Wie eine Stadt, die vom Himmel fällt.

• • •

Augenblicke vor unserem Eintreffen an der Eingangstreppe kommen auch Basil und Thomas. Damals auf Internment hat sie nur Pens und meine Freundschaft verbunden, aber seit unserer Landung haben sie so etwas wie eine unabhängige Freundschaft geschmiedet. Vielleicht, weil sie zu Hause sonst nichts gemeinsam haben.

Sie dürften nicht weit weg gewesen sein. Jack Piper hat uns verboten, den Besitz zu verlassen. Zu unserer eigenen Sicherheit. Der König hat befohlen, uns von allen fernzuhalten, die möglicherweise finstere Absichten gegen uns hegen, wenn sie erfahren, dass wir von der magischen schwebenden Insel über dieser Welt kommen. Aber die Menschen von Havalais haben mehr Grund, ihrem König zu misstrauen, als uns etwas anzutun.

Ehrlich gesagt stören mich die Einschränkungen kaum. Durch sie fühle ich mich sicher. Sie erinnern mich an die Bahngleise, die mich zu Hause umgaben.

Bei anderen Gelegenheiten kommt meine Wanderlust für einen Besuch heraus, und ich frage mich, wann das alles endlich vorbei sein wird.

»Wir sind vom Vergnügungspark zurückgekehrt, als wir den Jet entdeckt haben«, sagt Thomas. »Habt ihr ihn gesehen?«

»Ja«, sage ich.

Als König Ingram Zugang zu Internment brauchte, wurde Prinzessin Celeste zur Schachfigur. König Furlow oben in seinem Himmel hat nur zwei Schwächen: seine beiden Kinder. Für Celestes sichere Rückkehr hätte er König Ingram jede Forderung erfüllt.

Ich habe mich stumm um sie gesorgt. Erwähne ich auch nur ihren Namen, gerät Pen in Wut. Aber ich hoffe, es geht ihr gut, und ihr Urteilsvermögen hat sich gebessert.

Basil steht in der Nähe. Er lässt mich nicht aus den Augen und verursacht immer noch Schmetterlingsgefühle in meinem Bauch, ob er sich dessen bewusst ist oder nicht.

Wieder streicht eine Bö über uns hinweg und selbst die furchtlose Pen verschränkt die Arme vor dem Körper und fröstelt.

Thomas sieht sie stirnrunzelnd an. »Ich habe überall nach dir gesucht.«

»Überall wohl nicht, sonst hättest du mich ja gefunden«, antwortet sie.

Er steht einen Schritt von ihr entfernt und ich kann die Sorge in seinem Blick sehen. Er versucht herauszufinden, ob ihr Atem nach Tonikum riecht. Als es ihm nicht gelingt, sieht er mich an, und ich schüttle kaum merklich den Kopf, als Pen gerade nicht hinsieht. Sie ist nüchtern.

Der Jet grollt nicht länger am Himmel. Vermutlich ist er gelandet.

»Komm schon«, sage ich zu Pen und halte ihr die Tür auf. »Lass uns nachsehen, ob wir in der Küche etwas für dich zu essen finden.«

Sie folgt mir ins Haus, vorbei an den Piperkindern, die im Wohnzimmer Krieg spielen. Annie ist eine Soldatin, der eine Explosion die Beine weggerissen hat, und Marjorie ist eine Krankenschwester, die die Verletzung abbindet. Dieses Spiel habe ich sie mindestens ein Dutzend Mal spielen sehen, und niemand kann wissen, ob Annie ihre Verletzungen überlebt. Beim letzten Mal wurde ihr imaginäres Lazarettzelt von einer Bombe getroffen und alle Krankenschwestern und Soldaten getötet.

Ich hasse dieses Spiel, aber vermutlich fühlen sie sich dann ihrem toten Bruder Riles näher.

Oben an der Treppe sieht Amy ihnen zwischen den Geländersprossen zu; sie ist noch nicht bereit, sich mit anderen Menschen abzugeben. Seit dem Tod ihres Großvaters ist sie sehr still gewesen, und sie hat ein weiteres Stoffstück zu dem an ihrem Handgelenk hinzugefügt, das ihre Schwester symbolisieren soll.

»Sagen wir, ich habe auch einen Arm verloren«, sagt Annie.

»Welchen denn?«, fragt Marjorie.

»Den linken.«

»Wollt ihr Mädchen mir im Garten helfen?«, ruft Alice oben von der Treppe. Sie erträgt ihr Spiel ebenfalls nicht.

Annie setzt sich auf ihrem Totenlager vor dem Kamin auf. »Warum kümmerst du dich um den Garten? Wir haben einen Gärtner.«

»Vermutlich macht es mich einfach glücklich«, sagt Alice. Sie tritt von der letzten Stufe und streckt den

Mädchen die Hände entgegen und sie vergessen ihr Spiel und folgen ihr fröhlich nach draußen.

In der Küche sitzen Pen und ich an dem kleinen Tisch, der für das Personal reserviert ist. Pen beißt in eine Möhre aus dem Kühlkasten.

»Ich wünschte, du würdest aufhören, so besorgt auszusehen«, sagt Pen.

»Vermutlich kann ich mich nicht so kühl geben wie du.«

Sie starrt mich lange an, dann sagt sie: »Du bist nicht die Einzige, die Albträume über die Geschehnisse zu Hause hat. Nur weil ich nicht darüber rede, heißt das noch lange nicht, dass es mir egal ist.«

»Ich weiß, dass du dich deswegen sorgst. Das ist ja so frustrierend. Seit Monaten reden wir kaum miteinander.«

»Was erzählst du da? Wieso reden wir kaum miteinander? Wir teilen uns ein Zimmer. Wir sprechen jeden Tag miteinander. Wir unterhalten uns gerade in diesem Augenblick.«

»Du weißt, was ich meine.«

Sie beißt in die Möhre; ich könnte schwören, dass das Krachen ein Kommentar sein soll. »Du wirst mir verzeihen, wenn ich dir im Moment nicht blindlings vertraue, was meine Geheimnisse angeht.«

Ich weiß genau, was sie meint. Das ist eine Quelle des Streits, die in den vergangenen Monaten nie völlig versiegt ist. Sie hat entdeckt, dass Internments Erde die Energiequelle enthält, die König Ingram für sein Königreich begehrt. Dieses Geheimnis hat sie mir anvertraut. Aber nachdem sie beinahe ertrunken wäre, habe ich der Prinzessin alles erzählt, in der Hoffnung, man könnte zwischen Internment und Havalais eine Allianz schmieden, die uns allen die Chance auf eine Heimkehr ermöglicht.

Stattdessen hat Ingram die Prinzessin als Geisel genommen und sich nach Gutdünken bei Internments Erde bedient.

Ich habe nicht die geringste Ahnung, welches Ausmaß die Geschehnisse bereits angenommen haben und was noch auf uns zukommen wird – trotzdem würde ich nichts von dem ungeschehen machen, was ich getan habe. Ich hege noch immer die Hoffnung, Pen wieder mit ihrer Familie vereinen und in die Stadt zurückbringen zu können, die sie so sehr liebt, dass sie ohne sie innerlich zerbricht.

Also sage ich nichts, und Pen entgeht nicht, wie sehr sie mich verletzt hat. »Birdie hat ihre letzte Operation hinter sich gebracht, hat Nimble erzählt, und sie kommt bald wieder nach Hause«, sagt sie, um das Thema zu wechseln. »Sie ist immer noch auf ihren Rollstuhl angewiesen, aber wie ich sie kenne, bestimmt nicht mehr lange.«

Ich schiebe den Stuhl vom Tisch zurück. »Ich mache Lex einen Tee.«

»Ach, Morgan, sei nicht böse. Ich habe es nicht so gemeint. Dieser verfluchte Jet hat mich nur nervös gemacht.«

»Ich weiß«, sage ich leise.

Hoffentlich ist der König dieses Mal zurückgekehrt und hat die Prinzessin gesund und unversehrt mitgebracht.

Welche Neuigkeiten die beiden auch immer haben, sie werden sicherlich besser sein als diese ständige Furcht und Ungewissheit.

• • •

Als ich die letzte Stufe hinaufsteige, weiß ich nicht, welche Laune Lex haben wird, denn in letzter Zeit war er besonders mürrisch. Ihm geht langsam das Papier für seine Transkriptionsmaschine aus, und bald wird er seine Tage nicht mehr damit verbringen können, sich in seinen Fantasiewelten zu verstecken.

Ich klopfe an.

»Alice?«

»Nein, ich bin es.« Zu Hause hat er immer gewusst, wenn ich mich ihm näherte, aber etwas an diesem Haus und seinen Geräuschen desorientiert ihn. »Ich habe Tee gebracht.«

»Oh.« Es klingt nicht gerade begeistert. »Komm rein.«

Er sitzt in der Nähe des geöffneten Fensters in einem Sessel und die Sorge in seiner Miene ist das genaue Spiegelbild meiner Befürchtungen. Er hat nicht viel für den Wind übrig; vielleicht erinnert er ihn zu sehr an den Rand. »An das Wetter hier unten muss man sich erst mal gewöhnen«, sage ich, drücke ihm die Teetasse in die Hand und lasse nicht los, bis ich sicher bin, dass er sie auch wirklich hat.

»Ich habe ein schlechtes Gefühl«, sagt er.

»Ich auch.«

Wie ich da vor ihm stehe, zögere ich und kann mich nicht entscheiden, ob ich ihm erzählen soll, was ich am Himmel gesehen habe.

Aber am Ende bleibt mir keine Wahl. Selbst ohne sein Augenlicht spürt Lex meistens, wenn was nicht stimmt. »Was ist, Schwesterchen? Was ist passiert?«

Ich kralle die Hände in meinen Rock. »Vor einer Stunde haben wir den Jet gesehen. Pen, Basil, Thomas und ich. Wir warten darauf, dass jemand kommt und uns sagt, was seine Ankunft zu bedeuten hat.«

Lex schweigt lange. »Ich habe ihn gehört.« Er nimmt einen Schluck Tee und stellt die Tasse dann ohne großes Tasten auf der Fensterbank ab. »Also fängt es an.«

»Es gibt keinen Grund, so theatralisch zu sein. Vielleicht sind es ja gute Neuigkeiten.«

»Ein gieriger König in einer Einöde aus Reichtum hält eine Prinzessin als Geisel gefangen, damit er in eine winzige schwebende Stadt einmarschieren kann, und du glaubst noch immer, er würde mit guten Neuigkeiten zurückkehren. Meine Schwester, die Optimistin.«

Ich bin es so leid, Optimistin genannt zu werden, als wäre das etwas Schlechtes. Pen hat dieses Wort ebenfalls gegen mich benutzt. »Ich versuche lediglich, nicht in Panik zu verfallen, Lex.« Ich beherrsche mich und sage nichts zu Aggressives. Ich will mich nicht streiten, und ich habe lange dafür gebraucht, meinen Bruder nicht mehr zu hassen, weil er mich zum Tod unseres Vaters angelogen hat. Ich möchte gern vernünftig mit ihm umgehen.

»Wo ist Alice?« Vielleicht will auch er einen Streit vermeiden.

»Sie ist im Garten.«

»Und sie weiß von dem Jet?«

»Als wir reinkamen, habe ich es ihr gesagt. Wir alle warten jetzt. Trink deinen Tee, ja? Alice kommt gleich wieder rauf, um nach dir zu sehen.«

Als ich an der Tür bin, ergreift er wieder das Wort. »Morgan?«

Ich drehe mich um.

»Sei vorsichtig.«

»Ich gehe nur nach unten.«

»Ich weiß nie, zu welchen wilden und verrückten Abenteuern du aufbrichst, wenn es dir in den Sinn kommt.«

Der Gedanke lässt mich lächeln. Wilde und verrückte Abenteuer. Zu Hause, als ich sicher in unsere kleine schwebende Welt eingehüllt war, hätte er mich dessen nie beschuldigt.

2

Die Bäume atmen niemals aus. Das war auf Internment nicht anders; an einem sehr windigen Tag rascheln die Bäume und atmen ein, und dann zittern die Blätter und Äste, als würde etwas versuchen, das Leben aus ihnen zu schütteln. Der dunkle Himmel sieht voller Erwartung zu und fragt sich, ob es eine großartige oder schreckliche Nacht werden wird. Oder gar die letzte Nacht der Welt.

»Morgan.« Basils Stimme reißt mich aus meinen Gedanken. Er gesellt sich am Fenster zu mir, und als sein Arm mich streift, bekomme ich eine Gänsehaut. »Du stehst jetzt seit einer Stunde hier.«

Mein Körper lässt etwas von seiner Anspannung los und ich beuge den Kopf zu ihm herüber. »Ich habe ein schlechtes Gefühl. Lex auch. Als stünde etwas Großes unmittelbar bevor.«

»Nehmen wir mal an, das stimmt. Und dann?«

Ich schüttle den Kopf. »Ich bin es leid, von diesem Ratespiel in den Wahnsinn getrieben zu werden. Ich will es einfach wissen. Ich will, dass der König zurückkommt und uns sagt, was passiert. Ob es nun gut oder schlecht ist. Damit endlich mit dieser Grübelei Schluss ist.«

Basil schweigt ein paar Sekunden lang. Dann sagt er mit einiger Mühe: »Ich habe das gleiche Spiel gespielt und an meine Eltern und Leland gedacht.«

Ich blicke ihn an.

»Es dürfte ihnen gut gehen«, sagt er und deutet mit dem Kopf zum Himmel, wo sich unsere schwebende Stadt irgendwo in der Dunkelheit außer Reichweite unserer mürrischen Betrachtungen versteckt. »Sie werden bestimmt die Befehle des Königs befolgen. In dieser Hinsicht waren sie immer sehr schlau.«

»Die Befehle welches Königs?«

»Des Königs, der heutzutage den Befehl hat.«

»Vielleicht haben König Ingram und König Furlow ja tatsächlich eine Art Bündnis geschlossen. Vielleicht gibt es gute Neuigkeiten.«

Er wirft mir einen Seitenblick zu. Ein Lächeln tritt auf seine Lippen. »Ich habe deine optimistische Seite schon immer geliebt.«

»Da bist du der Einzige. Alle anderen scheinen mich deshalb für dumm zu halten.«

Er legt den Arm um meine Schultern und der letzte Rest Anspannung in mir verschwindet. Ich lehne die Schläfe gegen seinen Arm. »Basil, ich bin müde. Und ich mache mir so schreckliche Sorgen, dass meine Entscheidungen alle falsch waren.«

»Diese Könige haben falsch entschieden. Und falls es

dir nützt, ich hätte das Gleiche getan wie du. Hätte ich über das Phosan Bescheid gewusst, hätte ich es erzählt.«

»Wirklich?«

»Wäre es dir wie Pen ergangen, wäre ich zu dem Schluss gekommen, dass dich diese Welt umbringt? Dann ja. Ich hätte alles getan, um dich wieder nach Hause zu schaffen.«

»Du hast mich immer verstanden, Basil.«

Sein Arm fasst mich fester und ich schließe die Augen. Ist er in der Nähe, erscheint die Unruhe so fern. Weit weg und noch kleiner am Himmel als unsere vor langer Zeit verloren gegangene schwebende Stadt.

Dann höre ich, wie sich die Haustür öffnet, und mein Magen verkrampft sich.

Die jüngeren Pipers sind schon lange im Bett. Alle anderen halten sich seit Stunden in der Lobby auf und warten auf Neuigkeiten. Sämtliche Augen sind auf die Tür gerichtet, als Nimble mit hängenden Schultern und müdem Blick eintritt. Er ist immer der Erste, der bei der Rückkehr des Jets zur Landebahn läuft, von der Hoffnung getrieben, etwas von Celeste zu hören. Und er ist stets tief betrübt, wenn er keine Nachricht bekommt.

Wir alle warten schweigend. Nim hebt den Kopf und sieht uns an. Sein Blick bleibt an mir hängen. »König Ingram ist zurück. Mein Vater ist jetzt bei ihm. Ich weiß nicht, ob es etwas zu bedeuten hat. Es tut mir leid.«

Er geht in Richtung seines Zimmers, und bei der Schwere seiner Schritte kann ich mir denken, wie die Antwort lauten wird. Trotzdem muss ich fragen. »War Celeste bei ihm?«

Er bleibt mit mir zugewandtem Rücken stehen. »Nein. Mein Vater hat mir nur gesagt, der König habe einen besonderen Besucher mitgebracht, aber nicht sie.« Er holt tief Luft, und seine Stimme ist so angespannt, dass er vielleicht gegen die Tränen ankämpft. »Mein Vater kommt heute bestimmt nicht mehr. Ihr solltet alle ins Bett gehen.«

Er kann nicht schnell genug von uns wegkommen.

Pen steht neben dem Sofa, Thomas an ihrer Seite. Aber sie starrt Nimble besorgt hinterher und nimmt gar nicht wahr, wie Thomas drei- oder viermal ihren Namen sagt. »Pen.« Überrascht zuckt sie zusammen.

»Bestimmt erfahren wir morgen mehr«, meint Basil.

•••

Das Hotel verfällt in seine nächtliche Stille. Nachdem alle zu Bett gegangen sind, bleibe ich noch lange in der Wanne liegen. An diesem Ort können die Vormittage so laut sein, weil die Kinder herumlaufen und vor Lachen kreischen, während sie ihre Spiele spielen, von denen die meisten mit Explosionen zu tun haben. Schritte gehen in diese und jene Richtung, Besteck klirrt auf Porzellan, Stimmen dröhnen.

Aber die Nächte sind still. Ich kann das Schweigen aller so sicher fühlen, wie ich ihre Stimmen am Tag höre.

Jemand klopft an der Tür. »Morgan?« Das ist Pen. »Alles in Ordnung mit dir? Du bist schon ewig da drin.«

»Ich dachte, du würdest schlafen.«

»Das konnte ich nicht, und ich wollte mich vergewissern, dass du nicht ertrunken bist.«

»Ich komme in einer Minute.« Das Wasser ist sowieso

kalt. Ich wringe mein nasses Haar aus, trockne mich ab und schlüpfe in mein Nachthemd.

Als ich die Tür öffne, steht Pen mit einer Laterne im Korridor. Der orange Lichtschein betont die Ringe unter ihren Augen, und obwohl sie sich bemüht, es zu verbergen, erkenne ich sofort, wie beunruhigt sie ist.

»Ich bin nicht müde«, flüstert sie. »Du?«

»Nein«, erwidere ich, obwohl das eine Lüge ist. Ich würde die ganze Nacht wach bleiben, falls die Chance besteht, dass sie endlich ehrlich zu mir ist. Sie wird ihre Geheimnisse eher bei Nacht enthüllen, wenn ihr Flüstern in der schlafenden Welt keine Aufmerksamkeit erregt.

Sie lächelt. »Wie wäre es mit einem Mitternachtsspaziergang?«

Wir verzichten auf unsere Schuhe. Auf Zehenspitzen huschen wir barfuß die Treppe hinunter und dann durch die Haustür.

Im Gegensatz zu vorhin ist der Nachtwind sanft und warm. Der Mond scheint heller als unsere Laterne; er steht fast voll am Himmel und ist sehr weiß.

Nach dem ersten Schritt auf das Gras spüre ich die kühle Erde unter meinen Füßen, die erstaunlicherweise dem Boden zu Hause ähnelt. Pen geht zielstrebig, und als ich ihr nicht folge, dreht sie sich zu mir um. »Kommst du nicht?«

Ich grabe die nackten Zehen ins Gras und starre es an. Die ganze Erde, die von Internment nach unten geflogen wird, habe ich nie zu Gesicht bekommen. Davon hat mir nur Nim erzählt. In meiner Vorstellung ist Internment von

Kratern übersät, die groß genug sein müssen, um durch sie hindurch zum Boden blicken zu können.

»Ich habe nur an zu Hause gedacht«, sage ich. »Und was uns König Ingram sagen wird, falls er uns überhaupt etwas mitteilen will.«

Pen nimmt meine Hand und führt mich vom Hotel weg. »Komm schon. Ich muss dir was zeigen.«

Sie führt mich zum Vergnügungspark und ich klettere hinter ihr über den Zaun. Ich stelle keine Fragen, denn ich bin froh, mir ansehen zu können, was sie mir zeigen wird. Vielleicht ist es dieses Mal etwas anderes als ein Tonikum. Vielleicht verschafft es mir eine Einsicht in diese Distanz, die sie zwischen sich und allem anderen in dieser Welt erschaffen hat.

Ich erwarte, zu den Teleskopen geführt zu werden. Dort finde ich sie manchmal. Aber stattdessen führt sie mich zu den riesigen Teetassen, die unbeweglich im Mondlicht stehen. Neben einer etwas angeschlagenen, aber immer noch hellgrünen Tasse geht sie mit der Laterne in der Hand in die Knie und greift darunter, hinein in den Drehmechanismus.

Schließlich findet sie, wonach sie gesucht hat: mehrere zusammengefaltete Stücke Papier. Was auch immer auf diesen Seiten steht, es muss wichtig sein, wenn sie sie an diesem abgelegenen Ort versteckt.

Tut sie das, weil ich vor diesen vielen Monaten ihr Wunschpapier entdeckt habe? Glaubt sie, ich würde ihre Sachen durchsuchen, wenn sie nicht in unserem Zimmer ist? Das habe ich nicht. Das würde ich auch niemals tun. Aber wenn ich manchmal zuhören muss, wie sie sich in ihren Albträumen umherwälzt und stöhnt, würde ich alles tun, um zu erfahren, was in ihrem Kopf vorgeht.

»Hier.« Sie drückt mir die Laterne in die Hand und schwingt ein Bein über den Tassenrand, dann zieht sie das andere nach. Sie nimmt mir die Laterne wieder ab, damit ich ebenfalls einsteigen kann.

Am Innenrand der Tasse befindet sich eine Sitzbank aus Metall, und Pen setzt sich so nahe neben mich, dass mein feuchtes Haar ihre Schulter nass macht.

Sie breitet die Seiten auf dem kleinen Tisch vor uns aus – da sind die Kontrollen, mit denen wir die Tasse einschalten, falls wir sie sich drehen lassen wollen. »Da der König nun zurück ist, müssen wir eine Möglichkeit finden, ihn aufzuhalten«, sagt sie. Ihr Blick ist auf das Papier gerichtet. »Gelingt uns das nicht, stecken wir meiner Meinung nach in echten Schwierigkeiten.«

Ich starre die vom Mond und der Laterne beleuchteten Seiten an und verstehe wie immer nichts. Da sind Pens sauber gezogene Linien. Ich entdecke einen Kreis und eine kleine, schwebende Silhouette, die Internment sein könnte. Ringsherum schweben Zahlen wie Vögel.

Pen blättert die Seiten wie eine Verrückte durch. »Ich habe den Sonnenuntergang nachgeschlagen. Jeden Tag geht die Sonne eine Minute früher unter, ausgenommen einmal die Woche oder so, da geht sie zwei Minuten früher unter.«

Fragend sieht sie mich an, um sich zu vergewissern, ob ich folgen kann. »Okay«, sage ich. Ich habe dem Sonnenuntergang nie viel Aufmerksamkeit geschenkt, aber wir haben gerade die Jahreszeit, in der wir jeden Tag etwas Licht einbüßen. »Und?«

»Also«, sagt sie. »In den vergangenen Monaten habe ich auf einem Koordinatennetz festgehalten, wo sich Internment am Himmel befindet und wo die Sonne sein sollte. Jeden Tag habe ich mir das mit demselben Teleskop im selben Winkel angesehen.«

Sie zeigt auf Internments Umriss auf jeder der Seiten vor uns, als sollte ich wissen, was wir uns da ansehen.

»Ich verstehe nicht.«

Sie sieht mich an, und ich erkenne deutlich, wie müde, wie besorgt sie ist. Aber in ihren Augen liegt ein Funkeln, so wie immer, wenn sie einer wichtigen Sache auf den Grund geht. »Internment sinkt. Nicht sehr viel, aber jeden Monat ein bisschen. Falls das so weitergeht, genügt es, um zu einem Problem zu werden.«

Während die Worte sacken, kann ich die Seiten nur anstarren. Pen hat mit ihrer sicheren Hand die Umrisse des Uhrenturms gezeichnet, der die Masse der Wohnhäuser überragt. Aus der zerklüfteten Unterseite der schwebenden Stadt ragen knorrige Wurzeln. Die perfekt kreisrunde Sonne ist ein Stück entfernt und wird von winzigen Berechnungen, die ich nicht entziffern kann, am weißen Himmel gehalten.

Von Pen gibt es zwei Versionen. Da ist das alberne, spontane und brutal ehrliche Mädchen, das ich kenne, und dann ist da diese Seite, die solche Geheimnisse auf brillante Art lösen kann. Es ist Furcht einflößend, wozu sie fähig ist.

»Bist du dir sicher?«

»Der Professor hat mir mit den Algorithmen geholfen.« Sie kaut schuldbewusst auf der Unterlippe herum. »Ich habe ihn vor seinem Tod besucht.«

Vermutlich glaubt sie, ich könnte mich verraten fühlen, und in gewisser Weise tue ich das auch. Aber ich bin auch erleichtert. Sie war immer irgendwo unterwegs; ich bin froh, dass es nicht mit einer Flasche war.

»Es muss der Bergbau sein«, sage ich. »Wir wissen nicht, wie viel Erde König Ingrams Männer bei jeder Ladung zurückbringen.«

»Um Internments Gewicht zu beeinflussen, müsste das schon eine Menge Erde sein«, erwidert Pen. »Mehr Erde, als in diese Jets passt. Internment ist tausendmal größer als sie. Daran liegt es meiner Meinung nach nicht.«

»Was ist es dann?«

Pen blättert in den Papieren herum, bis sie eine ganzseitige Zeichnung von Internment findet. Maßstab und Genauigkeit sind verblüffend, so als hätte sie im Himmel gesessen und die Insel abgezeichnet. Mit groben, sich überschneidenden Linien hat sie eine Blase um die Stadt gezogen.

»Als dein Bruder zum Rand ging, hat ihn der Wind zurückgeschleudert. Der Wind bewegt sich seitwärts, und zwar wie eine Strömung um die Stadt. Ist dir je aufgefallen, wie Wolken, die Internment zu nahe kamen, an uns vorbeizurasen schienen?«

»Diese Wolken landen in dem Wind, der die Stadt umgibt. Also ist dieser Wind ein Bestandteil dessen, was Internment schweben lässt?«

»Ich habe mehrere Theorien, was Internment schweben lässt, aber der Wind ist meiner Meinung nach ein großer Faktor«, sagt Pen. »Als wir die Stadt in dem Metallvogel verlassen haben, sind wir unter der Stadt durch den Erdboden gereist. Aber König Ingrams Jet landet und startet von der Oberfläche.«

Ich verstehe. »Er fliegt durch den Wind.«

Sie nickt eifrig. »Und bringt ihn durcheinander. Schwächt ihn vielleicht sogar. Im Augenblick ist das nur eine geringfügige Veränderung, aber im Lauf von Jahren könnte es Internment vom Himmel holen.«

Sie klingt aufgeregt, so wie immer, wenn sie etwas erklärt. Aber in der folgenden Stille wird sie sich des Ausmaßes dessen bewusst, was sie gesagt hat, und ich fühle es auch. Internment wird nicht nur von dem gierigen König dieser Welt ausgeplündert; es könnte vom Himmel geschlagen werden.

»König Ingram wäre das egal, wenn er es wüsste«, sage ich.

»Warum sollte ihn das auch interessieren? Er bekommt, was er will. Selbst wenn Internment direkt auf Havalais stürzt, wird er sich rechtzeitig entfernen und die Menschen sterben lassen, so wie er es im Hafen getan hat.«

Ich sehe Pen an. »Wie sollen wir das verhindern?«

Sie zuckt mit den Schultern. »Töten wir König Ingram.«

»Sei ernst.«

»Das ist mein Ernst.«

»Ja, klar. Wir gehen einfach zu seinem Schloss und klopfen an die Tür, dann erstechen wir ihn mit dem Messer, das du unter deinem Kissen versteckst. Ich sehe keine Schwierigkeiten. Aber mal angenommen, uns fällt ein Ersatzplan ein.«

»Ich vertraue nur einer Person, die Zugang zum König hat. Und ich würde ihr auch ein Geheimnis anvertrauen. Schließlich hat er allen sein ganzes Leben lang verschwiegen, dass er der dritte in der Reihe der Thronfolger ist.«

»Nimble?« Eines Nachts hat uns Birdie nach ein paar Gläsern zu viel anvertraut, dass ihr Vater der geheim gehaltene Bastard des Königs ist und sie und ihre Geschwister Prinzen und Prinzessinnen sind. Als sie nach der Bombardierung im Koma lag, hat Nim es bestätigt.

»Er hasst den König genauso sehr wie ich. Der König trägt die Schuld am Tod seines Bruders. Der König ist schuld, dass man ihm die Prinzessin weggenommen hat. Internment kann ihm egal sein, aber sie ist es nicht. Und sie ist dort oben. Er wird uns helfen wollen.«

Eine leichte Brise streicht über den Boden, trägt das Salz des endlosen Ozeans heran, lässt Gras rascheln und ein paar verrostete Metallkonstruktionen des Parks quietschen.

Die Seiten knistern, und Pen ordnet sie voller Zuneigung, legt sie entlang ihrer Falte zusammen.

»Sollen wir morgen mit ihm sprechen?«, frage ich.

»So lange werden wir nicht warten müssen.« Mit dem Kopf deutet sie auf das Teleskop in der Ferne. Im Mondlicht kann ich nur einen dunklen Umriss ausmachen, der ein auf Internment gerichtetes Teleskop umklammert. »Er kommt jede Nacht her und wirft eine Münze nach der anderen in das Ding, damit er zur Stadt hinaufstarren kann. Dabei könnte er sie niemals sehen. Bestenfalls machen diese Linsen ein verschwommenes, weit entferntes Objekt größer und noch verschwommener.«

Als ich ihn beobachte, versetzt mir das einen Stich. Er lebt in dieser riesigen Welt, die für alle Ewigkeit weitergeht, bis sie wieder dort endet, wo sie angefangen hat. Es gibt Züge und Doppeldecker, Fähren und Elegor, die ihn überall hinbringen können. Aber das Mädchen, das er liebt, kann er oben in ihrem Königreich im Himmel nicht erreichen.

»Manchmal höre ich ihn nachts rausschleichen«, sagt Pen. »Der arme Idiot.« Sie holt tief Luft und pustet dann die Laterne aus.

Nacheinander klettern wir aus der Teetasse und bahnen uns einen Weg durch das von Menschen gemachte Eisenlabyrinth, bis wir die Treppe zum Teleskop erreicht haben.

Hier zögern wir. So dringend die Angelegenheit auch ist, keiner von uns will seine intime Trauer stören.

Aber das müssen wir auch nicht. Er hat uns kommen gehört, denn ein paar Sekunden später, nachdem sich das Teleskop abgeschaltet haben muss, tritt er an den Rand der Wendeltreppe und blickt zu uns hinunter.

»Etwas spät für einen Spaziergang, oder, Mädchen?«, sagt er in seinem flotten havalaischen Akzent.

Pen hält die Seiten an die Brust gedrückt. »Wir müssen dir was sagen.«

• • •

Wir sitzen auf den Holzbohlen neben den Teleskopen, Pens Zeichnungen wie ein morbides Kartenspiel zwischen uns ausgebreitet.

Nimble hat während Pens Erklärungen kein Wort gesagt und auch keine Fragen gestellt. Er hat sie nur mit dieser nachdenklichen Miene angesehen, die er immer zur Schau stellt, wenn sein Vater über Politik spricht. Jetzt streckt er die Hand aus und berührt Internments Umrisse auf einer der Zeichnungen. »So viele Details. In deinem Kopf muss ein Atlas sein. Das muss sehr anstrengend sein.« Mit einem grimmigen Lächeln sieht er zu uns hoch. »Celeste und ich haben vorhergesagt, dass das passiert. Natürlich nicht genau das hier, aber König Ingrams Gier nach Phosan wird ihn leichtsinnig machen. Internment schwebt in Gefahr, das war uns klar.«

»Dann kennen wir das Rätsel bereits«, sage ich. »Wie lautet die Antwort?«

»Ihr Mädchen seid nicht die Einzigen, die mit dem König unglücklich sind«, erwidert Nim. »Nicht nur die Menschen von Internment haben Grund, ihn zu hassen. Seit der Bombardierung des Hafens hat es hier unten viel Unruhe gegeben. Ich kenne einen Jungen, der als Leibwächter für den König arbeitet; er hat mir Informationen zukommen lassen. Seine Nichte wurde bei der Bombardierung getötet.«

»Das ist schrecklich«, sage ich.

»Was für Informationen?«, will Pen wissen.

»Bis jetzt ist es nur viel wütendes Gerede«, sagt Nimble. »Durch die Raffinerie sind ein paar Leute im Herzen der Stadt krank geworden. Das Wasser aus den Rohren schmeckt wie Schwefel. Nach den Bomben sollte dieses Phosan alles besser machen, aber es hat nur noch mehr Probleme verursacht. Der König hat das Phosan, aber er weiß nicht, was er damit anstellen soll. Er ist Politiker, kein Wissenschaftler. Der Wissenschaftler, der die Nützlichkeit dieses Elements zuerst entdeckte, ist tot, und es gibt Spekulationen, denen zufolge Dastor in dem Verarbeitungsprozess weiter ist. Aber soweit es unser Königreich betrifft, hat Havalais diesen Zaubertreibstoff noch nicht in Aktion gesehen. Und man beginnt zu zweifeln, ob er überhaupt existiert.«

»Er existiert«, sagt Pen. »Hier unten nennt ihr ihn Phosan, aber oben auf Internment bezeichnen wir ihn als Sonnenstein, und wenn er richtig bearbeitet wird, ist er eine mächtige Energiequelle.« Sie setzt sich aufrecht hin, denn ihr ist ein neuer Gedanke gekommen. »Was ist, wenn die Ingenieure auf Internment sich weigern, bei der Veredelung zu helfen? Oder wenn sie falsche Instruktionen geben?« Trunken vor Aufregung und stolz sieht sie Nimble und mich an. »Was ist, wenn sie dort oben kämpfen?«

Ich habe Mühe, mein Lächeln zu unterdrücken. Es ist

nicht gut, auf so eine Sache zu hoffen, aber ich könnte es glauben. Ich glaube es. »Wenn das stimmt, dann braucht König Ingram Internment. Er kann sich nicht einfach nehmen, was er will, und sich dann seiner Menschen entledigen. Unsere Ingenieure haben Jahrzehnte gebraucht, um die Glasländer zu perfektionieren und unsere Energie zu gewinnen. Euer König mag das nötige Geld haben, um eine Raffinerie zu bauen und in Betrieb zu nehmen, auch das nötige Rohmaterial, aber wenn er nicht weiß, wie er es benutzen muss, war das alles umsonst.«

»Eine clevere kleine Stadt.« Nim sieht nach oben. Aber er teilt unsere Freude nicht. »Falls das stimmt, geht es dort oben bestimmt hässlich zu. Stellt euch Folter vor. Stellt euch Häuser vor, die niedergebrannt werden. Eure Leute können so stur sein, wie sie wollen, aber hier unten kann niemand ihre Schreie hören.«

Pen schüttelt energisch den Kopf. »Das spielt keine Rolle. Begreifst du nicht? Gefoltert oder ausgehungert zu werden – das ist das geringere Übel. Unsere Leute würden allem widerstehen, um die Stadt am Himmel zu halten.«

»Sie hat recht«, sage ich. »Wenn es euch hier unten nicht gefällt, wo ihr lebt, könnt ihr einfach die Zelte abbrechen und gehen. Wenn euch das Wetter nicht gefällt oder eure Kinder – ihr könnt einfach gehen. Aber auf Internment ist unsere Heimat alles, was wir haben.«

Falls nötig, sind die Menschen von Internment belastbar. Wir schätzen Geld oder Besitz nicht auf die Weise, wie man es hier unten tut; oft sind unsere Geheimnisse die einzigen Dinge von Wert für uns. Zwar spreche ich es nicht aus, aber ich denke an die Zeit, in der uns der Prinz und die Prinzessin im Kerker ihres Uhrenturms als Geiseln hielten. Sie wollten nur den Zugang zum Metallvogel und den Beweis seiner Existenz, aber ich wäre eher gestorben, als ihnen das zu geben.

»Euer König hat Internment unterschätzt«, sage ich. »Aber das ist gut. Oder nicht? Damit können wir arbeiten. Wir können ... keine Ahnung.«

Ich hoffe, Pen sprudelt jetzt irgendeine Lösung hervor. Dummerweise erwartet sie eine Lösung von mir. »Weiter«, sagt sie.

»Wir könnten versuchen, nach Internment geschickt zu werden, dann wissen wir genau, was dort oben passiert. Vielleicht gibt es ja eine organisierte Rebellion, wenn sie König Ingram nicht verraten, wie das Phosan bearbeitet werden muss.«

»Falls das stimmt, gibt es am Boden viele Informationen, die ihnen nützlich wären«, sagt Nim. »Am Hof gibt es genug Männer, die unzufrieden genug sind, um zu helfen. Man muss nur herausfinden, wem man vertrauen kann. Und ich kenne diese Jungs. Das könnt ihr mir überlassen.«

»Aber wie erreichen wir, dass man uns nach Internment zurückschickt?«, fragt Pen.

»Wir könnten zum König gehen und behaupten, ihm helfen zu wollen«, schlage ich vor. »Wir könnten ihm einreden, dass er uns auf die gleiche Art benutzen kann wie Celeste. Als Druckmittel oder Geisel. Und er wird uns nach

Hause schicken.« Ich sehe Nim an. »Glaubst du, er würde das tun?«

Pen lacht, nimmt mein Gesicht zwischen die Hände und gibt mir einen Kuss auf die Schläfe. »Brillant.«

»Wirklich?«

»Wirklich«, sagt Nimble. »Das könnte funktionieren.« Die Hoffnung in seinem Blick ist unerträglich. Wenn die Menschen von Internment so stur sind, wie wir hoffen, könnte König Ingram verzweifelt genug gewesen sein, um Ernst zu machen. Und es gibt auf Internment nur zwei Dinge, die wertvoll genug sind, um sie König Furlow wegzunehmen: seine Kinder. Prinz Azure und Prinzessin Celeste. Möglicherweise sind sie bereits tot. Aber das sage ich ihm nicht.

3

Pen ist nicht bereit, ihre Erkenntnisse Thomas oder den anderen zu enthüllen, aber als ich darauf beharre, Basil einzuweihen, hat sie Verständnis. Wenn ich versuche, nach Internment zurückzukehren, dann verdient er das zu wissen.

Während alle anderen am nächsten Morgen zum Frühstück gehen, treffe ich mich mit ihm in seinem Zimmer. Ich schließe die Tür hinter mir. Wir setzen uns auf sein Bett und ich berichte ihm alles in gedämpftem Ton. Die ganze Zeit sagt er kein Wort und hört meinem wirren, sich überschlagenden Gerede geduldig zu.

Als ich zum Ende komme, brauche ich meine ganze Willenskraft, um nicht bei den letzten Worten den Blick zu senken. »Pen und ich wollen König Ingram überzeugen, uns zurückzuschicken. Wenn wir ihm einreden können, dass wir auf seiner Seite stehen und die Ingenieure zu Hause zur Mitarbeit überreden wollen, ist er hoffentlich einverstanden.«

Er bricht den Blickkontakt zuerst, betrachtet meine Hände, nimmt sie und sieht mich dann wieder an. »Zu

Hause sind deine Gedanken immer wieder zum Boden gewandert. Aber jetzt, da wir auf dem Boden leben, schweifen deine Gedanken wieder nach Hause. Manchmal glaube ich, du willst einfach nur weg von da, wo du gerade bist.«

»Vielleicht hast du da nicht ganz unrecht«, gebe ich zu.

»Ich denke auch an zu Hause.« Er wählt seine Worte mit Bedacht. »Nicht nur an meine Eltern und Leland, sondern auch an das Leben, das ich dort hatte. Die Geräusche. Die Zukunft, die ich möglicherweise gehabt hätte.« Er schüttelt den Kopf. »Dort zu bleiben, hätte mir gereicht. Ich hatte kein Problem damit. Aber solange ich mich erinnern kann, gab es da immer diese Strömung, die mich mit sich riss. Du.«

»Ich habe es versucht, Basil. Ich habe versucht, auf den Schienen zu bleiben und zu tun, was man von mir erwartet.«

»Das weiß ich. Ich war dabei.«

Ich starre auf unsere Hände. »Ich wollte nicht die Strömung sein, die dich allem entzieht, was du geliebt hast.«

»Morgan«, sagt er auf seine praktische Art. »Du warst es, was ich geliebt habe.«

Die Worte sind zugleich wunderschön und qualvoll. »Ich musste dich mitziehen. Das ist die Wahrheit. Ich konnte mich nicht von dir freimachen, selbst wenn ich es versucht hätte. Irgendwie sind wir immer zusammen gegangen. Als hätte uns jemand vermischt, bis wir eine

Mischfarbe sind, und es ist unmöglich festzustellen, wer von uns ursprünglich welche Farbe war.«

Ich kann mit Worten nicht umgehen. Mein Bruder ist der Schriftsteller. Ich suche nur unbeholfen nach Formulierungen für Dinge, die ich niemals ausdrücken kann, weil mir dazu die Voraussetzungen fehlen.

Basil lacht, aber er macht sich nicht über mich lustig. Ich weiß, dass er mich versteht.

»Ich werde mich mein ganzes Leben lang um dich sorgen«, sagt er. »Aber auf Internment könnte Unruhe herrschen, da hast du vermutlich recht. Es ist eine friedliche Stadt. Sie kann sich nicht gegen ein Königreich wie Havalais verteidigen, geschweige denn gegen den ganzen Boden. Falls nichts unternommen wird und Pens Berechnungen stimmen, wird Internment auf dem Boden einschlagen, bevor der König eine Möglichkeit gefunden hat, sein Phosan zu bearbeiten.«

»Wir verlieren so oder so«, sage ich.

»Bei der Rückkehr nach Hause würdest du etwas brauchen, das Internment in die Lage versetzt, sich erfolgreich gegen König Ingram zu wehren. Hast du so etwas?«

»Nim glaubt, er könnte Verbündete finden. Nach der Bombardierung sind viele von König Ingrams Männern unzufrieden. Und auf Internment haben wir in Prinzessin Celeste eine Verbündete. Falls sie noch am Leben ist.«

»Sie wird am Leben sein«, versichert Basil mir. »Wenn König Ingram etwas von Internment will, bringt er König Furlows Kinder nicht um, bevor es unbedingt nötig ist.«

»Ich hoffe, du hast recht.«

»Und wenn ich dich begleite? Welche Informationen oder Macht du auch in die Hände bekommst, Havalais und Internment bleiben dennoch Patriarchien.«

Für diese Bemerkung würde ihn Pen hassen, aber er hat recht. Könige sind Männern gegenüber viel zugänglicher als Mädchen. König Ingram würde eher glauben, dass Basil die Ingenieure beeinflussen kann.

»Willst du das denn?«

»Ich könnte niemals untätig zusehen, wie du in den Wolken verschwindest, sodass ich mich dann jeden Tag fragen muss, ob du noch lebst.«

Ich kann nicht anders, trotz der Umstände genieße ich diese wunderschönen Worte.

Er sagt: »Außerdem will ich nicht, dass uns Internment auf die Köpfe fällt und umbringt, meine Familie eingeschlossen.«

»Nimble glaubt, uns heute Nachmittag eine Audienz beim König besorgen zu können. Hoffentlich schafft er es. Ach, und Basil, was diese ganze Sache angeht. Thomas soll nichts davon mitbekommen. Das hat Pen verlangt.«

Er runzelt die Stirn. »Dann sollten wir uns auch nicht einmischen. Aber ich wünschte, sie wäre in diesen Dingen offener. Das wäre gesünder für sie.«

»Für dich und mich auch. Aber ich halte es für das Beste, wenn wir das für uns behalten, bis wir mehr wissen.«

»Einverstanden«, sagt er.

•••

Nim fährt nach dem Mittagessen zum Königsschloss, um dort Jack Pipers guten Sohn zu spielen, damit der König ihm auch weiterhin gewogen bleibt.

Pen und Thomas spielen ein Brettspiel. Sie lehnen sich an den gegenüberliegenden Seiten des Wohnzimmertischs vor, bis sich ihre blonden Scheitel beinahe berühren.

Es ist ein schöner Tag und Alice hat Amy und die beiden Piper-Mädchen mit nach draußen genommen. Durch ein offenes Fenster kann ich sie im Garten lachen hören. Die Luft von Havalais tut Amy gut; sie hatte schon seit Monaten keinen Krampfanfall mehr.

Basil versucht mich mit einem Kartenspiel abzulenken. Die Karten des Bodens haben eine große Ähnlichkeit mit den unsrigen, und mit ein paar Kompromissen können wir fast jedes Spiel duplizieren, das wir sonst zu Hause gespielt haben. Aber stillsitzen fällt mir schwer. Meine Beine zittern nervös. In Gedanken gehe ich Dutzende Szenarien durch, was Nim im Schloss erreichen könnte.

Sollte ich Judas und Amy davon erzählen?

Der Gedanke an Judas lässt mich erröten. Schon seit Wochen haben wir so gut wie nicht miteinander gesprochen, und ich kann ihn auch nirgendwo entdecken, aber irgendwie fühle ich seine Gegenwart in der Nähe lauern. Wie immer direkt außerhalb der Sicht. Seit unserem Kuss haben wir abgesehen von ein paar Höflichkeiten – guten Morgen; ja, bitte; vielen Dank – kaum ein Wort gewechselt, aber die verstrichene Zeit konnte mein Interesse an ihm kaum dämpfen. Dieser Abstand hat meine Schuldgefühle nicht beseitigt, sein Anblick verwirrt mich noch immer. Ich weiß nicht, wie ich diesen Kuss wieder vergessen soll, aber ich würde jeden Preis zahlen, um ihn ungeschehen zu machen. Ich würde jeden Preis zahlen, um nicht länger einen anderen zu begehren.

Basil legt seine Karten auf den Tisch und nimmt mir dann sanft meine aus der Hand. Ich blinzle ihn an, ohne zu begreifen.

»Würde ein Spaziergang dir helfen, auf andere Gedanken zu kommen?«, fragt er.

Ich schüttle den Kopf. »Ich will nicht weg sein, wenn Nim zurückkehrt.«

»Wir gehen nicht weit«, erwidert Basil. »Komm schon. Die Luft wird dir guttun.«

Er hat recht. Draußen verschwindet ein Teil meiner Nervosität. Das Leben im Gras und am Himmel zu hören, bringt einen gewissen Trost mit sich. Ein blauer Vogel flattert von einem Baum zum nächsten, und ich wünschte, ich könnte ein perfektes Bild von ihm einfangen und mit nach Hause nehmen. Auf Internment gibt es keine Vögel; dort gibt es nur Spekulationen darüber, wie sie wohl sind.

Basil und ich machen eine Runde um das Hotel und kommen an dem rußgeschwärzten Altar vorbei, auf dem Nim sein geliebtes Auto geopfert hat, damit seine Schwester überlebt. Birdie ist durchgekommen, ob es nun an dem Gebet lag oder nicht. Es wirft die Frage auf, ob ihr Gott real ist. Es wirft die Frage auf, ob überhaupt ein Gott real ist oder der Glaube an ihn nur leichter fällt, statt an eine zufällige Abfolge von Geschehnissen zu glauben, die unser Leben ausmachen.

»Wie sieht es deiner Meinung nach zu Hause aus?«, frage ich, um das Schweigen zu brechen.

Basil ist nicht der Typ, der etwas beschönigt. »Hässlich. Ich frage mich, was König Furlow unternimmt, um alle zu beruhigen. Falls er überhaupt etwas tun kann.«

»Bevor wir hier gelandet sind, war mir nie richtig klar, wie klein Internment doch ist. Von hier unten sieht es einfach nur aus wie ein großer Erdklumpen am Himmel. Hätte ich mein ganzes Leben lang hier verbracht, wäre ich nie auf die Idee gekommen, dass es dort oben Leben gibt. Ich würde es für einen Fehler der Natur halten, etwas, das klein genug ist, um in meine Hand zu passen, wenn ich einfach nur hoch genug greifen könnte.«

Wie seltsam es doch ist, mein Leben auf einem Erdklumpen am unendlichen Himmel verbracht zu haben. Nach diesen vielen Monaten kann ich förmlich fühlen, dass ich langsam vergesse, wie lebendig es dort oben zuging, wie fröhlich und hell.

Wir sind stehen geblieben, und als ich die Augen beschatte und nach Internment hinaufstarre, spüre ich Basils Blick. Mein Herz trommelt nervös, ängstlich und seltsam aufgeregt. Wenn er mir dieses Gefühl gibt, kostet es mich Mut, ihn anzusehen.

»Die vielen Male, wo ich behauptet habe, deine Augen hätten dieselbe Farbe wie das Meer hier unten, habe ich mich geirrt«, sagt er.

»Haben sie nicht?«

»Nein. Sie strahlen noch immer im hellsten Blau, das ich je gesehen habe.«

Verlegen blicke ich mit einem Lächeln zu Boden. Ich brauche ihn nicht anzusehen, um sein siegreiches Grinsen spüren zu können.

»Du bist einfach zu nett«, sage ich.

»Das ist eine lächerliche Beschuldigung. Wann bin ich jemals nett gewesen?«

»Richtig, meistens bist du eine richtige Bestie. Ein echter Tyrann.«

Er lacht. Irgendwie landet mein Arm auf seiner Schulter, dann legt sich sein Arm auf meine Schulter und zieht mich an ihn. Die Sonne brennt auf meinen Scheitel und trotz ihrer Wärme fröstelt mein Blut.

Ich will ihm alles erzählen. Wie mich Judas im Gras geküsst hat und er noch immer meine Gedanken heimsucht, obwohl er mich garantiert nur dazu benutzt hat, seine Einsamkeit zu vergessen. Ich will Basil sagen, wie leid mir das alles tut, dass ich alles verdorben und Angst habe.

Aber hier an seiner Seite sind alle Welten erstarrt. Dieser Planet dreht sich nicht mehr um seine Sonne. Alles ist ruhig. Wir sind hier sicher. Uns wird nichts geschehen.

4

Nach dem Essen helfe ich Alice beim Abwasch.
Aus Sicherheitsgründen hat Jack Piper den größten Teil des Hotelpersonals entlassen; solche Aufgaben sollen eigentlich die Kinder erledigen, aber Alice kommt ihnen stets zuvor. Die lange Ehe mit meinem Bruder hat sie ruhelos gemacht und in ihr das endlose Verlangen entfacht, für Sauberkeit zu sorgen.

Sie reicht mir einen abgespülten Teller und ich trockne ab. »Willst du zurück nach Hause?«, frage ich.

Sie schüttelt den Kopf. »Ich könnte deinen Bruder nicht verlassen und er wird nicht zurückkehren. Das hat er mir schon gesagt. Nicht nach allem, was der König unseren Eltern angetan hat, und erst recht dir.«

»Ich habe dich nicht gefragt, was Lex will. Ich habe gefragt, was du willst.«

Sie lächelt. Es ist ein sanftes, wehmütiges Lächeln. »Sollte das einen Unterschied machen?«

»Wie kannst du nur so was sagen! Natürlich besteht da ein Unterschied.«

Sie reicht mir den nächsten Teller. »Nachdem dein

Bruder gesprungen war, kam ich eines Nachmittags, während er noch im Krankenhaus lag, nach Hause, um die Blumen zu gießen. An der Tür wartete ein Brief von meinen Eltern. Ich wäre zu Hause willkommen, falls ich mich von Lex entfremde. Falls nicht, hielten sie es für das Beste, wenn ich keinen Umgang mehr mit ihnen pflege.«

Diesen Verdacht hatte ich schon länger. Alice' Eltern waren nie mehr zu Besuch gekommen und Springer tragen ein Stigma. Abgesehen von Pen und Basil hatte ich sämtliche Freunde verloren. Dennoch widert es mich an, das laut ausgesprochen zu hören. Niemand ist sanfter als Alice und niemand hat Freundlichkeit mehr verdient als sie.

»So ist das in einer Ehe, mein Schatz. Du hoffst, dich niemals entscheiden zu müssen, aber falls eine Entscheidung nötig wird, entscheidest du dich für die Person, deren Blut in deinen Ring gefüllt wurde. Es ist völlig egal, wie viele Welten es gibt; unser Platz ist an der Seite des anderen.«

»Lex verdient dich nicht«, sage ich. »Wirklich nicht.«

Sie lächelt. »Dort oben gibt es nichts mehr für mich«, fügt sie hinzu. »Da du gefragt hast: Alles, was ich brauche, ist hier.«

Ob es für mich auf Internment noch etwas gibt, weiß ich nicht. Ich sage mir, dass mein Vater noch immer dort oben lebt und ich ihn wiederfinde. Aber wenn das geschieht, wird er Internment hinter sich lassen wollen? Andererseits hat er sein Leben riskiert, um genau das zu tun.

Nachdem Alice und ich mit dem Abwasch fertig sind, schlüpfe ich unbemerkt nach draußen und gehe zum Rand des Ozeans, wo die Boote an ihren Haltetauen schaukeln. Wie ganz Havalais schläft auch dieser Ort und wartet auf eine Lösung für den Krieg. Ich lege mich für eine Zeit, die mir wie Stunden vorkommt, in den Sand und konzentriere meinen Blick auf diesen dunklen Schatten Erde am Himmel.

• • •

Lange nach Sonnenuntergang ist Nim noch immer nicht zurückgekehrt. Die Piper-Schwestern schlafen.

Ich liege im Bett, während Pen im Kerzenschein einen von Birdies Katalogen liest. Auf ihren Knien ruht ein Malblock, sie hat sich wieder der Zeichnung von Ehco zugewandt, mit der sie begonnen hat. Diese Wesenheit lebt im Meer und hat sämtliche Trauer der Welt in sich aufgenommen. Das ist Birdies Lieblingsgeschichte aus dem *Buch*, und vermutlich soll die Zeichnung ein Geschenk für Birdie sein, wenn sie nach Hause kommt.

»Pen?«

Ich höre die schnellen Striche des Bleistifts auf dem Papier. »Was ist? Tut mir leid, halte ich dich vom Schlafen ab?«

»Nein.« Ich drehe mich auf die Seite und ihr zu. »Es ist nur, in letzter Zeit hast du deine Geheimnisse so behütet. Warum hast du mir nichts von deiner Theorie erzählt, dass Internment sinkt?«

Sie zeichnet weiter. »Der richtige Augenblick ist erst jetzt. Es hätte nichts gebracht, dich in Panik zu versetzen, bevor König Ingram wieder zurück ist und wir etwas dagegen unternehmen können.«

»Weißt du ... Weil ich Celeste von dem Phosan erzählt habe und sie zum König gegangen ist, glaubte ich, du hättest mir noch nicht verziehen. Ich glaubte, ich wäre aus deinen Gedanken ausgeschlossen.«

Der Stift in ihrer Hand verharrt. Sie starrt die Seite an, während sie mühsam Worte findet. »Ich habe über alles nachgedacht«, sagt sie mit leiser Stimme. »Ich habe darüber nachgedacht, wie es mir ergangen wäre, hätte ich dich aus dem Wasser gezogen, und du wärst diejenige gewesen, die nicht atmet. Ich ...« Sie zeichnet einen flüchtigen Strich auf das Papier. »Es wurde mir klar, und ich habe verstanden, warum du es getan hast. Wären unsere Rollen vertauscht gewesen, hätte ich bestimmt nicht anders gehandelt.«

Sie räuspert sich.

»Davon abgesehen könntest du ein Streichholz entzünden und Internment in Brand stecken. Du könntest den Verstand verlieren und alles vernichten. Ich wäre noch immer da. Es gibt nichts auf beiden Welten, das ich dir nicht vergeben könnte.«

Die Worte sind so ehrlich, dass ich gern aufstehen und sie umarmen würde. Aber ich bewege mich nicht, aus Angst, diesen zerbrechlichen Augenblick zwischen uns zu zerstören. Ich kannte Pen schon, bevor wir sprechen konnten, vielleicht begründet sich unsere Freundschaft darum in vielerlei Hinsicht auf unausgesprochenen Dingen. Aber es ist ein so gutes Gefühl, sie diese Worte sagen zu hören.

»Ich könnte mich auch niemals von dir abwenden«, sage ich.

»Ich weiß, wie ich bin, Morgan. Ich weiß, dass es nicht einfach ist.«

»Dann ist es eben nicht einfach. Was ist das schon?«

Sie lächelt flüchtig, dann lässt sie sich wieder von ihrem Bild ablenken.

Ich schließe die Augen und treibe schließlich dem Schlaf entgegen, eingelullt von dem Geräusch des Stifts auf dem Papier und umgeblätterten Katalogseiten.

Aber der Schlaf ist nicht tief, denn als es an der Tür klopft, bin ich sofort wach.

»Seid ihr Mädchen wach?«, flüstert Nim durch die Tür.

Pen sitzt noch immer im Kerzenschein. »Komm rein.«

Ich fahre mir mit den Fingern durchs Haar und wische Sabber aus einem Mundwinkel, versuche mich hastig präsentabel zu machen.

Nim öffnet die Tür und steckt den Kopf durch den Spalt. »Ich habe den König nicht zu Gesicht bekommen. Oder meinen Vater. Ich durfte an keiner Besprechung teilnehmen. Im Moment ist mein Vater nicht besonders gut auf mich zu sprechen.«

»Aber du warst doch den ganzen Tag lang weg«, sagt Pen. »Was hast du gemacht?«

Nim grinst. »Ich habe mit ein paar Männern des Königs gesprochen. Wisst ihr noch, wie ich gesagt habe, dass sie seit dem Hafen mit den Dingen unzufrieden sind? Einer der Männer wurde dazu abkommandiert, König Ingrams

Sondergast von Internment zu beschützen. Mein Kontaktmann bringt diesen Gast zu einem Treffen mit uns, aber wir müssen sofort los.«

»Ein Er?« Ich versuche die Hoffnung zu unterdrücken, dieser Gast aus der Heimat könnte möglicherweise mein Vater sein. Sollte ich mich irren, wäre die Enttäuschung unerträglich.

»Das wird euch bestimmt gefallen«, sagt Nim. »Beeilt euch und zieht euch an. Ich treffe euch draußen.«

Sobald er die Tür geschlossen hat, bin ich auf den Beinen. Ich habe mich schneller angezogen als Pen. »Ich muss Basil holen«, sage ich. »Er wird mitkommen wollen.«

Pen seufzt dramatisch. »Musst du das?«

Ich starre sie an. »Er ist mein Verlobter.«

»Und?«

»Du hast gesagt, es wäre kein Problem, wenn ich ihn einweihe. Er kommt mit.«

»Schön. Aber wenn du Thomas weckst, erwürge ich dich.«

»Werde ich mir merken.«

Ich drehe den Türknauf des Jungenzimmers ganz langsam und zucke zusammen, als ich die Tür aufschiebe. Auf Zehenspitzen husche ich an Judas' und Thomas' Betten vorbei.

»Basil«, flüstere ich leise wie ein Atemzug.

Er murmelt etwas und will mich in seine Arme ziehen, als ich mich zu ihm hinunterbeuge. Mein lautloses Lachen weckt ihn. »Morgan?«

Ich lege einen Finger an seine Lippen und deute mit dem Kopf zur Tür.

Er steigt aus dem Bett und folgt mir in den Korridor. Flüsternd erzähle ich ihm, dass Nim uns zu König Ingrams Gast aus Internment bringt.

»Geisel wäre wohl der treffendere Begriff«, flüstert Basil.

»Das mag sein.« Viele Menschen auf Internment träumen insgeheim von einem Leben jenseits der Stadtgrenzen, aber die meisten hätten zu viel Angst, es jemals zu verlassen. Erst recht jetzt, nachdem König Ingram und seine Männer die Stadt vermutlich besetzt haben.

Wir treffen uns vor der Haustür und Pen fröstelt aufgeregt. Sie schleppt die Information über Internments Sinken schon seit Monaten mit sich herum, und endlich wird sie ihr Wissen nutzen können.

»Verrätst du uns, wer dieser geheimnisvolle Gast ist?«, fragt sie, als wir uns in Bewegung setzen.

»Ihr würdet mir wohl kaum glauben, wenn ich es euch sage«, behauptet Nim. »Ich bin mir nicht sicher, ob ich es selbst glaube, bevor ich ihn mit eigenen Augen sehe.«

»Wie vertrauenswürdig sind die Männer aus dem Schloss, mit denen du gesprochen hast?«, will Basil wissen. Wie immer ist er der Praktischste von uns.

»Sehr vertrauenswürdig. Ich bin im Grunde auf den Schlossmauern aufgewachsen. Ich weiß, welche Männer gut sind und welchen man aus dem Weg gehen sollte.«

»Wie kannst du die guten von den schlechten unterscheiden?«, lässt Basil nicht locker.

»Die schlechten sind Freunde meines Vaters.«

Trotz dieser grimmigen Aussage ist Nimble beschwingter als seit Monaten. Nach der Bombardierung und Celestes Abreise wurde er zusehends bedrückter. Ich habe mir Sorgen um ihn gemacht, aber Pens Theorie und die Hoffnung, die sie bringt, hat ein neues Funkeln in seine Augen gebracht.

Wir können nicht scheitern. Immer wieder denke ich diese Worte, während wir durch die Dunkelheit in den Wald gehen. Wir können nicht scheitern.

Wir gehen meilenweit über Felder und durch bewaldete Gegenden abseits der Hauptstraße. Wir müssen uns in der Nähe der Stadt befinden, weil die Luft diesen verbrannten, metallischen Geruch mit sich trägt; sie kann nur aus einer der Treibstoffraffinerien kommen. Was auch immer König Ingram mit diesem Phosan macht, es kann nicht richtig sein. Die Glasländer habe ich nie besucht, aber ich war in der Nähe, und dort gab es niemals Rauch oder so schreckliche Gerüche.

Pens Vater arbeitet in den Glasländern. Er ist einer der Chefingenieure. Aber seit unserem Streit vor einigen Monaten, als ich Pens Wunschpapier fand und sie zögernd gestand, dass er sie auf eine Art verletzt hat, die sie nicht mit mir teilen wollte, hat sie ihn nicht mehr erwähnt. Seitdem habe ich schweigend darüber nachgegrübelt und darauf gehofft und gefürchtet, dass sie sich mir anvertraut. Aber Pen kann man nicht drängen. Sie kann man nicht mal überreden. Das weiß ich.

Ich gehe zwischen ihr und Basil, und bei den nächsten Schritten ist es beinahe, als wären wir noch immer zu Hause und würden nach einer Spätvorstellung aus dem Theater zurückkehren. Wir sind einfach ganz gewöhnliche Schüler und die Welt ist in Ordnung.

Die Welt außerhalb von Havalais habe ich noch nicht zu Gesicht bekommen. Manchmal betreten Annette und Marjorie Birdies Zimmer und eines Nachmittags fanden sie einen Schuhkarton unter ihrem Bett. Er enthielt sämtliche Postkarten, die ihre Mutter aus den weit entfernten Ecken der Welt schickte. Aquarelle riesiger Städte und toter Wüsten, lange, schmale Boote auf reglosem Wasser. Es gibt noch so viel zu sehen, und ich frage mich, ob ich jemals dazu Gelegenheit erhalten werde, jetzt, da uns der König und seine Befehle eingesperrt haben.

Nimble bringt uns in ein dichtes Waldstück. Allein das Mondlicht führt uns an den Bäumen vorbei. Ich muss fragen. »Woher weißt du, wo wir sind?«

»Birdie und ich haben früher hier gespielt«, sagt er. »Das Schloss ist weniger als eine Meile entfernt. Im Sommer hat uns Vater an die frische Luft geschickt, damit er mit dem König sprechen konnte. Ich kenne hier sämtliche Bäume und Wurzeln.«

»Morgan und ich hatten eine Stelle im Wald«, sagt Pen. »Da gab es eine Höhle.«

»Die gibt es immer noch«, sage ich.

»Vielleicht.«

»Das tut sie.« Sie muss daran glauben, das ist mir

wichtig. Sie muss glauben, dass es in unserer eigenen Welt noch immer einen sicheren Ort für uns gibt, verborgen vorm Krieg.

Ein Pfiff durchschneidet die Luft. In den Brombeeren vor uns raschelt etwas und Basil stellt sich schützend an meine Seite.

Nim ist unbesorgt. »Hier entlang.« Er führt uns auf den Laut zu.

Die Bäume sind hier sehr hoch und halten den größten Teil des Mondlichts ab. Aber ich kann die Silhouetten zweier Männer ausmachen, die nebeneinander stehen. Ich weiß, es ist unwahrscheinlich. Unrealistisch. Trotzdem hoffe ich, dass einer von ihnen mein Vater ist. In dieser Dunkelheit könnten sie jedermann sein.

»Ihr seid pünktlich, aber wir haben nicht viel Zeit«, sagt einer der Männer. »Seit seiner Rückkehr leidet der König an Schlaflosigkeit. Letzte Nacht ist er mehrmals aufgestanden, um durch die Korridore zu wandeln. Vielleicht will er ja nach unserem Gast sehen.«

Wer auch immer dieser Gast ist, er sagt kein Wort und verlängert meine Qual.

»Ist er das?«, fragt Nimble.

»Ich stehe direkt hier«, sagt der andere Mann. »Sie könnten auch mich fragen.«

Mein Blut wird zu Eis. Neben mir bringt Pen kein Wort hervor. Ich glaube, sie hat aufgehört zu atmen. Diese Stimme kennen wir beide und sie gehört nicht meinem Vater.

Nimble greift in die Tasche und holt ein Streichholzbriefchen hervor, dann zündet er eins an und steckt es in die Laterne, die der erste Mann trägt. Und ich sehe das Gesicht von König Ingrams Gast. Es ist Prinz Azure.

»Darf ich unseren verehrten Gast vorstellen«, sagt der Wächter ziemlich lustlos, als müsste er einen erfundenen Königshof ansprechen. »Prinz Azure von der magischen schwebenden Insel.«

»Internment«, verbessert ihn Prinz Azure. »Daran gibt es nichts Magisches. Wir sind keine Gutenachtgeschichte.«

»Dann Prinz Azure von Internment«, korrigiert sich der Mann.

Einen Augenblick lang steht Nimble wie erstarrt. Im Licht der Laterne hat Azure eine erstaunliche Ähnlichkeit mit seiner Schwester. Er hat die gleichen klaren, funkelnden Augen, die runden Wangen, das blonde Haar.

Nach ein paar Sekunden schüttelt Nim es ab und verbeugt sich. »Euer Hoheit«, sagt er. »Ich bin ...«

»Ja, ich weiß, wer Sie sind«, sagt der Prinz ungeduldig. Er nimmt seinem Begleiter die Laterne ab und hält sie vor Pen, Basil und mir in die Höhe.

Er trägt einen gestreiften Anzug mit einer breiten Krawatte aus Spitze, die ich von seinen Auftritten in der Heimat wiedererkenne. Hochgewachsen und majestätisch steht er da; es gibt nicht die geringste Ähnlichkeit mit dem sterbenden Jungen, der er war, als ich ihn zurückließ.

»Ich hoffe, Sie erwarten keinen Knicks von uns, Hoheit«, sagt Pen.

»Pen!«, flüstere ich scharf. Wenigstens spricht sie ihn in dieser Situation mit dem nötigen Respekt an.

Prinz Azure kichert, aber hinter seinem verwegenen Grinsen erkenne ich, wie müde und ängstlich er zu sein scheint. Er ist bestimmt nicht freiwillig hier. König Furlow hat diesem Ort bestimmt kein weiteres seiner Kinder freiwillig überlassen.

»Keinen Knicks, keine Verbeugungen«, sagt er. »Derartige Formalitäten haben wir wohl schon lange hinter uns.« Er wendet sich Nim zu. »Lassen Sie sich nicht von diesen Mädchen mit ihren hübschen Kleidern und ihren Locken täuschen. Sie haben beide versucht, mich umzubringen.«

»Sie haben uns zu Geiseln gemacht«, sagt Pen durch zusammengebissene Zähne. »Ihre verrückte Schwester hat meinen Verlobten entführt, ihm ein Messer an die Kehle gehalten und ...«

Der Prinz legt einen Finger an ihre Lippen. »Pst.«

Pen läuft vor Zorn rot an, ich kann hören, wie sie ihre Knöchel knacken lässt. Ich lege eine Hand auf ihre Faust, eine stumme Bitte an sie, ruhig zu bleiben. Sie kann ihn später mit einem anderen Stein schlagen. Im Augenblick gibt es wichtigere Dinge zu regeln.

Ich versuche den Prinzen nicht anzustarren, aber sein Anblick hat mich völlig aus dem Gleichgewicht gebracht. Als ich ihn zuletzt sah, war er schlaff und hilflos, blutete am Kopf und wurde eine Treppe hinaufgetragen. Zuvor war er ein verrückter, kindischer junger Prinz, der mit seiner

Schwester geplant hatte, mir und Pen die Informationen über den Metallvogel zu entlocken, der uns zum Boden bringen sollte.

Aber genau wie seine Schwester ist er seitdem erwachsen geworden. »Euer Hoheit«, beginne ich vorsichtig. »Bestimmt ist Ihnen mittlerweile aufgefallen, dass Internment in Schwierigkeiten steckt, und wir würden gern tun, was in unserer Macht steht, um zu helfen.«

Prinz Azure sieht Basil an. »Ein Mann zu sein, ist wirklich ungerecht, nicht wahr? Wir werden mit diesen unvernünftigen Wesen verlobt, und wofür? Nur um geboren zu werden.«

Basil schluckt die unfreundliche Erwiderung, die er gern aussprechen würde, und sagt stattdessen: »Morgan und Pen haben Informationen über Internment, die Sie meiner Meinung nach sicherlich interessieren werden. Vielleicht sollten Sie die beiden danach fragen.«

»Sie haben Informationen über Internment?« Der Prinz grinst höhnisch. »Von hier unten aus? Das ist ein Scherz. Ich musste zusehen, wie Fremde in einer metallenen Maschinenbestie zu meinem Königreich hinaufflogen, alle terrorisieren und unsere Erde stehlen. Ich bin noch nicht sehr lange hier unten« – er sieht zum Himmel hoch und dann wieder ruckartig zu uns – »aber der Blick von dieser Position scheint wenig ergiebig zu sein.«

Verstohlen schiebt sich Pen an meine Seite, und ich habe Angst vor dem, was sie als Nächstes sagen könnte, also spreche ich zuerst. »Das mag ja so sein, Euer Hoheit« – der

Ehrentitel liegt mir bitter auf der Zunge – »aber wir konnten von hier unten verfolgen, wie Internment sinkt.«

Jetzt sieht mich der Prinz an, als könnte ich ihm doch von Nutzen sein. »Wie?«, fragt er. »Wie könnt ihr das sehen?«

»Pen hat die Berechnungen gemacht. Sie konnte den Standort der Insel am Himmel mit der Sonne vergleichen. Seit die Jets landen und starten, sinkt Internment Stück für Stück.«

Ich erkläre es bestimmt nicht vernünftig. Dazu fehlt mir Pens Geschick. Aber der Prinz scheint mir zu glauben. Er tritt einen Schritt näher an Pen heran. »Wie viel ist es gesunken?«

»Nicht sehr viel«, antwortet sie mit überraschender Höflichkeit. »Ungefähr eine Armlänge, was nicht ausreicht, um etwas durcheinanderzubringen. Aber wenn die Jets weiterhin durch den Wind um die Stadt fliegen, wird das meiner Meinung nach die Strömung schwächen, die dabei hilft, Internment an Ort und Stelle zu halten. Es wird im Laufe der Zeit weiterhin langsam sinken oder es stürzt einfach ab. Ich weiß es nicht.«

Ich habe den Prinzen immer für einen Idioten gehalten, aber er ist schlau genug, um von alldem beunruhigt zu sein. Mit der Laterne in der Hand schreitet er auf und ab. Sein Schatten tanzt in dem zerbrechlichen Licht.

»Wir müssen den Jet aufhalten«, sagt er. »Das wusste ich bereits. König Ingrams Ankunft hat Internment nichts als Chaos gebracht, aber wenn das wahr ist, was Sie sagen, werden wir ihn schnell aufhalten müssen.«

Das scheint Pen zu überraschen. »Sie glauben mir?«

Der Prinz bleibt stehen und sieht sie an. »Als ich aufgewacht bin, nachdem Sie mich niedergeschlagen hatten, waren Sie schon lange weg. Meine Schwester war auch verschwunden, und ich wusste, dass sie einen Weg in Ihre Konstruktion gefunden hatte, die zum Boden wollte. Ich war allein und ans Bett gefesselt, hatte nichts als freie Zeit. Ich wollte alles über die Mädchen wissen, die versucht hatten, mich umzubringen. Die Mädchen, denen meine Schwester zum Boden gefolgt war.« Er deutet auf mich. »Sie waren langweilig, Stockhour. Ja, Ihr Bruder war ein Springer, aber Sie waren völlig gewöhnlich. Ein Niemand.«

Das ist nicht als Kompliment gemeint, aber irgendwie fühle ich mich geschmeichelt, dass meine Versuche, mich anzupassen und meine Tagträume zu verbergen, irgendjemanden dort oben überzeugt haben.

Der Prinz wendet sich Pen zu. »Aber Sie, Atmus. Die Tochter des Chefingenieurs der Glasländer. Eine perfekte Schülerin. In Ihrem Kopf brennt ein helles Licht, oder? Sie sind genau wie Ihr Vater. Eine angehende Ingenieurin.«

»Ich bin überhaupt nicht wie er«, erwidert sie lahm. »Über Verstand zu verfügen, macht mich nicht wie ihn.«

Er sieht sie mit zusammengekniffenen Augen an. »Aber Sie wissen vieles. Sie gehen Dingen auf den Grund. Wer würde in dieser verdammten Welt hier unten sonst auf die Idee kommen, Internments Position am Himmel zu berechnen? Niemand außer Ihnen.«

Darauf weiß Pen nichts zu erwidern. Leute, die auf

Internment Dingen auf den Grund gehen, haben die Angewohnheit, wegen Verrat zu sterben. Wenn ihr Vater so viel weiß wie sie, ist er nicht so dumm, es in der Stadt laut zu verkünden.

Der andere Mann räuspert sich. »Euer Hoheit, wir sollten zurückgehen, bevor der König Ihre Abwesenheit bemerkt.«

»Wir wollen zurück nach Internment«, sage ich. »Wir drei. Wir wollen, dass uns König Ingram unter dem Vorwand zurückschickt, seiner Sache zu helfen, und dann wollen wir Ihrem Vater dabei helfen, König Ingrams Männer zu überwältigen. Auf welche Art auch immer.«

Der Prinz lächelt traurig. »Sie wollen meinem Vater helfen? Unsere Welt wird in Stücke gebohrt, ausgeblutet, und mein Vater ist zu einem Nichts reduziert worden. Er kann uns nicht retten.«

»Und wer kann uns retten?«, will ich wissen. »Sie?«

»Nein«, antwortet er leise. »Ich nicht.«

Er gestattet seinem Begleiter, ihn zurück zum Schloss zu führen. Dort ist er kein Prinz, sondern ein Gefangener.

»Warten Sie!«, ruft Nimble ihm hinterher. »Ihre Schwester, Celeste, geht es ihr gut? Lebt sie?«

Der Prinz bleibt stehen, dreht sich aber nicht zu uns um. »Celeste ist eine alberne Prinzessin mit der albernen Vorstellung, sie könnte denken wie ein König. Sie hält sich für eine begabte Politikerin. Aber sie macht alles immer nur noch schlimmer. Sie täten gut daran, sie zu vergessen.«

Nims Schultern senken sich vor Verzweiflung oder Erleichterung. Vielleicht ist es auch beides. Der Prinz sprach von Celeste, als wäre sie noch am Leben und bei guter Gesundheit, und das ist immerhin etwas.

»Ich kann den kleinen Mistkerl nicht ausstehen«, murmelt Pen.

»Aber er hat zugehört«, erinnere ich sie.

Nim starrt in die Dunkelheit. Die Laterne wurde ausgeblasen, der Prinz und sein Begleiter sind aus der Sicht verschwunden. Selbst im schwachen Mondlicht kann ich den Schmerz in Nims Augen erkennen.

»Sind sie Zwillinge?«, fragt er. »Celeste und ihr Bruder.«

»Nein«, sagt Pen. »Aber sie sind die gleichen Nervensägen.«

»Hör auf«, flüstere ich ihr zu.

Sie gibt nach. »Lass dich nicht von dem herunterziehen, was er gesagt hat«, sagt sie zu Nimble. »Du wirst sie wiedersehen. Du kannst versuchen, uns nach Internment zu begleiten.«

Nim schüttelt den Kopf. »Ich kann Havalais nicht verlassen. Wenn ihr weg seid, wird jemand hier die Dinge im Auge behalten müssen. Ich vertraue weder meinem Vater noch dem König.«

Zwei Könige, denen man nicht vertrauen kann. Wir alle stecken jetzt in einer unmöglichen Zwangslage.

Wir kehren ins Hotel zurück; wir alle schweigen, denn wir wissen, dass es keine Worte gibt, die auch nur einen von uns beruhigen könnten.

5

Eine Woche vergeht, bis Jack Piper nach Hause zurückkehrt. Nimble spielt den Zerknirschten, was für alle Zuschauer nur schwer erträglich ist. Aber es zahlt sich aus. Er überzeugt seinen Vater davon, dass wir für den König eine Hilfe sein könnten.

Ob es nun Arroganz oder Erschöpfung ist, Jack Piper glaubt, wir wollten uns damit für Havalais' Gastfreundlichkeit bedanken. Er vereinbart ein Treffen mit König Ingram am nächsten Morgen. Das eröffnet er uns beim Abendessen.

Ich starre auf meinen Teller und bemühe mich, die Blicke von Judas und Amy zu ignorieren. Wie ich Pen versprochen habe, habe ich niemandem von der Begegnung mit dem Prinzen erzählt. Nicht mal Alice oder meinem Bruder.

Falls alles funktioniert wie erhofft, werde ich Lex über meine Abreise informieren. Vielleicht wird er mich aufhalten wollen, aber das wird ihm nicht gelingen. Nachdem er mich in dem Glauben gelassen hat, dass unser Vater tot ist, schuldet er mir viel, und das weiß er. Ich werde mich auf die Suche nach meinem Vater machen.

Thomas räuspert sich. »Pen? Kann ich mit dir unter vier Augen sprechen?« Sein ruhiger Ton ist ein Wunder.

»Es wäre unhöflich, den Tisch vor dem Ende der Mahlzeit zu verlassen«, äfft Pen ihn nach.

Basil und ich wechseln einen besorgten Blick, bleiben aber stumm.

Als ich vom Tisch aufstehe und die Pipers das Geschirr abräumen, verspüre ich eine nie gekannte Erleichterung. Pen folgt Thomas beherrscht und kühl hinaus. Basil und ich gehen nach oben.

In meinem Zimmer schließe ich hinter uns die Tür und lasse mich auf die Bettkante fallen.

Basil setzt sich neben mich. »Die beiden werden einen hässlichen Streit haben.«

»Ich wünschte, sie hätte es ihm einfach gesagt«, sage ich. »Er wäre glücklich gewesen. Sie soll doch nach Hause zurückkehren, genau das hat er sich gewünscht. Er hat mich angefleht, einen Weg zu finden, sie zurück nach Internment zu schaffen.«

»Es sei denn, sie will ohne ihn gehen.«

»Das könnte natürlich sein. Sie geht ihm ständig aus dem Weg. Schon seit wir Kinder waren.«

»Irgendwann werden sie das klären. Das schaffen sie doch immer.«

Ich denke an Pens Zeichnung, an das hässliche Wort, mit dem sie das Wunschpapier gefüllt hat, und frage mich, ob ich sie jemals ganz verstehen werde. Ich frage mich, ob sie das überhaupt will.

Und bin ich besser als sie? Ich habe meine eigenen Geheimnisse. Selbst in diesem Augenblick liegen mir die Worte auf der Zunge: Basil, ich habe Judas geküsst.

Um ein Haar spreche ich es aus. Während diese unheilschwangere Stille zwischen uns herrscht, sage ich es im Kopf immer wieder lautlos auf.

Aber dann schweige ich doch. Egoistisch bette ich den Kopf auf seine Schulter und denke über den Jet nach, der Internments Atmosphäre durchbricht. Ich grüble darüber nach, was uns bei unserer Ankunft erwartet, falls wir ankommen, und ich frage mich, ob überhaupt was davon ungeschehen gemacht werden kann.

• • •

Pen bleibt den größten Teil des Abends verschwunden; als sie zurückkehrt, decke ich gerade die Betten ab. Das mache ich automatisch; ich bin viel zu aufgewühlt, um schlafen zu können.

»Das war brutal.« Sie lässt sich auf ihr Bett fallen.

»Was ist passiert?«

»Er war sauer, weil ich ihn nicht auf dem Laufenden gehalten habe. Aber er sorgt sich immer so sehr um mich und ich fühle das genau.« Sie windet sich auf der Matratze. »Seine ständige Fürsorge macht mich ganz kribbelig.«

»War er einverstanden?«

»Am Ende schon. Er hasst diese Welt. Vielleicht hegt er ja die alberne Hoffnung, wir könnten nach Internment zurückkehren, und alles wäre so wie vorher. Ich weiß nicht.« Sie kriecht unter die Decke. »Falls der König eine vierte

Person erlaubt, wird er versuchen, uns zu begleiten. Vermutlich schulde ich ihm zumindest das.«

»Hast du was dagegen, wenn ich das Licht ausschalte?«

Sie schüttelt den Kopf und schließt die Augen.

Erst nachdem ich im Bett bin und wir uns an die Dunkelheit gewöhnt haben, bin ich mutig genug auszusprechen, was mir auf dem Herzen liegt.

»Hältst du mich für eine verabscheuenswürdige Person, weil ich Judas geküsst habe?«

»Von meinem Standort sah es aus, als hätte er dich geküsst.«

»Trotzdem.«

Die Decke raschelt, weil sie sich bewegt. »Du bist nicht verabscheuenswürdig, Morgan. Wenn du es wärst – wozu würde das dann mich machen? Würden wir unsere Sünden auflisten, läge ich in Führung.«

»In diesem Fall geht es nicht um die Anzahl der Sünden, sondern um ihre Schwere.«

»Ich fand das nicht in Ordnung«, gesteht sie. »Aber ich kenne dich und zu Hause hättest du so was niemals getan. Diese verrückte Welt hat uns alle fiebrig gemacht.«

Ich muss an die Nacht denken, in der ich Judas vor den Wachmännern gerettet habe, die auf seiner Spur waren. Ich stieß ihn in den See, um ihn zu verstecken, und danach wollte er mich wegjagen. Ich kann mich noch immer an die Trauer in seinem Blick erinnern, an die harten Züge seines Gesichts. Er hatte nicht die geringste Ähnlichkeit mit Basil, und trotzdem stand er so nah vor mir, dass ich seinen Atem riechen konnte. Das heimliche Tun hatte mich zu Tode erschreckt.

Aber Pen hat recht. Ich hätte ihn nicht geküsst, denn zu Hause tat ich alles, was in meiner Macht stand, um die Regeln zu befolgen. Um diejenige zu sein, die man von mir zu sein erwartete.

»Zu Hause habe ich mein ganzes Leben in der Überzeugung verbracht, dass diese kleinen Dinge eine Rolle spielen. Diese Regeln. Aber fünf Minuten in dieser Welt und alles brach auseinander.«

»Hör auf, dich zu quälen«, meint Pen. »Alles, was ich je an dir geliebt habe, ist noch intakt. Basil ist mit Sicherheit auch dieser Meinung.«

Danach reden wir nicht mehr, und irgendwann verändert sich ihr Atmen und sie hat irgendwie den Weg in den Schlaf gefunden.

Als die Sonne den Horizont erhellt, liege ich noch immer wach. Nimble klopft an der Tür. »Zehn Minuten.«

Zu dieser frühen Stunde schläft der Rest des Hauses noch. Die Insekten der Nacht singen noch.

Nimble wartet an der Tür auf uns und spielt nervös mit den Wagenschlüsseln. Er sieht zu, wie Pen, Basil, Thomas und ich vor ihm Aufstellung nehmen. In seinem Blick liegt Mitleid. »Kinder, das tut mir leid. Der König will nur mit dir und dir sprechen, wie er heute Morgen mitteilen ließ.« Mit dem Kopf deutet er auf Basil und mich.

»Was?«, stößt Pen hervor. »Aber ich dachte ...«

»Ein Wunsch von Prinz Azure«, sagt Nimble. »Wir sollten dankbar sein, dass er König Ingram überhaupt davon überzeugt hat, sich mit euch zu treffen.«

Wütend blickt Pen von Thomas zu mir. »Dieser königliche Mistkerl will alles ruinieren.«

Ich versuche sie zu beruhigen. »Er muss einen Plan haben. Lass Basil und mich gehen. Wir werden ja sehen, worum es geht, und ich werde dir bei meiner Rückkehr alles erzählen.«

Sie knirscht mit den Zähnen, aber Widerspruch würde nichts bringen. Das ist ihr klar. Sie gibt nach.

Nimble fährt uns und wie üblich ist Jack Piper abwesend. »Gestern habe ich Birdie besucht.« Nimble bemüht sich fröhlich zu klingen, um die Stimmung zu heben. Er sieht uns im Rückspiegel an. »Vater hat endlich die Zeit gefunden, sie zu besuchen, und welche Überraschung, sie haben sich die ganze Zeit gestritten.«

»Warum?«, will Basil wissen.

»Sie hat Narben«, sagt Nimble. »Vor allem diese tiefe ununterbrochene Einkerbung, die auf der einen Gesichtshälfte beginnt und dann weiter den Arm hinunterführt. Vater ist der Ansicht, es würde sie entstellen. Kein Mann wird sie heiraten, und er würde sie gern nach Übersee zu diesem Chirurgen im Norden schicken, der das wieder in Ordnung bringen könnte. Aber sie will es nicht in Ordnung bringen. Sie will die Narbe behalten. Das ist jetzt ein Teil von ihr, hat sie gesagt.«

»Dann sollte sie sie auch behalten«, meine ich.

»Vater hasst diese Erinnerung. Ich wage sogar zu

behaupten, dass er sich schuldig fühlt, weil ihr das passiert ist. Vielleicht hat er ja doch so etwas wie ein Gewissen.«

Genau wie Beerdigungen ist das eine weitere Sitte, die ich nicht begreife. Wo ich herkomme, verstecken wir unsere Narben nicht.

Unsere Blicke treffen sich kurz im Spiegel, bevor er sich wieder auf die Straße konzentriert. »Wenn es darum geht, dann lass nicht zu, dass er sie zu diesem Chirurgen schickt«, sage ich. »Wenn ihre Narben ihn an seine Taten erinnern, sollte er sie sich jeden Tag ansehen müssen. Vielleicht stimmt er dann ja den Kriegsplänen des Königs beim nächsten Mal nicht mehr zu.«

»Das ist eine nette Vorstellung, aber sobald er sich für etwas entschieden hat, kann ihn nichts mehr davon abbringen. Erst recht nicht, wenn er für den König arbeitet.« Wieder wirft er mir im Spiegel einen Blick zu. »Wie ist euer König so?«

»Hat Celeste nichts von ihm erzählt?«

»Natürlich. Aber mit einer gewissen Hoffnung. Sie meinte, man könne vernünftig mit ihm reden, aber mir kam das vor, als würde sie die Dinge idealisieren.«

In der Ferne ist das Königsschloss in Sicht gekommen; mein Magen krampft sich zusammen.

»Was auch immer du tust«, fährt Nimble fort, »lass den König ja nicht wissen, dass du etwas über das Phosan weißt. Er hält sowieso nicht viel von Frauen, also brauchst du dich nur begriffsstutzig zu geben. Du weißt nichts. Du willst nur helfen.«

Das sollte nicht schwerfallen. Der König flößt mir ein derartiges Unbehagen ein, dass es schwerfällt, in seiner Gegenwart überhaupt ein Wort zu äußern. Vielleicht ist Pens Abwesenheit gar nicht so schlecht. Sie lässt sich von niemandem einschüchtern.

Es ist ein schöner Sonnentag, aber bei unserer Ankunft im Schloss funkelt es nicht so wie früher. Ein Schatten scheint sich darübergelegt zu haben.

Nimble hält den Wagen an. Er dreht sich auf dem Sitz um und sieht Basil und mich an. »Sagt so wenig wie möglich. Stellt euch dumm. Sollte dem König klar werden, dass ihr mehr über den Sinkflug der Stadt wisst als er, bekommt ihr nie, was ihr wollt. Ihr wärt hier unten gefangen und müsstet für ihn arbeiten.«

Zwei Wächter haben uns erwartet, und sie öffnen die Wagentüren, damit wir aussteigen können.

»König Ingram und sein Gast erwarten Sie«, sagt einer der Männer. »Hier entlang.«

Dieses Schloss ist mir verhasst geworden. Diese Verschwendung, die es darstellt. Wie viele Ziegel wurden verbaut, wie viel Geld ist in diesen ausgedehnten Palast voller leerer Zimmer geflossen? Auf Internment fragen sich Kinder, ob Schlösser überhaupt existieren. Ich habe ebenfalls davon geträumt. Aber selbst in meinen fantasievollsten Träumen war das Schloss nicht mal halb so groß wie dieses Gebäude, und in jedem Zimmer fand ein Fest statt, es gab feines Essen und tanzende Mädchen in rauschenden Kleidern. Es war kein funkelnder Steinbau, der nicht genutzt wird.

Basil ist an meiner Seite. Dafür bin ich dankbar. Wenn mich das Gefühl überkommt, in dieser Welt und ihrem seltsamen Luxus zu ertrinken, erinnert er mich daran, wer ich bin und wo wir herkommen.

»Da sind Sie ja, da sind Sie ja!« König Ingram klatscht begeistert in die Hände, als er uns im Korridor entgegenkommt. Er hält direkt auf mich zu, ergreift mit beiden Händen meine Hand und küsst mir enthusiastisch die Knöchel. »Ich habe Ihr großartiges kleines Königreich mit eigenen Augen gesehen. Es ist prächtig!«

»Vielen Dank«, schaffe ich zu stammeln, von seinem Enthusiasmus überrascht.

»Und Ihre Freundin, die Prinzessin, war so nett, mir alles zu zeigen. Ihre Landsleute waren über ihre Rückkehr so glücklich, dass es jeden Tag Partys gab. Paraden. Ein wundervolles Fest.«

Das einzige Fest, das wir auf Internment haben, ist das Sternenfest im Dezember, und die Feierlichkeiten, die er beschreibt, bereiten mir sofort Sorgen. Falls König Furlow dazu bereit war, die Ressourcen der Stadt für so eine Veranstaltung zu verschwenden, muss er Angst gehabt haben.

Aber dann wird mir klar, dass König Ingram auf meine Antwort wartet. »Und wie geht es Prinzessin Celeste?«

Nimble steht jetzt neben mir, bei der Erwähnung ihres Namens wird seine Miene lebendig, aber er beherrscht sich schnell wieder, bevor der König es bemerkt.

»Das arme Ding ist krank geworden. Die Festlichkeiten waren etwas zu viel für sie. Aber sie ist wieder zu Hause in ihrem charmanten Uhrenturmschloss und bekommt die nötige Ruhe. Die Rückreise nach Havalais wäre zu viel für sie gewesen, aber sie übersendet ihre Liebe. Und ich habe Ihnen allen eine Überraschung mitgebracht, die Ihr König Furlow persönlich geschickt hat.«

Der König führt uns in sein Wohnzimmer. »Kommen Sie, kommen Sie!«, sagt er dabei wie ein Kind, das sich auf ein Geschenk freut, statt wie ein König, der eins machen möchte.

Schwungvoll stößt er die schwere Holztür auf und Prinz Azure erhebt sich aus einem Sessel. Gekleidet ist er nach der Mode dieser Welt: Ein kariertes Sportsakko mit Seidentuch in der Brusttasche, dazu graue Hosen mit scharfer Bügelfalte. Aber selbst in dieser fremden Kleidung erinnert mich etwas an seiner Haltung an zu Hause.

»Darf ich Ihnen Prinz Azure von Internment vorstellen«, sagt König Ingram.

Basil und ich täuschen Überraschung vor. Er verneigt sich, ich mache einen Knicks.

»Euer Hoheit«, sagt Nim. »Willkommen in Havalais.«

»Solche Förmlichkeit!«, ruft König Ingram aus. »Es ist schön, junge Menschen mit einem solchen Respekt für die Tradition zu sehen. Erfrischend. Aber setzen Sie sich doch. Nehmen Sie Platz!«

Ich setze mich auf dasselbe Sofakissen wie bei meiner ersten Begegnung mit dem König, Basil auf der einen Seite, Nimble auf der anderen.

Ich habe Prinz Azure erst vor wenigen Stunden gesehen,

aber er sieht erschöpft aus. Vielleicht hat das Laternenlicht auch nur seinen Zustand verschleiert. Er ist sehr blass, die Tränensäcke unter seinen Augen sind mit Schminke behandelt worden. Im Tageslicht erscheint er kleiner, majestätisch, aber zerbrechlich. Sein Haar ist etwas länger als früher und die Locken können die Reihe rosa schimmernder Narben an seiner rechten Schläfe kaum verbergen.

Er erwidert meinen Blick, zeigt aber weder ein Lächeln noch ein Stirnrunzeln. Der neutrale Ausdruck eines Politikers, ganz wie sein Vater. »Ich habe schon viel von dieser Welt gehört, und ich bin froh über die Gelegenheit, sie selbst sehen zu können«, sagt er.

»Ja, ja, wir haben eine großartige Rundreise geplant«, fällt ihm König Ingram ins Wort. »Morgen Nachmittag präsentieren wir unseren Prinzen Azure dem Rest des Königreichs. Mein Stab ist bereits dabei, die Festlichkeiten zu organisieren. Morgen gibt es zu jeder vollen Stunde Ankündigungen im Radio.«

»Pläne?«, fragt Nimble.

Der König sieht Basil und mich an. »Nun ja, natürlich. Wie Sie mir sicher zustimmen werden, macht unser Havalais gerade eine finstere Zeit durch. Krieg, Bombardierungen, Tod und Vernichtung. Natürlich wird der Phosanabbau das wieder in Ordnung bringen und wir werden bald wieder Frieden haben. Das ist alles schön und gut, nicht wahr? Aber das ist auch viel zu verarbeiten, und das Volk braucht etwas, das seine Moral hebt. Nicht wahr? Jemanden, dem es zujubeln kann.«

»Morgan und Basil wollen natürlich helfen«, sagt Nim. »Vater hat bereits mit Ihnen darüber gesprochen, hat er gesagt.«

»Ja, ja, natürlich, und ich bin so froh. Und ich weiß auch ganz genau, wie sie helfen können.« König Ingram beugt sich vor, schnappt sich Basils und meine linke Hand und hält unsere Ringfinger wie zwei identische Trophäen in die Höhe. »Die Liebe«, flüstert er aufgeregt. »Sie ist das Großartigste, was unsere beiden Welten gemeinsam haben. Sie beide sind die perfekten Repräsentanten Ihrer Welt. Sie sind jung, dynamisch, hoffnungsvoll und verliebt. Sie bieten ein hervorragendes Beispiel dafür, wie das Leben in Ihrer schwebenden Stadt ist.«

Mein Mund ist wie ausgetrocknet; ich kann genau sehen, wie meine Hand im Griff des Königs ganz blass wird. Oberflächlich betrachtet hat er recht. Basil und ich sind stets das gewesen, was man von uns erwartete. Basil ist es noch immer. Ich bin diejenige, die auf Abwege geraten ist. Ich bin diejenige, die sich Tagträumen über den Rand hingab und die scharf geschnittenen Züge eines fremden Jungen im Mondschein bewunderte. Ich bin diejenige, die unsere Partnerschaft in Gefahr gebracht hat, weil ich mich frage, was wir sind und was wir sein werden.

Der König lässt uns los und wir setzen uns zurück.

Nimble spürt unsere Beklommenheit und fragt an unserer Stelle. »Was erwartet man denn von ihnen?«

»Natürlich wird man Sie beide in nichts Gefährliches

verwickeln. Nein. Wir bitten Sie lediglich darum, in der Öffentlichkeit aufzutreten, ein paar vorbereitete Ansprachen zu halten und zu lächeln.«

»Es wäre uns eine Ehre«, sagt Basil ohne die geringste Verstimmung. Dafür bin ich stolz auf ihn. Ich weiß, wie sehr er den König hasst. Das habe ich ihm nach der Bombardierung des Hafens angesehen. Es ist der gleiche Hass, den er auf unseren eigenen König verspürt, der sich die gleichen Freiheiten mit dem Leben seiner Bürger herausgenommen hat. Diese ganze Tortur hat uns allen großes Misstrauen gegenüber Königen eingeflößt.

Aber wenn Basil das vortäuschen kann, dann kann ich das auch. Wenn ein hübsches Kleid zu tragen und ein paar hübsche Worte vorzutragen unser aller Sicherheit garantiert, bin ich sofort dabei. Meiner Meinung nach sind wir gut davongekommen.

Und dann sagt König Ingram: »Und nach den Festlichkeiten kehren Sie beide nach Hause zurück.«

Ich öffne den Mund zu einer Erwiderung, aber die Worte wollen nicht kommen. Ich kann nur versuchen, das Entsetzen zu unterdrücken, das sich bestimmt auf meinem Gesicht abzeichnet. Nur wir beide?

Wieder ist Basil der Ruhigere von uns. »Wir fliegen zurück nach Internment?«

»Sie werden zu meinem Vater gebracht«, sagt Prinz Azure. »Sie werden den Phosanabbau überwachen und mit den Arbeitern sprechen.«

Nur einen Augenblick lang sehe ich es deutlich – in seinem Blick schimmert Furcht. Sorge. Entsetzen. Auch er ist König Ingrams Gefangener.

Aber es ist nicht sicher, meine Frage zu stellen, und vermutlich werde ich meine Antworten sowieso niemals erhalten. Basil und mir steht etwas Größeres bevor als Festlichkeiten, so viel steht fest. Und unsere Heimat wird nicht mehr so sein, wie wir sie verlassen haben.

•••

König Ingrams Stab arbeitet schnell. Bei der Rückfahrt zum Hotel werden in der Hauptstadt Havalais bereits Banner aufgehängt, die den Himmelsprinzen willkommen heißen. Vor der Bibliothek baut man eine Bühne auf.

Ich wende den Blick ab und richte ihn auf meinen Verlobungsring. Er ist aus Glas und einem Stück dieses Phosans gemacht, das diese Welt so begehrt. Er ist mit allen anderen Verlobungsringen auf Internment identisch. Ich muss an den Fabrikarbeiter denken, der diesen Ring erschuf. Nie im Leben wäre er auf die Idee gekommen, welche Probleme ein kleiner Ring verursachen kann.

Mir drohen die Tränen zu kommen und ich unterdrücke sie. Jetzt ist nicht der Augenblick, um Schwäche zu zeigen. Ich zwinge mich dazu, nichts zu fühlen.

Der Fahrer bringt uns bis zur Haustür und ich will diesen Wagen nicht verlassen. Ich will Alice und meinem Bruder nicht gegenübertreten, und erst recht nicht Pen, um ihnen zu sagen, dass ich ohne sie nach Hause zurückkehren werde, nicht weiß, wie lange ich dort bleibe und ob ich überhaupt jemals zurückkomme.

Nimble steigt als Erster aus, dann öffnet er mir die Tür. Zögernd trete ich hinaus in die schwüle Luft.

Er tätschelt mir in einer kleinen Geste der Beruhigung die Schulter. »Ich gehe zu Fuß in die Stadt und besuche Birdie. Soll ich ihr einen Gruß ausrichten?«

Ich lächle. Das hebt meine Stimmung wenigstens ein bisschen. »Ja. Vielen Dank.«

»So ist es richtig, Mädchen«, sagt er. »Bis später.«

»Wir müssen nicht reingehen«, sagt Basil, sobald wir allein sind. »Wir könnten noch eine Weile draußen bleiben.«

Ich sehe ihn an. »Wir haben, was wir wollten, oder? Ich sollte glücklich sein.«

»Es zu hören, ist trotzdem ein Schock. Und du bist davon ausgegangen, dass Pen uns begleitet.« Er wirft einen Blick in den Himmel, dann sieht er wieder mich an. »Ich habe mich diese ganzen Monate mit der Frage gequält, ob ich zurückwill, falls sich die Gelegenheit bietet. Es war idiotisch anzunehmen, überhaupt eine Wahl zu haben. Oder sonst jemand von uns.«

»Du wirst deine Eltern und deinen Bruder wiedersehen.« Ich versuche optimistisch zu sein. Aber klingen meine Worte nicht bitter? Meine Mutter ist gestorben, und ich habe nicht die geringste Ahnung, ob mein Vater noch am Leben ist oder vom König wegen seines Verrats gefoltert wird.

»Was auch immer da auf uns zukommt, wir schaffen das gemeinsam«, ist alles, was Basil dazu zu sagen hat.

»Ich habe keine Angst, nach Hause zurückzukehren.« Das ist die Wahrheit. Wie sehr ich mich auch vor diesem Flug im Jet nach Hause fürchten mag, angesichts der Erwartung und Ungewissheit verblasst das völlig. »Um Pen mache ich mir Sorgen. Ich muss reingehen und ihr sagen, dass ich sie zurücklassen werde.«

Dazu hat Basil nichts zu sagen. In der Vergangenheit hatte er stets tröstende Worte für mich, ganz egal, wie schlimm es auch stand, und ganz egal, wie wenig ich seine Geduld bei der Gelegenheit verdient hatte. Aber für diese Sache gibt es keine tröstenden Worte.

Wieder drohen mir die Tränen zu kommen. Ich balle die Hände zu Fäusten und weigere mich, ihnen freien Lauf zu lassen. »Ich sollte es hinter mich bringen.« Ich steige die Stufen hinauf und stoße die Tür auf.

6

Jeder wartet in der Lobby und hat Fragen an uns. Jeder außer meinem Bruder, der sein Zimmer niemals verlässt, und Pen.

Basil bietet an, allen zu erzählen, was passiert ist, damit ich mich auf die Suche nach Pen machen und allein mit ihr sprechen kann.

Ich finde sie oben auf dem Bett, wo sie in einen von Birdies alten Katalogen starrt.

»Diese Zeichnungen sind großartig«, sagt sie, ohne aufzuschauen. Sie fährt die Umrisse eines Glockenhuts nach. »Es könnten fast schon Fotos sein. Diese Art Realismus erfüllt mich mit Neid.«

»Ich ziehe deine Zeichnungen vor. Pen?«

Sie blättert um.

»Pen, ich muss mit dir über etwas sprechen.«

»Also ich verstehe das mit diesem Karomuster einfach nicht. Die Männer tragen nichts anderes. Das ist doch langweilig. Ist ihnen das nicht klar? Zu Hause war ich der Ansicht, Thomas sieht in Nadelstreifen richtig gut aus. Nun, nicht gut, aber du weißt schon – akzeptabel.«

Ich setze mich auf ihre Bettkante und sie zuckt zusammen. »Pen.«

Sie schließt den Katalog und legt beide Hände auf das Titelbild, als wollte sie etwas auf den Seiten einsperren. Mühsam fragt sie: »Was ist?«

Jetzt muss ich auf das Titelbild des Katalogs in ihrem Schoß blicken. Die Zeichnung der Frau ist lebensecht. Sie hat dunkle Lippen und weiße Zähne, und ihr Mantel scheint drei Nummern zu groß zu sein; in den Taschen könnte man Melonen schmuggeln. Aber auf ihre Weise ist sie glamourös und scheint keine Sorgen zu kennen, so ähnlich wie die Mutter der Pipers, die sich bei Riles Begräbnis hinter den Bäumen am Friedhofsrand versteckte.

»Glaubst du, Birdie hätte etwas dagegen, wenn ich ihn behalte?«, frage ich.

Als Antwort wirft Pen ihn in meinen Schoß.

»Danke.« Mit dem Zeigefinger streiche ich von einer Ecke zur anderen. »Pen, der König schickt Basil und mich allein nach Internment.«

Sie ist ganz reglos, so wie nachts manchmal, wenn Thomas nach ihr sieht und sie zu schlafen vorgibt. Nach einem Augenblick erinnert sie sich daran zu atmen, als würde sie aus einer Trance erwachen. Es ist ein scharfer, gequälter Laut.

»Ich wusste, dass es so kommt.«

»Er will Basil und mich als Symbole des Kriegs benutzen. Seiner Meinung nach werden die Menschen in Havalais und Internment zwei verliebten jungen Leuten mehr

Vertrauen schenken. Wenn es nach ihm geht, macht das jedem Hoffnung.«

»Also bist du jetzt verliebt? Das ist mir neu.«

»Ich weiß es nicht. Das ist auch nicht der Punkt.«

»Ist es nicht?« Ihre Stimme klingt kalt. »Wenn zwei Königreiche ihre Hoffnungen auf zwei verliebte junge Menschen gründen, sollten die beiden dann nicht auch ineinander verliebt sein?«

»Ich liebe Basil, das weißt du genau.«

»Aber das ist nicht ganz das Gleiche, wie verliebt zu sein, oder?«

Ich presse die Lippen zu einem Strich zusammen. Ich will mich nicht mit ihr streiten.

Pen will sich meiner Meinung nach auch nicht streiten, und in der einsetzenden Stille spüre ich, wie ihr Zorn schwindet. »Wann brichst du auf?«

»Der König will Prinz Azures Ankunft diese Woche mit Festlichkeiten feiern. Vermutlich kurz danach.«

»Wann kommst du zurück?«

»Das hat er nicht gesagt.«

»Kommst du zurück?«

Ich will es nicht aussprechen, aber das muss ich, nicht nur für Pen, sondern auch für mich, damit ich die Geschehnisse akzeptieren kann. »Ich weiß es nicht.«

Pens Wangen haben jegliche Farbe verloren, ihre Augen blicken leblos. Auf Internment war ich einen Tag lang verschwunden und man unterrichtete sie über meinen Tod. Ich fand sie gebrochen vor, aber das hier ist schlimmer.

Sie gibt kein Lebenszeichen von sich, abgesehen von ihrer Unterlippe, die nun zittert.

»Dieser ganze Unsinn mit den jungen Liebenden ist eine Lüge, die der König dir und dem Rest der beiden Königreiche erzählt, das ist dir doch klar«, sagt sie.

»Ja.«

»Vermutlich hat er der Prinzessin etwas Schreckliches angetan. Vielleicht ist sie sogar tot.«

Ich verspüre Übelkeit. »Ja. Ich weiß.«

Ihre Stimme bricht. »Was auch immer er mit der Prinzessin gemacht hat, damit sie verschwindet, er wird mit dir und Basil das Gleiche machen.«

»Wir werden sein Spiel nicht mitspielen. Wir werden einfach abwarten müssen, was passiert.«

»Nein, *du* wirst abwarten müssen, was passiert. Ich werde hier unten sein und mich fragen, was passiert. Ich werde grübeln und nie wissen, ob du verletzt bist oder ... tot.«

»Oder völlig unversehrt. Hör auf damit.«

An ihren Wimpern funkeln Tränen, sie nimmt einen schnellen Atemzug nach dem anderen. Ich greife nach ihren eiskalten, feuchten Händen. Es kostet mich meine ganze Kraft, nicht ebenfalls in die Brüche zu gehen. Nicht wegen den Schrecken, die mich vielleicht im Himmel erwarten, sondern weil ich sie nicht in diesem Zustand am Boden zurücklassen will.

Sie schlägt den Blick nieder und nickt. »Okay. Okay, genau das haben wir doch gewollt, nicht wahr? Eine Möglichkeit zur Rückkehr. Also wurde ich nicht eingeladen.

Darum musst du einfach nur genug Aufruhr für uns beide stiften.«

Ich lächle sie an. »Das ist mein Mädchen. Siehst du? Alles wird sich finden. Wir können deine Unterlagen durchgehen. Ich lerne so viel davon auswendig, wie ich kann. Pläne, die es nur in meinem Kopf gibt, können sie nicht konfiszieren, richtig? Und was auch immer oben im Himmel geschieht, Basil und ich kommen damit zurecht.«

Es klopft an der offenen Tür und Pen wendet sich schniefend ab.

»Hey.« Judas steht auf der Schwelle. »Komme ich in einem schlechten Moment?«

»An diesem schrecklichen Ort ist es immer ein schlechter Moment«, sagt Pen.

»Ich habe gerade von den Plänen des Königs erfahren, dich zurückzuschicken.« Er mustert mich unverhohlen. »Ich wollte mich nur vergewissern, dass es dir gut geht. Das ist alles.«

Pen lacht ungläubig. »Du hast wirklich Nerven.« Sie steht auf und schreitet aus dem Zimmer, macht ein Schauspiel daraus, ihm auf der Türschwelle aus dem Weg zu gehen.

»Tut mir leid«, sage ich, obwohl ich Pen völlig verstehe. So weit weg wir auch von zu Hause gestürzt sind, sie glaubt noch immer an unsere Traditionen. Vielleicht bin ich in ihrer Achtung gesunken, aber sie findet es noch immer abscheulich, dass sich Judas die Freiheit herausgenommen hat, mich zu küssen. In der Welt hier unten ist die Sündhaftigkeit ansteckend, aber jemand von zu Hause sollte es besser wissen.

Seine Mundwinkel zucken missbilligend. »Sei vorsichtig, okay?«, sagt er dann. »Mehr als vorsichtig. Sei schlau. Sei aufmerksam. Dieser König ist genauso wenig dein Freund wie der, der dich vergiften ließ.«

Ich nicke. »Ich weiß und Basil weiß das auch.«

Ich blicke auf den Katalog auf meinem Schoß. Bei der Heimreise nehme ich ihn als Pfand dieser Welt mit. Vielleicht kann ich ihn ja meinem Vater zeigen und ihm von den Dingen erzählen, die ich gesehen habe.

Die Hoffnung zuzulassen, tut weh.

Judas bleibt lange dort stehen. »Ich wollte mich nur verabschieden.«

Mein Herz pocht. »Ich reise noch nicht ab.«

»Ich wollte es jetzt sagen. Manchmal glaubt man, später noch zu etwas Gelegenheit zu haben, aber dann hat man sie doch nicht.«

Ich verstehe. Daphne. Und jetzt hat er mich dazu gebracht, darüber nachzudenken, wie gewaltig das Ganze doch ist. Zu gehen. Möglicherweise niemals zurückzukehren. All die Abschiede, zu denen ich die Gelegenheit, aber nicht den Mut haben werde. Ich unterdrücke alles, schiebe es außer Sicht. Nur so kann ich weiteratmen.

Aber da gibt es eine Sache, die ich mich zu fragen traue, da ich vermutlich nie wieder Gelegenheit dazu bekomme. Ich sehe Judas an. »Erinnere ich dich an sie? Ist es das?«

»Ist es das?«, wiederholt er aufgebracht. »Was meinst du?«

»Hast du mich darum geküsst? Siehst du mich darum immer an, wenn du glaubst, dass ich es nicht merke?«

»Nein, das ist nicht ...« Er senkt die Stimme zu einem Flüstern und tritt ins Zimmer. »Nein, deshalb habe ich dich nicht geküsst. Muss es denn einen Grund geben?«

»Für gewöhnlich gibt es einen Grund, aus dem man eine andere Person küsst, ja.«

Judas verlagert unbehaglich das Gewicht. Er ist groß und dünn, und seine Gliedmaßen scheinen ihn stets aufs Neue zu überraschen, als fände er das Konzept, einen Körper zu haben, verblüffend. »Du sollst nicht glauben, dass ich Daphne verraten habe«, sagt er. »So ist das nicht. Sie würde wollen, dass ich mit meinem Leben weitermache. Es würde sie mit Stolz erfüllen, dass ich nach ihrem Tod den Verlobungsgesetzen trotze, statt mich dazu zu verdammen, nie wieder etwas für eine andere Person zu empfinden. Und du erinnerst mich kein bisschen an sie. Das hatte nichts mit ihr zu tun. In diesem Augenblick ging es nur um dich.«

Ich bekomme keine Luft. Die ganze Zeit über war ich davon überzeugt, dass der Wahnsinn der Einsamkeit Judas dazu gebracht hatte, sich von mir angezogen zu fühlen. Er trauert noch immer um sie, das weiß ich.

»Mit dieser Antwort hätte ich nicht gerechnet«, schaffe ich zu sagen.

»Bitte glaube mir, auch wenn du mir sonst nie wieder ein Wort glaubst.«

»Das tue ich. Es ist nur, ich ...« Ich räuspere mich und drehe mich auf dem Bett um, damit ich Abstand zu ihm gewinne. Aber das lässt weder die Nervosität noch die Schuldgefühle schwinden. Ich stehe auf und mache ein paar Schritte auf ihn zu. »Vielleicht war Daphne in diesem Augenblick nicht da, aber Basil schon.« Ich lege die Hand auf die Brust. »Er ist ein wichtiger Teil von mir. Ich kann ihn nicht verraten. Und ich werde es auch nicht. Nicht noch mal.«

Judas sieht mir in die Augen, und ich stelle infrage, was ich gerade gesagt habe. War Basil in diesem Augenblick bei mir? Die Wahrheit ist, dass auf beiden Welten alles zu existieren aufhörte. Er küsste mich, aber ich habe den Kuss erwidert. Und wenn ich ihm etwas bedeute, wird er meine Lüge unterstützen. Er wird mich nicht davon abhalten, so zu tun, als wäre nichts zwischen uns, bis es eines Tages zur Wahrheit geworden ist.

»Okay.« Er kratzt sich am Hinterkopf. Wendet sich ab. »Schön ... okay.«

Als er die Schwelle überschreitet, sage ich: »Leb wohl, Judas.«

Er bleibt mit mir zugewandtem Rücken stehen. Dann geht er wortlos weiter. Er hat bereits Lebewohl gesagt.

• • •

Innerhalb eines einzigen Tages hat alles angefangen auseinanderzufallen. Ich verbringe den größten Teil des Tages an der frischen Luft und gehe jedem aus dem Weg. Erst als ich allein in einer der Teetassen in dem leeren Themenpark sitze, erlaube ich mir zu weinen. Schluchzend lehne ich mich zurück und starre auf Internments blassen purpurnen Umriss am wolkenlosen Himmel. Ich weine um meine Mutter, die vermutlich zusammen mit all den anderen Opfern des Königs im Geheimen verbrannt wurde, ohne eine Zeremonie oder jemanden, der ein paar Abschiedsworte gesagt hätte. Ob ihr Geist noch immer dort gefangen ist und nach meinem Bruder und mir sucht? Fragt sie sich, warum wir sie verlassen haben?

Ich habe mir nicht erlaubt, diesen Schmerz zu fühlen. Ich war so sehr mit den Gefahren und Geheimnissen unserer Reise beschäftigt. Die ganze Zeit habe ich das Trauerband am Handgelenk getragen – mittlerweile ist es ganz schmutzig und zerfetzt –, aber richtig getrauert habe ich nicht.

Jetzt bricht alles auf einmal durch.

Und mein Vater – ich muss einfach glauben, dass er noch am Leben und unversehrt ist. Ich muss einfach.

Ich werde mit Thomas über Pen sprechen müssen. Sie und ich sind nie länger als einen Tag voneinander getrennt gewesen, und ich habe erlebt, was Verlust mit ihr anstellen kann. Ich will nicht zum Boden zurückkehren und herausfinden müssen, dass der Alkohol sie krank gemacht hat. Das werde ich Thomas sagen. Pass auf, dass sie keine Flaschen hortet. Pass auf, dass sie nicht allein loszieht. Sie kann ziemlich hinterhältig sein, also sei aufmerksam. Bei meiner Rückkehr will ich sie gesund sehen.

Bei meiner Rückkehr.

Genau das werde ich sagen.

7

Die Festlichkeiten kommen mir vor wie ein Traum. Die Schneider des Königs haben für Basil, den Prinzen und mich Kleidung angefertigt, die eine Mischung aus dem darstellt, was wir zu Hause getragen haben und was man in Havalais trägt.

Prinz Azure betritt vor uns das Podium und liest die Worte vor, die man ordentlich mit Schreibmaschine auf kleine Papierkärtchen oder Briefe geschrieben hat. Worte über die Vereinigung der Königreiche und das Ende des Kriegs mit Dastor. Aber es ist nicht Prinz Azures und auch nicht Internments Krieg, und ich weiß, dass hinter dem strahlenden Lächeln des Prinzen Zorn brodelt.

Ich bekomme keine Gelegenheit, ihn nach diesem Zorn zu fragen, oder danach, warum er Pen die Möglichkeit verweigert hat, mich nach Internment zu begleiten. Sie ist diejenige, die über das Wissen verfügt, das er braucht. In dem Moment, als er mit seiner Rede fertig ist, eskortieren ihn zwei von König Ingrams Männern in die Menge, um die Menschen zu beruhigen.

Leute zu bezaubern, ist für Prinz Azure nichts Neues.

Auf Internment gab es kaum etwas anderes für ihn zu tun. Er ist hochgewachsen, attraktiv und ausgesprochen eloquent, auch wenn ihm sämtliche Worte vorgegeben wurden.

Ich stehe auf der Bühne, halte Basils Hand und gebe mir alle Mühe, nicht ängstlich auszusehen.

Schließlich schickt uns der König ins Publikum. Uns hat er keinen genauen Text vorgegeben, aber wir wissen, was wir zu sagen haben. Alles wird gut. Internment hilft gern. Der Krieg wird bald vorbei sein. Dastor ist der Feind, aber sobald das Phosan uns zu dem mächtigeren Königreich macht, wird er uns in Ruhe lassen.

Die anderen bleiben uns fern. Pen, Judas, Amy und Nim. Aber manchmal entdecke ich sie in der Menge, wie sie Basil und mich beobachten. Ich sehe Judas' ausdrucksloses Gesicht, das so viel verbirgt, und ich sehe Pens beunruhigten Blick.

Ich schlucke den Kloß in meinem Hals hinunter und erzähle weiter Lügen.

• • •

An unserem letzten Abend in Havalais nehmen Basil und ich im Schloss an einem Bankett zu unseren Ehren teil. Ein Abschiedsmahl. Gebratene Tiere jeglicher Art und Gemüse, das ausnahmsweise mal nicht aus einer Dose kommt. Ich zwinge mich zu essen. Alles schmeckt wie Kleister. Ich will nur noch nach Hause, weiß aber nicht mehr, wo das eigentlich ist.

»Eine schreckliche Party, nicht wahr?« Prinz Azure

taucht hinter mir auf. Er hält zwei langstielige Gläser mit einem sprudelnden Tonikum, von denen er mir eins in die Hand drückt. »Ich glaube, auf dem Tisch dort drüben liegt ein ganzes Schwein – was ist das in seinem Maul?«

»Das weiß ich nicht«, antworte ich, weil mir zu übel ist, um hinzusehen.

»Morgen ist der große Tag«, fährt der Prinz fort. »Ich habe die ganze Woche darauf gewartet, einen Moment mit Ihnen allein sein zu können. Sieht so aus, als wäre jetzt unsere einzige Chance dazu.« Er nickt zu der offen stehenden Glastür, die auf den Balkon führt.

Ich suche nach Basil, der in einer Unterhaltung zwischen dem König und einem seiner Gäste gefangen ist.

»Beeilen wir uns, bevor uns der König zwingt, noch eine Zeile aus einer seiner Reden vorzulesen.« Trotz seiner Gewandtheit meint er es ernst, das ist ihm deutlich anzuhören, also lasse ich mich auf den Balkon führen.

Die heiße und schwüle Luft ist kaum besser als die bei der Party, aber Prinz Azure scheint erleichtert zu sein. Er nimmt sich die Zeit, tief einzuatmen.

»Also das war er? Dieser Junge mit den Gläsern vor den Augen? In den ist meine Schwester so verliebt?«

»Nimble Piper. Das war er.«

Prinz Azure schnaubt höhnisch. »So wie sie über ihn gesprochen hat, habe ich etwas Spektakuläreres erwartet. Er sieht nicht gerade nach einem Prinzen aus, aber er verschleiert seine Herkunft auf wirklich eindrucksvolle Art, das muss ich ihm lassen.«

»Er ist freundlich, falls das etwas wert ist.«

Der Prinz starrt in den Himmel. »Das ist etwas wert.«

»Celeste – geht es ihr gut?«, frage ich.

»Sie ist krank. In ihrem Zustand konnte sie nicht zwischen den Welten fliegen. König Ingram wollte sie trotzdem nach Havalais zerren, aber Vater hat ein Machtwort gesprochen und schickte mich an ihrer Stelle.«

»Aber sie ist am Leben«, denke ich laut.

Prinz Azure wirft mir einen frostigen Blick zu. »Ja. Und sie wusste nur Gutes über Sie zu sagen. Aus diesem und vielen anderen Gründen bin ich der Ansicht, dass der Boden sie in den Wahnsinn getrieben hat.«

»Haben Sie dem König darum geraten, Basil und mich zurück nach Internment zu schicken? Pen wäre für Internment nützlich gewesen, und wenn Sie sie aus reiner Bosheit hier unten behalten wollen ...«

»Ich versuche, sie am Leben zu halten«, sagt er. »Liegt sie mir am Herzen? Nein. Sie wollte mich umbringen, und mir gefällt gar nicht, was sie mit ihrem Haar macht. Aber mir ist keineswegs entgangen, wie nützlich sie ist. Ich weiß durchaus, dass sie diejenige war, die das mit dem Phosan oder dem Sonnenstein, wie wir es zu Hause nennen, herausgefunden hat. Sie verfügt über den Verstand eines Ingenieurs. Und wüsste mein Vater das, würde sie nach der Landung sofort im Uhrenturm verschwinden und den Rest ihres Lebens dort verbringen und für ihn arbeiten.«

»Das würde Pen niemals tun.«

»Das würde sie sehr wohl oder man würde sie foltern.

Bis kurz vor dem Tod ertränken. Sie aufschneiden. An den Handgelenken aufhängen.«

Ich verdränge die Bilder und konzentriere mich auf ihn. »Haben Sie diese Art Folter im Anziehungslager gesehen? Bei Leuten, die sich zum selben Geschlecht hingezogen fühlten?«

Das lässt ihn erbleichen. Er schluckt sichtlich und redet weiter. »Als König Ingram fragte, wen von euch man als Symbole benutzen sollte, wählte ich Sie beide wegen Ihres einfältigen Ausdrucks. Sehen Sie sich doch an – Sie sind völlig harmlos. Niemand käme auf die Idee, dass Sie auch nur einen vernünftigen Gedanken im Kopf haben. Aber Ihre Freundin ist da eine ganz andere Geschichte. Meine Schwester hat mir genau erzählt, wie brillant sie ist, und was das angeht, glaube ich ihr jedes Wort.«

»Warum haben Sie dann mich gewählt? Wenn Sie Internment um jeden Preis retten wollen und Pen so wertvoll ist?«

Der Prinz schließt einen langen, gequälten Augenblick die Augen. »Weil ich nicht will, dass sie meinem Vater hilft. Oder König Ingram. Meiner Meinung nach hat keiner von ihnen Internments beste Interessen im Sinn.«

»Da sind wir einer Meinung. Ihr Vater richtet mehr Schaden an, als Gutes zu tun.«

Er winkt ab. »Schön. Seien wir offen. Ja, ich stimme Ihnen zu. Die Methoden meines Vaters mögen gelegentlich schlimm gewesen sein, aber sie haben funktioniert, solange Internment noch isoliert war. Er ließ Leute umbringen, um

Aufstände zu unterdrücken, die die Stadt vernichtet hätten. Aber nun hat sich die Lage geändert. Ich brauche Sie und Ihren Verlobten, damit Sie mit Ihren dummen Gesichtern hinaufreisen und die Rolle von zwei harmlosen Idioten spielen. Ich brauche Sie, damit Sie mit meiner Schwester sprechen. Sie wird wissen, was zu tun ist. Und vor allem brauche ich Sie, damit Sie auf sie aufpassen.«

Ich blinzle. »Ich bin davon ausgegangen, dass Sie mit uns zurückkehren.«

»Sie kapieren es nicht, oder? Ich bin nicht hier, weil ich es will, Stockhour.«

König Ingram hat uns entdeckt und ruft unsere Namen, winkt uns enthusiastisch zurück zur Party.

Mit einem bleiernen Gefühl in der Magengrube folge ich Prinz Azure hinein.

•••

Nach der Rückkehr ins Hotel falle ich ins Bett, ohne mir die Mühe zu machen, mein Haar zu lösen oder mir die Schminke aus dem Gesicht zu waschen.

Pen klettert neben mich ins Bett und lange Zeit schweigen wir. Ich kehre ihr den Rücken zu und sehe zu, wie sich die Vorhänge um das geöffnete Fenster im Wind bewegen.

»Ich habe über den Garten der Steine nachgedacht«, sagt sie.

»Die Friedhöfe?«

»Ja. Genau die. Ich habe über die unzähligen Körper nachgedacht, die unter der Erde liegen, dort verwesen und die Würmer und den Erdboden füttern. Auf Internment verbrennen wir alles – Haut und Knochen, Gehirn und Herz, bis alles nur noch Staub ist.«

Sie legt das Kinn auf meine Schulter. »Aber was bleibt hier unten in den Menschen zurück, die man begräbt? Hüten sie noch immer die Geheimnisse, die ihnen erzählt wurden? Wo geht das alles hin?«

»Ich weiß es nicht.«

»Ich glaube, wir haben viel mit den Toten gemeinsam. Wir sind voller Dinge, die wir nicht laut aussprechen wollen. Dinge, die in uns gefangen sind und nie jemand hören wird.«

Wird sie nach meiner Abreise weiterhin solche Gedanken haben? »Wir sind nicht tot«, erinnere ich sie. »Was wir sagen oder nicht, die Geheimnisse, die wir bewahren oder auch nicht – das alles erfordert Entscheidungen. Bewusste Entscheidungen, die wir treffen, solange wir noch leben.«

»Ich habe mir schon gedacht, dass du es so siehst.« Sie legt den Kopf wieder auf das Kissen. »Wenn es jemanden gibt, dem ich meine Geheimnisse anvertrauen kann, dann bist du es, Morgan. Du wirst sie für dich behalten, wenn ich darum bitte, oder?«

»Natürlich.«

Nun begreife ich, was passieren wird. Vor mehreren Monaten entdeckte ich eines ihrer Geheimnisse auf einem Stück Papier, das beim Sternenfest verbrannt werden sollte. Es war das verzweifeltste, abscheulichste Ding, das ich sie je habe zeichnen sehen: Gebäude, deren Ziegel aus dem Wort »stirb« bestanden, genau wie der aus den Schornsteinen aufsteigende Rauch. Wir rauften uns um diesen Zettel, und sie hat nie genau erklärt, was er zu bedeuten hatte.

Dieses Geheimnis ist zu einem eigenständigen Wesen geworden. Es steht ununterbrochen zwischen uns, diese Sache, die wir nicht zur Sprache bringen.

Sie wendet sich von mir ab, dreht sich um, bis sie meinem Hinterkopf ihren Hinterkopf zuwendet. »Es fing an dem Tag an, an dem mich mein Vater in die Glasländer mitnahm. Es war Abend und wir waren allein. Er sagte, wir würden ein Geheimnis teilen, er und ich. Ich wusste, dass etwas nicht stimmte, denn er hatte noch nie mit mir über seine Arbeit gesprochen, geschweige denn mich mitgenommen.« Während sie spricht, ist sie ganz reglos.

Ich verstehe nicht, frage aber auch nicht. Sollte ich sie jetzt unterbrechen, wird sie mit der Geschichte aufhören und nie wieder davon anfangen, das ist mir klar.

»Ich kann mich nicht mal mehr erinnern, ob ich ihn angesehen habe. Ich erinnere mich, wie sich die Turmspitze beim Sonnenuntergang mit rotem Licht füllte. Ich erinnere mich, wie ich im Kopf ein Gedicht aufsagte. Du kennst es, wir haben es in der Kindergruppe gelesen, dass die Blumen die Augen des Gottes im Himmel sind, die überall wachsen, um auf uns aufzupassen. Ich habe es ununterbrochen rezitiert, bis die Worte keine Worte mehr zu sein schienen. Das war das erste Mal.«

Ich schließe fest die Augen gegen das, was sie nun sagen wird.

»Danach kam er zu später Stunde immer in mein Schlafzimmer. Für gewöhnlich, wenn sich der Himmel direkt vor Sonnenaufgang veränderte. Ich erzählte es meiner Mutter. Damals war sie noch in Ordnung. Sie hatte noch ihre fünf Sinne beisammen. Sie ging sofort zum Uhrenturm, um mit einem der königlichen Berater zu sprechen. Aber was konnte man tun, wo mein Vater doch so unersetzlich für die Glasländer war? Er ist einer der wichtigsten Ingenieure. Er war gerade damit beschäftigt, ältere Gebäude mit Elektrizität auszustatten. Der König wollte keinen Skandal. Also wurde entschieden, dass ich mich geirrt hatte. Ich musste einmal die Woche zu einem Spezialisten und erklären, warum ich nicht aufhörte, diese Lügen zu erzählen.

Aber weißt du, woran ich mich am deutlichsten erinnere? An all die Falten, die im Gesicht meiner Mutter erschienen. Man sollte glauben, dass ich diejenige gewesen wäre, die ständig weinte, aber das habe ich nie. Es war immer sie. Wie sie beim Abwasch hysterisch in Tränen ausbrach oder auf lange Spaziergänge ging und nicht zurückkehrte, bevor mein Vater schlafen gegangen war. Sie selbst schlief nie, also verschrieb man ihr ein Tonikum. So viel sie wollte. So viel eben nötig war, damit sie ihre Gedanken ertränken konnte.«

Meine Nägel graben sich in meine Handflächen, und ich halte lange Augenblicke die Luft an, um stumm und langsam auszuatmen. Ich hatte immer ihrer Mutter die Schuld an ihrem Kampf mit dem Tonikum gegeben. Manchmal habe ich sie auch dafür verteufelt, ihre einzige Tochter mit dieser schädlichen Sucht angesteckt zu haben wie mit einer tödlichen Krankheit. Nie wäre mir der Gedanke gekommen, es könnte dafür einen Grund geben.

»Auf Internment gibt es Dutzende Männer wie mein Vater. Vielleicht sogar Hunderte. Selbst wenn man genau hinsähe, würde man sie nicht erkennen. Jeder König weiß, was in seinem Königreich vor sich geht. Er weiß, wie man Dinge verbergen muss. Ich habe vor meinem Vater keine Angst mehr. Ich weiß auch nicht, ob ich das je hatte. Ich hatte Angst vor dem, was mit Mutter und mir passieren würde, falls es jemand herausfinden sollte. Meine Mutter kommt nicht mit den Dingen zurecht, nicht so, wie ich das tue. Sie ist wie ein Zugwagen, der nur rückwärts fahren kann. Der die ganze Zeit immer in der falschen Richtung im Kreis fährt, und nicht mal ich vermag etwas zu tun, das sie bremst. Das war vermutlich nicht immer so, aber so ist es, seit ich am Leben bin. Vermutlich kann ich meinem Vater nicht die ganze Schuld an ihrem Irrsinn geben. Ich halte nichts von der Idee, dass andere Menschen der Grund dafür sein sollen, wie wir zu dem werden, was wir sind.

Thomas weiß es nicht. Er darf es auch niemals erfahren. Er mag ja nicht nach viel aussehen, aber sollte er es herausfinden, wird er etwas tun, das so gewalttätig wie dumm ist. Das weiß ich genau.«

Sie hat recht. Geht es um sie, kennt dieser Junge keine Vernunft, so sehr liebt er sie.

»Ich fand Möglichkeiten, damit umzugehen. Ich fing an, ein Messer unters Kopfkissen zu legen, und als er das letzte

Mal in mein Zimmer kam, stellte ich mich schlafend, bis er nah genug war. Dann hielt ich ihm das Messer an die Wange und fragte ihn, wie er morgen bei der Arbeit seine Verletzung erklären wolle. Er legt so viel Wert auf sein charmantes Lächeln. So bringt er jeden dazu, ihm zu vertrauen.«

Die Vorhänge erschlaffen, als der Wind sie in Ruhe lässt. Insekten machen ungerührt mit ihrem Lied weiter.

Zum ersten Mal in dieser Nacht verliert Pens Stimme ihre kühle Distanziertheit, sie klingt verzagt. »Sag etwas.«

Sag etwas.

Nach dem Zwischenfall mit Lex wurde sie zu meinem Vorbild. Ich wollte für meine Eltern so stark sein, wie sie für ihre verfallende Mutter war. Idiotischerweise ging ich von der Annahme aus, wir hätten etwas gemeinsam, über das wir nur nicht sprachen. In jeder Nacht, in der ich sicher in meinem Bett schlief und mein größtes Problem darin bestand, nicht die Aufmerksamkeit zu bekommen, nach der ich mich sehnte, raubte man Pens Seele das Licht. Und ich bemerkte nichts und tat nichts. Und statt wegen unserer tragischen kleinen Leben eine enge Bindung einzugehen, verschwand unsere Kindheit in Wahrheit hinter jedem unserer Schritte, während wir Hand in Hand sehr unterschiedliche Pfade beschritten.

»Ich erinnere mich an diesen Dezember, wir müssen sieben oder acht gewesen sein«, sage ich. »Wir waren beim Sternenfest. Mein Bruder sollte unsere Zettel für uns anzünden, aber du bist den ganzen Tag gehüpft. Dir war ein wirklich wichtiger Wunsch eingefallen und du konntest es einfach nicht länger abwarten. Also bist du auf einen dieser Picknicktische gestiegen, um an die Flammenlaterne zu kommen. Ich hätte dich nicht davon abhalten können, selbst wenn ich es versucht hätte. Das Feuer brannte sofort bis zu deinen Fingern, bevor du das Papier loslassen konntest, und es schwebte in Spiralen von dir fort. Du hast in deinem weißen Kleid dagestanden, Grasflecken an Saum und Schleifen, und hast zugesehen, wie deine Flamme an einem Himmel verschwand, der bereits brannte.«

Die Sonne war dunkelrot gewesen, als würde sie in den Himmel bluten, und alles, unsere ganze Welt, schien zu brennen.

»Du warst wunderschön. Du warst das tapferste und mächtigste Wesen am ganzen Himmel.«

In der Dunkelheit wende ich ihr das Gesicht zu. Das Mondlicht schmiegt sich an die Wölbung ihrer Wange. »Wenn ich dich ansehe, sehe ich noch immer dieses Mädchen«, sage ich. »Das werde ich immer.«

Pen schließt die Augen und ihr stoischer Ausdruck schwindet.

»Niemand hat mich je so gesehen wie du«, erwidert sie.

8

Als Nim an die Tür klopft, ist es noch früh.
Die Sonne schläft noch. »Wir brechen in einer halben Stunde auf«, sagt er und verschwindet. Ich vermag nicht zu sagen, ob ich geschlafen habe oder nicht. Geträumt habe ich nicht, und den größten Teil der Nacht habe ich stumm verbracht, während Pen genauso stumm neben mir lag.

Ich zünde eine Kerze an, um sehen zu können, was ich tue, aber ich schalte kein Licht an, während ich in ein Kleid aus dem Schrank schlüpfe. Es ist aus Satin und hat keine Taille, der Kragen ist mit Pailletten besetzt. Diese Mode wird den König überraschen, falls es ihm auffallen sollte.

Ich dachte, Pen würde noch schlafen, aber dann setzt sie sich auf und sieht zu, wie ich mir die Knoten aus dem Haar bürste. »Ich habe dir gesagt, du sollst nicht mit Haarnadeln schlafen gehen.«

»Was glaubst du, was wird man zu Hause zu diesem Kleid sagen?« Unwillkürlich muss ich grinsen, obwohl ich es gar nicht will.

»Es ist auf jeden Fall skandalös.« Pen lässt sich zurück

in die Kissen fallen. Sie starrt zur Decke. »Hast du Angst vor dem Flug in diesem Jet?«

»Nachdem wir im Metallvogel des Professors zur Erde gestürzt sind, ist es eine Erleichterung, in einer Maschine mit einem richtigen Antrieb zu fliegen.«

»Aber dieser Vogel war schon eindrucksvoll. Er verfügte über eine richtige Küche. Unter anderen Umständen hätten wir hier leben können. Zumindest eine Weile.«

»Du solltest ihn malen. Nicht wie eine Karte, sondern mit allem Drum und Dran, mit Bolzen und Getriebe und so.«

»Ich weiß nicht, ob ich ihn dazu noch gut genug in Erinnerung habe.«

»Natürlich hast du das. So arbeitet dein Verstand. Du fängst das Aussehen der Dinge ein und sie bleiben für alle Zeiten in deinem Kopf erhalten.«

Sie setzt sich wieder auf, schaltet die Lampe ein und sieht mich an. »Ich hoffe, du hast recht.«

Ihr Anblick tut weh. Zwei Zöpfe. Verschlafene grüne Augen. Ein trotziges und spöttisches Lächeln, das ihre Lippen eigentlich nie richtig verlässt. Selbst nachdem man sie aus dem Wasser gezogen hat, sah ich es, wie es den Tod selbst verhöhnte.

Sie mustert mich neugierig. »Was ist?«

»Ich habe nur nachgedacht.«

»Ja, das habe ich mir fast schon gedacht.«

Alles hat sich verändert. Das denke ich. Die Art, wie die ich die Welt betrachte, hat sich verändert. Wie ich das Leben betrachte. Aber Pen sieht aus wie immer. Meine wunderschöne Pen, die mir ihr hässlichstes Geheimnis verraten hat.

»Willst du wirklich die Wahrheit wissen?«, frage ich.

»Ja, das möchte ich wirklich.«

»Ich weiß nicht, was mich zu Hause erwartet, aber ich hoffe, deinen Vater zu finden – in deinem Apartment oder wie er gerade die Glasländer verlässt. Ich würde gern sein Herz anhalten. Es ist einfach nicht richtig. Was er getan hat. Es ist einfach nicht richtig, dass Daphne und meine Mutter und wer weiß wie viele andere noch auf so schreckliche Art sterben mussten, er aber einfach weitermacht, als hätte er nichts Falsches getan.«

Ihre Miene wird sanfter. Ihre Augen sind nun hellwach.

»Du brauchst meinen Vater nicht zu töten.« Ihre Stimme ist sanft. »Aber ich kann dir nicht sagen, wie viel es mir bedeutet, dass noch jemand außer mir ihn tot sehen will.«

»Vielleicht stelle ich ihm dann nur ein Bein.«

Sie lacht. Es schießt aus ihr heraus und dann schlägt sie sich die Hand vor den Mund und schluchzt im nächsten Augenblick.

Ich setze mich zu ihr. »Nicht weinen«, sage ich, aber meine Augen füllen sich ebenfalls mit Tränen. »Nicht.«

»Dir darf nichts Schlimmes zustoßen, Morgan. Hast du gehört? Teile von mir, wichtige Teile, hören auf zu existieren, wenn du nicht in meiner Nähe bist.«

Sie erschaudert und greift nach meinen Händen, aber

dann überlegt sie es sich anders und schlingt die Arme um mich.

»Als ich den König über das Phosan unterrichtet habe, wollte ich nur das Beste für dich«, erinnere ich sie. »Also will ich bei meiner Rückkehr dieselbe Pen vorfinden. Nüchtern und lebendig.«

Sie nickt. Wütend und verzweifelt, denn in diesem Augenblick wird sie mir alles sagen, was ich hören will. Alles, was mich glücklich macht. So beschützen wir einander und füllen den Kopf der jeweils anderen mit diesen albernen Illusionen, die keine von uns auch nur eine Spur verändern werden, solange wir voneinander getrennt sind. Dass wir einander wiedersehen werden.

• • •

Als ich das Schlafzimmer verlasse, schließe ich die Tür hinter mir und halte dabei den Türknauf fest, um so wenig Lärm wie möglich zu machen. Der größte Teil des Hauses schläft noch und ich möchte einen tränenreichen Abschied vermeiden.

Aber an der Treppe wartet jemand auf mich.

Alice' Haar ist hellrot, obwohl der Rest von ihr von der Dunkelheit der Stunde in Schatten getaucht wird. Ich halte den Atem an. Nur so kann ich verhindern, dass ich zusammenbreche und meine Entscheidung ändere. Nicht abreise.

Ihr trauriges Lächeln ist kaum zu erkennen. »Ich wollte mich von dir verabschieden. Lex hat mich gebeten, ihn zu wecken, aber ich hielt es für besser, es zu lassen.«

Mein Bruder und ich sind zu einer gewissen Übereinkunft gekommen. Er hat wegen meines Vaters gelogen. Wenn ich mich zur Heimkehr entscheide, schuldet er mir genug, um mich gehen zu lassen. Aber es muss ihm nicht gefallen. Stände er hier, würde er versuchen, mich davon abzuhalten, und da er nun mal mein Bruder ist und mich genau kennt, würde er an mein Mitgefühl appellieren. Er würde wissen, was zu sagen ist, aber nicht, um mich aufzuhalten, sondern um dafür zu sorgen, dass ich mich lausig fühle, weil ich gehe.

»Mach dir keine Sorgen«, sagt Alice. »Ich passe auf ihn auf.«

»Pass auch auf dich selbst auf«, erwidere ich mit angespannter Stimme. Ich werde die beiden schrecklich vermissen.

»Ich bearbeite ihn«, sagt sie. »Ich glaube, ich habe ihn fast davon überzeugt, sich mit dieser Welt anzufreunden. Wenn der Krieg vorbei ist, suchen wir uns ein neues Apartment. Er kann seine Romane schreiben, ich kann arbeiten.«

»Also genau wie zu Hause, nur andersherum.«

Sie lacht. »Ja.«

Ich nehme ihre Hände. »Sag ihm, hier unten gibt es viele Freiheiten. Hier wird ihn niemand stigmatisieren, weil er ein Springer ist – die Leute hier unten wissen nicht mal, was das ist. Sag ihm, dass ihr eine Familie gründen könnt.«

Sie drückt meine Hände. »Das wird mehr Zeit brauchen, mein Schatz. Dazu muss noch so vieles heilen.«

»Etwas kann nur heilen, wenn der Prozess anfängt. Sag ihm das.«

»Ja.« Ihre Stimme bricht.

Vermutlich, weil ich diese schreckliche Erinnerung wieder ans Licht gezerrt habe, und ich hasse mich dafür, so vorschnell gewesen zu sein. Ich will unbedingt, dass sie glücklich sind, darum verliere ich die Geduld. Aber Alice legt die Arme um mich und küsst meine Wange mit solcher Gewalt, dass ich ihre Lippen noch immer spüre, nachdem sie sich zurückgezogen hat.

»Komm lebendig wieder zurück. Ganz egal, was du dafür tun musst.«

Ich ertrage nicht noch ein Versprechen, von dem ich mir nicht sicher bin, ob ich es je erfüllen kann. Stattdessen drücke ich sie und sage ihr, dass ich sie liebe, und ich ermahne sie erneut, Lex' Sturheit zu bekämpfen und ihn dazu zu bringen, sich wieder den Lebenden anzuschließen. Sie sind beide noch jung. Ich ertrage den Gedanken nicht, mein Bruder könnte die Jahrzehnte, die sie beide noch zu leben haben, einfach so verschwenden. »Hier unten wartet noch ein Leben auf euch. Lass nicht zu, dass er ununterbrochen über die schrecklichen Dinge lamentiert, wo es doch noch so viel Gutes gibt.«

Sie umarmt mich erneut. Weitere Versprechen sind unnötig und keine von uns will Lebewohl sagen. Als wir einander endlich loslassen, schenke ich ihr ein Lächeln, bevor ich mich abwende und die Stufen hinuntergehe.

Basil trägt anscheinend einen von Nims Anzügen. Er sieht wirklich toll darin aus, auch wenn die Schultern etwas eng sitzen. Nim ist beträchtlich schlanker und sehniger.

Basil lächelt mir ernst entgegen. In meinen Augen funkeln Tränen.

»Hallo«, sage ich leise. Der Rest des Hotels schläft oder tut zumindest so. Nimble sagt, dass wir noch ein paar Minuten Zeit haben. Falls wir möchten, können wir uns noch verabschieden. »Bis zum nächsten Mal«, fügt er schnell hinzu.

Ich sehe Basil an. »Ich will es nicht. Aber falls du noch was sagen musst, solltest du es tun.«

»Was ist mit deinem Bruder?«, fragt er.

Von ihm will ich mich erst recht nicht verabschieden. Wenn es in diesem Hotel jemanden gibt, dessen Worte mächtig genug sind, damit ich es mir anders überlege, dann Lex.

Ich würde auch gehen, wenn der Tod meines Vaters sicher wäre. Ich gehöre noch immer nach Internment. Es ist noch immer ein Teil von mir. Ich muss das bis zum Ende durchstehen. Und ich will es auch.

»Ich habe mich bereits verabschiedet«, sage ich.

Jack Piper ist nirgendwo zu sehen, sein Fahrer auch nicht. Nim führt uns zu einem der schwarzen Autos, die sonst vom Personal benutzt werden, und fährt uns höchstpersönlich.

Wir kommen zu einer Kurve, und als ich zurückblicke, ist das Hotel nicht mehr in Sicht. Ich breche wieder in Tränen aus, werde schnell hysterisch, und ich schluchze unverständliche Silben, die die Namen der Menschen im Hotel sein sollen.

Basil nimmt mich in den Arm, streichelt meinen Rücken und flüstert, das sei völlig in Ordnung, ich solle alles herauslassen, ich sei unglaublich tapfer gewesen. Er versteht, dass das für mich schwerer ist als für ihn. Wir kehren zu seiner Familie zurück und lassen meine hinter uns.

Er küsst meinen Scheitel. »Ach, Morgan.«

Ich zittere in seinen Armen, wie Pen in meinen gezittert hat. Sie ist es wohl gewesen, die mich so lange zusammengehalten hat. »Ich wollte für sie stark sein.« Mein Speichel lässt mich würgen. »Und Alice und ...« Ich bekomme kein Wort mehr heraus.

Basil stützt mich gegen das Schütteln des Fahrzeugs. Er muss der Starke sein, wenn ich es nicht sein kann. Alice hat recht. Dinge verändern sich. Menschen gehen. Die Person, deren Blut unseren Ring füllt, ist die, die niemals von unserer Seite weicht.

Ich kralle mich in sein Hemd.

Trotz des versprochenen Spektakels ist der Abschied unspektakulär. Offenbar hält Nim mitten auf einem Feld an. Dann erkenne ich im intensiver werdenden Licht einen langen Betonweg, der wie eine Straße zu einem mehrstöckigen Gebäude mit einem riesigen, verschlossenen Tor an der Vorderseite führt.

»Nimm dir eine Minute, um deine Tränen zu trocknen«, sagt Nim. »Wir sind sowieso früh dran.« Er dreht sich auf seinem Sitz um und gibt mir das Taschentuch aus seiner Brusttasche. Es ist mit einem schwarzen JP für Jack Piper bestickt. Sein richtiger Name, den er nie benutzt.

Ich schniefe. »Danke.«

Er hat die Lippen fest zusammengepresst, nicht ganz ein Lächeln. Ich werde ihn und seine Schwestern vermissen, aber wenn ich nicht völlig zusammenbrechen will, darf ich jetzt nicht darüber nachdenken. Ich sehe zu, wie er aus dem Wagen steigt und die Tür schließt.

Ich tupfe mir die Augen ab, putze mir die Nase und atme zittrig aus.

»Als du deine Familie zurückgelassen hast, wenn sich das so anfühlt, warum hast du mir das nicht erzählt?«, frage ich Basil.

»Es war nicht dasselbe.« Mit dem Ärmel tupft er mir die hartnäckigen Tränen ab. »Ich habe die beste Wahl getroffen, die sie von mir erwartet hätte. Ihre beste Chance auf Sicherheit bestand darin, sie zurückzulassen. Das wusste ich.«

Ich schüttle den Kopf. »Mein Bruder oder Alice hätten das nicht gewollt. Darum konnte ich mich auch nicht von ihm verabschieden. Ich wollte es aber so aussehen lassen – als wäre ich einfach zu einem Spaziergang aufgebrochen, bevor er erwachte, und ich würde bald wieder da sein.« Ich sehe ihn an. »Und Pen. Ich brauche sie. Ich brauche euch beide. Ohne euch an meiner Seite weiß ich nicht, wer ich bin.«

»Du bist Morgan«, sagt er. »Das Mädchen, mit dem ich in Kinderjahren niemals mithalten konnte, das immer Schmetterlinge und sogar Brombeerfliegen hinterherjagte – allem, was Flügel hat. Du bist das Mädchen, das in den Ozean gesprungen ist, als Pen nicht zurück an die

Oberfläche kam. Du bist diejenige, die mich zurückruft, wenn sich meine Gedanken in die Dunkelheit verirren.«

Ich schniefe albern. »Bin ich das?«

Er hebt mein Kinn an, damit ich ihm in die Augen sehe. »Ja.«

»Du weißt immer die richtigen Worte.« Wieder putze ich mir die Nase und falte das Taschentuch dann auf meinem Schoß. »Ich gehe nicht davon aus, dass Nim das zurückhaben will.«

Basil lacht. »Vermutlich solltest du es behalten.«

»Sollen wir dann gehen?«

»Ich bin bereit, wenn du es bist.«

Basil öffnet die Tür, ich folge ihm hinaus in die dunkle Morgenluft. Obwohl die vergangene Nacht ziemlich warm war, ist es nun kühl. Ich kreuze die Arme vor dem Körper. »Euer Wetter ist unberechenbar«, sage ich zu Nim.

Wir gehen die Betonfläche entlang, und um in dem Augenblick zu verweilen, erzähle ich ihm von den langen und den kurzen Jahreszeiten zu Hause. Eigentlich gibt es dort kein Wetter. Keinen Schnee. Manchmal findet man geringfügige Veränderungen an den Blättern und einen leichten Temperatursturz, wenn die Tage kürzer werden, aber das ist nicht mit hier zu vergleichen.

»Für jemanden wie euch müssen unsere Jahreszeiten bestimmt ein Ärgernis sein«, meint er.

»Nein. Ich finde sie wunderschön.«

»Wie nennt ihr diese Straße?«, will Basil wissen. »Sie ist seltsam. Ein Ende hört einfach mitten im Gras auf.«

»Das ist eine Startbahn«, sagt Nim. »Das Flugzeug wird aus diesem Hangar kommen und auf der Startbahn an Geschwindigkeit gewinnen, dann hebt es ab.«

Ich wende mich ihm zu. »Wünschst du dir, du könntest mit uns kommen?«

»Die Vorstellung ist verlockend«, gesteht er. »Aber ich muss mich um meine Schwestern kümmern.« Seine Miene hellt sich etwas auf. »Birdie wird es aufregend finden, dass ihr nach Hause zurückgekehrt seid. Bei eurer Rückkehr wird sie viele spannende Geschichten erwarten.«

Er sagt es mit solcher Zuversicht, und ich vermag nicht zu sagen, ob er wirklich daran glaubt oder nur meinetwegen ein überzeugender Lügner ist.

Ich spiele mit. »Ich freue mich darauf, sie wieder auf den Beinen zu sehen.«

Der Hangar, in dem das Flugzeug steht, ist näher gekommen. In seinen Ziegelmauern hallen Stimmen.

»Morgan«, sagt Nim. »Deine Freundlichkeit hat Celeste viel bedeutet. Du warst jemand, dem sie vertrauen konnte. Tatsächlich sogar die Einzige. Ich habe mich gefragt, ob du ihr vielleicht das hier geben könntest. Natürlich nur, falls du sie siehst.« Er hat einen zusammengefalteten Umschlag aus der Brusttasche gezogen, den er mir in die Hand drückt. Er ist versiegelt und enthält mehrere Seiten, wie ich genau fühlen kann. »Es ist sehr wichtig, dass sie die Einzige ist, die ihn zu lesen bekommt.«

Ich erwidere seinen Blick. »Natürlich.«

»Und falls ...« Er bricht ab und fängt noch mal an,

nachdem er Mut gesammelt hat. »Und falls es stimmt, was die anderen befürchtet haben, und sie nicht mehr lebt, musst du diese Papiere für mich vernichten.«

Sein Mut, diese Worte auszusprechen und sie als Möglichkeit zu akzeptieren, erstaunt mich.

»Okay«, sage ich und wiederhole dann etwas, das ich Birdie so oft habe sagen hören; ich imitiere ihren Akzent und betone die drei Silben: »Absolut.«

Nim lächelt und versetzt meiner Schulter einen leichten Hieb. »Danke, mein Mädchen.«

Er schlägt gegen das Holztor des Hangars: einmal, Pause, dreimal, Pause, dann wieder einmal.

Drinnen ertönt ein metallisches Geräusch, als würde man Seile durch einen Flaschenzug ziehen. Langsam hebt sich das Tor und verschwindet in dem Gebäude.

Als ich im Morgenlicht den ersten freien Blick auf den Jet bekomme, blendet mich ein schmerzhafter Lichtblitz. Zu spät beschützen wir unsere Augen. »Da sind sie, unsere liebreizenden jungen Leuchtfeuer der Hoffnung!«, ruft der König. Er hält ein schwer aussehendes Metallgerät vors Gesicht, das er nun senkt, um uns anzulächeln. »Das wird ein wunderbares Bild für das Titelblatt der Zeitung. Ich werde eine Ausgabe für Ihre Rückkehr verwahren.«

Falls du uns nicht deine Männer auf den Hals schickst, um uns umzubringen, denke ich. Das hat mein König bei mir versucht.

Als die brennenden Funken aus meinem Sichtfeld verschwunden sind, entdecke ich Prinz Azure hinter dem

König stehend, auf beiden Seiten von zwei von König Ingrams Männern flankiert. Eine Geisel. Wieder ist er nach der Mode dieser Welt gekleidet; würde er so zurückkehren, würden die Schuljungen zu Hause nur Sekunden brauchen, um dieses fremde Erscheinungsbild nachzuahmen. Internment würde anfangen, dem Boden zu ähneln. Die Vorstellung erschreckt mich mehr, als ich gedacht hätte.

Der müde Blick des Prinzen ruht auf Nim, dem Jungen aus einem fremden Land, der das Herz seiner Schwester gestohlen hat.

Nim bemerkt es und tippt grüßend an seine Mütze, erhält aber keine Antwort.

Neben dem Prinzen steht der Jet wie eine riesige Metallkreatur, wie ich sie in einem der Ozeane dieser Welt erwartet hätte. Falls die Konstruktion des Professors ein Vogel war, ist das ein Geschöpf des Meeres. Ein Wal mit gebogenem Rücken und Brustflossen, die auf beiden Seiten ausgestreckt sind. Das Metall ist dunkel, auf der Seite steht in weißer, teilweise bereits abgeplatzter Farbe »001« geschrieben.

Ich wende mich Basil zu, der das Ding besorgt anstarrt. Ich würde ihn gern beruhigen, aber es erscheint nicht klug, in Anwesenheit des Königs zu sprechen. Davon abgesehen will ich ihn nicht anlügen.

Der König dirigiert Basil, den Prinzen und mich zur Nase des Jets, damit er noch ein paar Fotos schießen kann. Ich muss mich zwischen die Männer stellen und ihnen die Arme um die Schultern legen. »Wenn Sie lächeln, geht das viel schneller«, zischt mir Prinz Azure durch die zusammengebissenen Zähne zu. »Und nicht, als würden Sie vor einem Erschießungskommando stehen. Sondern als wäre Ihnen das ernst.«

Ich zwinge mich zu meinem besten Lächeln. Der König scheint zufrieden mit uns zu sein und drückt einem seiner Männer das schreckliche Blitzding in die Hand. Es heißt Kamera, das weiß ich, aber es ist eine viel primitivere Version der Bildrecorder, die wir zu Hause haben. Verglichen mit Internment hat diese Welt viele Fortschritte gemacht, aber die schwebende Stadt verfügt über eine viel bessere Technologie. Sollte Havalais das Phosan nutzen können, würde das alles verändern.

»Das ist der Augenblick, in dem ich Ihnen eine gute Reise wünsche«, sagt der König. Er gibt Basil und mir einen dicken Papierstapel. »Ich habe ein paar Notizen vorbereitet – Reden, Informationen, Reisetagebücher, was Sie auf bestimmte Fragen antworten sollen. Nach Ihrer Ankunft zu Hause wird Sie jemand abholen.«

Zu Hause. Er sollte ihm verboten sein, ein so intimes Wort für den Ort zu benutzen, dessen Zerstörung er so unbekümmert in Kauf nimmt.

Sein erfreutes Grinsen kann mich nicht beruhigen. Ich bin mehr als je zuvor davon überzeugt, dass uns zu Hause ein schreckliches Schicksal erwartet. Er hat uns als Symbole der Hoffnung benutzt, und jetzt, da wir abreisen, kann er seinem Königreich alle möglichen tollen Geschichten darüber erzählen, was wir dort oben machen werden. Dafür müssen wir nicht lebendig sein.

Einer der Männer öffnet die Flugzeugtür. Sie löst sich aus dem Körper wie ein Stück abgezogene Orangenschale. Unsere Schuhe machen harte Geräusche auf den Eisenstufen, während wir zum Eingang hinaufsteigen. Basil geht zuerst, ich folge ihm. In dem Augenblick, bevor ich die Tür passiere, werfe ich einen Blick zurück über die Schulter auf Nim, der mich voller Mitleid anlächelt. Neben ihm formt der Prinz lautlos die Worte: »Meine Schwester.« Ich nicke kaum merklich, damit es der König, der sich in der Begeisterung über seine Pläne aalt, nicht bemerkt.

Als ich den Jet betrete, rollen zwei Männer die Leiter weg. Basil packt meinen Arm, als hätte er Angst, ich würde rausfallen. Und dann schlagen die beiden Männer die Tür mit einem lauten Ruck zu. Mein ganzer Körper verkrampft sich. Das Erbeben des Jets will nicht aus mir weichen, stattdessen kriecht es gefangen in mir meine Knochen rauf und runter.

In dem Jet ist es ziemlich dunkel. Das einzige Licht kommt von einer Reihe kleiner Fenster an beiden Seiten des winzigen Raums.

Die Decke ist niedrig und gewölbt. Basil kann nicht aufrecht stehen und muss sich auf dem Weg zu unseren Sitzen ducken. Die Sitze haben große Ähnlichkeit mit denen in unseren Zügen zu Hause. Es gibt vier Stück aus poliertem braunen Leder, die sich jeweils zu zweit gegenüberstehen. Daneben befindet sich ein kleines ovales Fenster.

Mit zitternden Beinen setze ich mich auf einen Platz neben dem Fenster. Basil setzt sich neben mich und legt die Hand auf mein Knie.

Unter den gegenüberliegenden Sitzen entdecke ich zwei Eimer. »Wozu sollen die wohl dienen?«, frage ich auf der verzweifelten Suche nach einer Ablenkung.

»Vermutlich für den Fall, dass uns schlecht wird«, meint Basil.

Das sorgt nicht dafür, dass ich mich besser fühle. Als wir aus dem Himmel fielen, war mir kein bisschen übel, aber jetzt hat man mir den Gedanken in den Kopf gesetzt, und ich schürze die Lippen.

Scheinbar in den Wänden des Jets ertönt plötzlich ein Brüllen. Unsere Sitze erbeben. Ich greife nach Basils Hand auf meinem Knie. Ich kann den letzten Atemzug fühlen, den er nimmt, bevor er die Luft anhält. Der Jet macht einen Satz nach vorn und die Dunkelheit des Hangars außerhalb des Fensters weicht dem heller werdenden Himmel. Für weniger als eine Sekunde kann ich den mit den Händen in den Taschen dastehenden Nim sehen, bevor er aus der Sicht gerissen wird. Das Gras rast an uns vorbei, ein endloses Feld, dann liegt dieses Gras plötzlich weit unter uns. Wir bewegen uns in die Höhe und lassen meinen Magen unter uns zurück.

Meine Hand, die Basils drückt, ist schweißfeucht. Mein Gesicht ist heiß und dann kalt.

Basil atmet aus, seine nächsten Atemzüge sind flach. Er starrt aus dem winzigen Fenster.

Ich hole tief Luft und atme tief aus. »Vielleicht lenkt es uns ja ab, wenn wir die Papiere lesen, die uns der König gegeben hat.«

Basil schüttelt kaum merklich den Kopf. »Ich kann mir im Moment keine Worte ansehen.«

Vermutlich bin ich auch nicht in dem Zustand, um lesen zu können. Ich lege den Kopf gegen den Sitz und versuche mich zu beruhigen.

Mehrere stille Minuten vergehen, und sobald mir klar wird, dass ich den Eimer unter meinem Sitz nicht brauchen werde, fühle ich mich besser.

Wir sprechen nicht miteinander, entweder aus Angst, uns könnte schlecht werden, oder weil uns diese Woche, in der man uns vorgeführt hat, erschöpft hat.

Nach einer Stunde Flug fühlt sich mein Kopf an, als würde er in einem Schraubstock stecken. Ich lehne mich an Basil, der Muster auf mein Knie malt und nur gelegentlich innehält, um den Satin des Kleids zwischen den Fingern zu reiben.

Ich denke über die grimmige alternative Realität nach, die Prinz Azure für Pen beschrieben hat. Angekettet und gequält im Uhrenturm, nach Informationen ausgequetscht. Ihr Verstand war stets eine Ware, und das ist ihr bestimmt auch immer bewusst gewesen, denn sie hat ihre Brillanz stets verborgen. Nur wenn wir allein waren, hat sie ihre Geheimnisse laut geflüstert. Sie hat nie jemandem vertraut. Das war nicht sicher und das wusste sie auch.

Und obwohl ich nicht will, denke ich an das, was Pen durch die Hand ihres Vaters erlitten hat. Ich denke an die vielen Morgen, an denen sie viel Schminke auflegte oder Mühe hatte, im Zug nicht einzuschlafen und nach Tonikum roch. An die vielen Gelegenheiten, bei denen ich ihr das Haar aus dem Gesicht hielt, während sie sich übergab und ich mich fragte, unter welcher Krankheit sie wohl litt, um so viel zu trinken. Wie dumm ich doch war und wie nutzlos.

»Alles in Ordnung?« Basil hat sich nach vorn gebeugt, um mein Gesicht sehen zu können.

Ich nicke. Ob ich Pen jemals wiedersehen werde oder nicht, dieses eine ihrer Geheimnisse werde ich für mich behalten. »Gestern Abend hat mich Prinz Azure auf der Party zur Seite genommen«, sage ich. »Basil, er hat Angst. Er ist eine Geisel.«

Basil nickt. »König Ingram benutzt ihn als eine Art Druckmittel, das steht fest.«

»Glaubst du, der König würde ihn töten, wenn Internment weiterhin nicht gehorcht?«

»Das ist möglich. Aber falls es so ist, glaubst du, er ist bereit, für Internment zu sterben?«

»Es würde nicht viel nützen. Wenn sich Internment weiterhin als nutzlos für die Pläne des Königs erweist, was sollte ihn davon abhalten, die ganze Stadt vom Himmel zu bomben?« Ich starre aus dem Fenster auf die Wolkenfetzen. Der Boden ist ein weit entfernter grüner Fleck. »Der Prinz hat mich angewiesen, mit seiner Schwester zu sprechen. Er hatte keine Gelegenheit, es näher zu erklären, aber ich glaube, die beiden haben etwas geplant und scheinen der Ansicht zu sein, wir könnten ihnen helfen.«

»Ich hoffe, sie haben recht. Widerstand ist schön und

gut, aber eine winzige schwebende Stadt kann dem Zorn eines Königs nicht lange entgehen.«

Unsere Finger verschränken sich, und ich starre auf seinen Verlobungsring, der auf mein Blut wartet. Ich frage mich, ob wir lange genug leben werden, um unsere Gelöbnisse zu sprechen. Ich frage mich, ob wir einander immer noch wählen, falls man uns den Luxus dieser Zeit gewährt.

• • •

»Sieh doch.« Basil deutet mit dem Kopf auf das Fenster und ich folge seinem Blick.

In der Ferne schwebt eine Sphäre aus wirbelnden Wolken im reglosen Blau des Himmels. Eine perfekte Kuppel. Darunter entdecke ich zerklüftete Erde, und mir wird sofort klar, dass das die Heimat ist. Eine kleine Wolke treibt darauf zu und wird heftig in die Windströmung gezerrt, wo sie sich schnell bewegt.

»Von der Stadt aus sieht es immer viel ruhiger aus«, sage ich.

»Das ist schon beeindruckend, nicht wahr?«

Wir drängen uns an das kleine Fenster und betrachten unsere Welt von außen; wir kommen schnell näher. Die Wolken, die da im Wind wirbeln, haben meinen Bruder zurück gegen das Land geschleudert, als er ihnen zu nahe kam. Um ein Haar hätte ihn das umgebracht. Amy auch. Es hat sie unwiderruflich verändert. So viele andere hat es getötet.

Wir schneiden durch den Wind wie durch Wasser. Der Jet erzittert und erbebt, und bestimmt wird uns die darin steckende Kraft fort von der Stadt zurück in den Himmel stoßen.

Aber der Jet hält seine Richtung, und einen Augenblick lang wird es weiß vor dem Fenster, bevor ich Erde sehe.

Wir berühren den Boden und ich kann das wütende Kreischen der Jeträder hören. Jetzt habe ich die Befürchtung, wir würden mitten in die Bahngleise in der Ferne rasen.

Ich klammere mich am Rand des Sitzes fest und bereite mich darauf vor. Basils Arm, der gegen mich drückt, ist so angespannt, dass genauso gut Stahl unter seiner Haut sein könnte.

Als wir endlich anhalten, rasen mein Kopf und mein Magen noch immer weiter. Ich kann spüren, wie ich atme, aber ich habe meinen Körper nicht unter Kontrolle, der zu verstehen versucht, dass ich nicht mehr fliege.

Es dauert ein paar Sekunden, bis ich mich wieder konzentrieren kann, und als es mir gelingt, wünsche ich mir wieder, Pen könnte hier sein. Sie würde ganz genau wissen, wo wir sind.

Als meine Sicht wieder stabil genug ist, um zu erkennen, was sich hinter dem Fenster befindet, wird mir klar, dass wir direkt neben den Bahngleisen sind, auf der langen Fläche ungenutzten Geländes zwischen Schienen und Zaun. Das Gras hier wird kaum gepflegt und wuchert stachelig und wild.

Ich kann Basil gerade noch einen besorgten Blick zuwerfen, bevor die Tür geöffnet wird und uns eine Gruppe von König Furlows Wachmännern nach draußen zerrt. Als mich einer der Wächter die letzte Stufe runterzieht, entfährt Basil ein leises Knurren. Sofort ist er an meiner Seite und hält Schritt.

Nach allem, was diese Wachmänner meiner Familie angetan haben, spüre ich nur noch Verachtung für sie. Wem von ihnen kann man vertrauen? Aber noch während sie uns antreiben, fällt mir der Rhythmus ihrer Stimmen auf – Birdie bezeichnete das als Akzent –, der meinem entspricht, und ich weiß, dass ich wieder zu Hause bin.

Die Luft ist perfekt, warm und ruhig. Der Himmel ist still.

Ich zähle fünf Wachmänner und sie führen uns über die Schienen zurück zur Stadtgrenze. Ich bin noch nie zuvor auf der falschen Seite dieser Schienen gewesen, befürchte aber nicht mehr, den Verstand zu verlieren, nur weil ich zu nah am Rand dieser Stadt bin. Ich habe den Wahnsinn eines Königs erlebt, der aus politischem Vorteil einen Angriff auf die eigene Stadt zuließ. Ich habe Körper aufreißen sehen wie Fallobst, das man in der Sonne verfaulen ließ. In diesem Wind befindet sich kein Gott, der mich zu sich ruft oder vertreiben will.

Noch beunruhigender sind die Männer in der Kleidung, die nicht von dieser Welt stammt. Das triste Grau ihrer Mäntel ist mir bekannt. Nach den Explosionen im Hafen habe ich Dutzende gesehen. Soldaten aus König Ingrams Armee.

Ein Stück voraus sind Arbeiter beschäftigt. Ein paar kenne ich aus den Sektionen der Stadt, in denen Basil und ich lebten. Da ist eine Frau, die als Näherin gearbeitet und meinen Mantelärmel geflickt hat, nachdem ich ihn mir an einem Vorsprung im Zugwagen aufgerissen hatte. Jetzt glänzt sie vor Schweiß. Sie hebt eine Schaufel voller Erde in die Höhe und sucht nach den Klumpen, in denen das unbezahlbare Mineral glänzt, das man veredeln kann.

Bei all diesem offenen Land müssen wir in Sektion Sieben sein, ein breites Feld, auf dem Vieh gezüchtet wird, das sich frei bewegen kann. Aber jetzt sind keine Tiere in Sicht. Das Land wird aufgerissen. Ruiniert. Das Gras verfärbt sich braun und ist dünn geworden, als würde es lieber sterben, als bei der Sache mitzumachen, die hier geschieht.

Die Arbeiter scheinen sich alle große Mühe zu geben, uns nicht anzusehen. Vermutlich wurde ihnen das befohlen.

Ich halte in der Menge nach meinem Vater Ausschau. Dann suche ich unter den Wachmännern nach seinem Gesicht. Er ist nicht dabei.

Basil geht stumm neben mir her, aber mir fällt die kaum wahrnehmbare Veränderung in seinem nächsten Atemzug auf. Ich folge seinem Blick. Er betrachtet eine Frau, die bis zur Taille in einem der Löcher steht und mit den Fingern in der Erde gräbt, auf der Suche nach brauchbaren Klumpen. Es ist seine Mutter.

Zuerst glaube ich, sie hätte uns noch nicht bemerkt. Aber dann sieht sie ihn an. In ihrem Blick liegen Verlangen und Schärfe. Sofort konzentriert sie sich wieder auf ihre Aufgabe.

Ich berühre Basils Arm, damit er seine Aufmerksamkeit wieder auf mich richtet. Ich fürchte mich vor dem, was mit ihm passieren wird, wenn man ihn dabei erwischt, wie er sie anstarrt oder falls einer der Wächter begreift, dass er mit einem der Arbeiter verwandt ist. Ich weiß nicht, wie unsere Anwesenheit aufgenommen wird, ob man uns hasst oder liebt.

Schwer vorstellbar, dass man uns lieben wird.

Unser Weg scheint eine Stunde zu dauern, bis die Arbeiter hinter uns zurückgeblieben sind und wir zu einer Straße mit Kopfsteinpflaster kommen. In dieser Sektion gibt es nicht viele Busse, es ist auch kein Bahnhof in der Nähe – das würde das Vieh stören. Aber jetzt wartet ein Bus auf uns. Die Wachmänner führen uns hinein.

Basil und ich sitzen allein hier; da ist nur noch ein Wachmann, der an der Tür steht und uns beobachtet, während sich der Wagen in Bewegung setzt. Der Mann am Steuer trägt das Grau von König Ingrams Soldaten.

Wir sind alle stumm, aber ich kenne Basil. Ich sehe seiner Miene an, dass sich etwas verändert hat. Der Anblick seiner Mutter, die mit der Schaufel arbeitete und nicht mal mit ihm sprechen konnte, hat uns bewiesen, dass sich die Lage seit unserer Flucht verändert hat.

Ich spare mir die Frage, wo die Fahrt hingeht. Wir fahren am Rand von Sektion Sieben vorbei, weit weg von den Gebäuden. Mir war nie bewusst, dass Internment so viele Bäume hat. Oder die Sektion für das Vieh so groß ist. Beinahe könnten wir auch in Havalais sein. Ich habe mich an die Vorstellung gewöhnt, dass ein Stück Land endlos sein kann und nie aufhört, einen Kreis zu beschreiben, bis man wieder an derselben Stelle ist.

Als ich erkenne, wo wir sind, juckt meine Haut. In der Ferne sehe ich den Uhrenturm.

»Raus«, sagt der Wachmann, nachdem der Bus angehalten hat.

Während ich Basil durch den Mittelgang folge, glaubt mein Körper, wenn auch nur für einen Moment, dass ich zu dem Zug will, der uns zur Schule bringt. Es ist ein ganz normaler Wochentag. Am Businneren hat sich nichts verändert – die Metallwände, die gepolsterten Sitze, ihr Geruch. Alles ist gleich und doch nicht gleich.

Seit unserer Landung ist kein Zug vorbeigekommen. Selbst so weit von den Gleisen entfernt hätte ich ihn hören können. Ich hätte die Vibrationen unter meinen Füßen gespürt. Sicherlich hätte mittlerweile einer an uns vorbeifahren müssen.

Seit unserem Aufbruch in Havalais sind Stunden vergangen, und ich zwinge mich, nicht darüber nachzudenken, was die anderen nun, da sie mit Sicherheit wach sind, am Boden tun. Aber der Uhrenturm bietet keine angenehme Ablenkung.

Nims Brief an Celeste liegt schwer auf meiner Brust, wo ich ihn zusammengefaltet unter mein Kleid gesteckt habe, um ihn zu verbergen. So einzigartig und glamourös die Mode des Bodens auch ist, die Frauenkleidung ist nicht gerade praktisch. Würde ich meine Schuluniform oder eines meiner alten Kleider tragen, gäbe es Taschen. Und auch mehr Schicklichkeit.

Plötzlich bin ich mir des kurzen Rocksaums ausgesprochen bewusst, so wie der Träger, die meine Schultern keineswegs verhüllen. Als wir den Uhrenturm erreichen und mir klar wird, dass wir bestimmt auf dem Weg zu König Furlow sind, wird das Gefühl noch stärker.

Das Erdgeschoss des Uhrenturms ist eine der Öffentlichkeit zugängliche Lobby. Ich war ein paarmal mit meinen Eltern hier, als sie ihren Wochenlohn abholten. In der ersten Klasse gab es eine Besichtigungstour. Als Alice das letzte Mal hier war, appellierte sie an den König, die Geburt ihres Kindes zu erlauben. Danach konnten weder sie noch Lex ertragen, einen Fuß in dieses Gebäude zu setzen, also holte ich oft ihren Lohn ab, damit sie es nicht mussten.

Wieder ertappe ich mich dabei, wie ich nach meinem Vater Ausschau halte. Aber er ist nicht hier. Es ist kaum jemand hier. Die meisten Bürger müssen draußen sein und nach dem Mineral suchen. Internment hat sich in ein Arbeitslager verwandelt. Genau wie wir alle befürchtet haben.

Zwei Wachmänner führen uns durch einen Korridor, der stets für die Öffentlichkeit gesperrt war. Er endet an einer Tür, die mir nie zuvor aufgefallen ist. Die Tür hat nicht die geringste Ähnlichkeit mit den anderen Türen von Internment. Statt aus Holz besteht sie aus Stahl. Über dem Türknauf befinden sich zwei Schlösser und jeder Wachmann hat nur einen Schlüssel.

Dahinter befindet sich eine archaische Steintreppe. Manche der Stufen sind zerbröckelt, und es ist offensichtlich, dass diese Treppe niemals repariert wurde und vermutlich so alt ist wie der Uhrenturm selbst.

Wir gehen hintereinander, ein Wachmann läuft voraus, der andere macht den Abschluss. Der Aufstieg erscheint wie tausend Stufen, die kreisförmig an den Mauern des Turms in die Höhe führen.

Als wir endlich zu einem Treppenabsatz kommen, hält einer der Männer Wache, während der andere die Tür aufschließt. Ich frage mich, ob der König immer schon so massive Sicherheitsvorkehrungen hatte oder ob daran der Hass schuld ist, den er für das, was aus Internment geworden ist, ernten muss.

Der Wachmann geht durch die Tür und wirft uns einen Blick über die Schulter zu. »Kommen Sie schon«, sagt er. »Der König erwartet Sie.«

Ich würde gern Basils Hand halten, traue mich aber nicht. Keiner von uns zeigt Furcht oder sonst ein Gefühl, als wir uns in Bewegung setzen; wir halten nur den dicken Papierstapel mit Anweisungen, den uns König Ingram am Morgen gab.

Der ursprüngliche Steinfußboden des Turms ist hier nicht mit Holz verkleidet und unsere Schritte und Atemzüge hallen durch den Korridor. Wir passieren mehrere geschlossene Türen und kommen schließlich zum Ende des Korridors, wo der Wachmann eine letzte Tür öffnet.

Als ich König Furlow das letzte Mal sah, hatte er gerade

die Beherrschung verloren. Es war mitten in der Nacht, und sein Sohn starb vor seinen Augen, während seine hysterische Tochter an seiner Seite stand. Jetzt steht er hoch aufgerichtet an einem Fenster, von dem man die Arbeiter in der Ferne sehen kann. Er hat abgenommen, und als er sich uns zuwendet, ist ihm seine Müdigkeit anzusehen; die Haut unter seinen Augen ist dunkel.

Neben dem Fenster steht ein großer Holzschreibtisch, auf dem keine Papiere liegen. Vermutlich hat er nichts durchzulesen oder zu unterschreiben. Niemand braucht seine Erlaubnis. Er hat die Kontrolle über sein Königreich verloren.

Er winkt den Wachmann abschätzig fort, der im Korridor bleibt und die Tür hinter uns schließt.

»Miss Stockhour, Mr Cowl«, sagt König Furlow mit vorgetäuschter Lebhaftigkeit. »Ihre Rückkehr stimmt mich froh.«

Wie der Rest von Internment wurde ich dazu erzogen, meinem König den nötigen Respekt zu erweisen. Selbst nachdem Alice' Baby auf seinen Befehl aus ihrem Bauch geholt wurde. Selbst nachdem Lex zum Rand ging und uns alle zu der besonderen Kontrolle durch den König verurteilte.

Aber ich bin das alles so leid. Die falsche Fröhlichkeit. Die Knickse. Das höfliche Nicken. Für die Welt zu tun, als würde ich die zersprungene hohle Hülle eines Königs bewundern. Trotzdem scheint er genau das zu erwarten, so wie er uns ansieht.

»Tut sie das?«, frage ich.

Basil neben mir spannt sich an. Er könnte sich verneigen. Ich würde ihm das nicht übel nehmen. Schließlich ist er derjenige, der kein Risiko eingehen will. Er will, dass wir überleben, ganz egal, was uns erwartet. Ich kann fühlen, welche Angst ihm meine Offenheit macht.

Aber er verneigt sich nicht vor dem König, der meinen und den Tod meiner Familie befohlen hat. Und ich muss mich bemühen, nicht zu lächeln.

König Furlows besorgte Miene zeigt nicht die geringste Reaktion auf unsere kleine Insubordination. »Als König Ingram mir mitteilte, er würde zwei meiner Bürger zurückbringen, konnte ich nicht sicher sein, welchen Wert sein Wort hat. Ich wusste nicht, ob er Ihnen zu kommen erlaubt, und dann auch noch lebendig. Vermutlich war die Hoffnung, mir würde mein Sohn zurückgegeben, übertrieben. Ist er in einem Stück am Boden eingetroffen?«

»Dem Prinzen geht es gut«, sagt Basil. »Er hat uns verabschiedet.«

»Gut, gut«, erwidert König Furlow. »Bitte nehmen Sie Platz. Was haben Sie da mitgebracht?«

»Theatertexte«, sage ich, während Basil und ich auf den gepolsterten Stühlen gegenüber dem Schreibtisch des Königs Platz nehmen.

Wir sitzen noch nicht richtig, als der Boden unter unseren Füßen erbebt. Die Tischbeine klappern über den Steinboden. Basil und ich zucken zusammen, aber der König verzieht keine Miene.

»Das muss das Triebwerk des startenden Jets sein. Ingram sagte, er würde ihn zurückholen, sobald er Sie beide abgeliefert hat.«

Ich habe mein ganzes Leben in dieser schwebenden Stadt verbracht, die man nicht verlassen konnte. Trotzdem verspüre ich im ersten Augenblick Panik bei der Vorstellung, dass meine Mitfahrgelegenheit ohne mich aufgebrochen ist. Mein Bruder, Alice und Pen befinden sich an einem Ort, den ich nicht erreichen kann. Meine Handflächen fangen an zu schwitzen, ich balle die Fäuste.

»Also«, sagt König Furlow. Er schreitet den Tisch ab, bevor er sich auf den dahinter stehenden Stuhl setzt, und deutet auf die Papiere, die Basil und ich halten. »Das sind also Anweisungen?« Der König scheint es auf seinem Stuhl bequem zu haben, aber Basil und ich sitzen stocksteif da wie zwei aufgezogene Spielzeuge, die darauf warten, sich in Bewegung zu setzen, sobald die Schnur losgelassen wird. »Das sollte mich nicht überraschen. Ich vermute, König Ingram hat Sie zurückgeschickt, um die Bürger unserer Stadt davon zu überzeugen, seinen Befehlen zu gehorchen.«

»Ja«, sage ich.

»Dann stecken wir in einer Zwickmühle, nicht wahr?«, meint der König. »Offenbar enthält der Sonnenstein in unserer Erde eine Substanz, die man auf dem Boden Phosan nennt, und der König möchte sie für seine eigenen Zwecke nutzen. Und meine Tochter, die viel zu vertrauensselig ist, hat ihm in der Hoffnung auf eine Allianz unserer beiden Königreiche von unserem Sonnenstein erzählt. König Ingram hat in der ganzen Stadt seine Männer postiert. Ich weiß nicht, in welchem Ausmaß er unsere Ressourcen erschöpfen würde. Aber wir sind ein kleines Königreich. Meine Tochter hat mir erzählt, dass unsere ganze Stadt kaum größer ist als König Ingrams Schloss. Wenn wir nicht kooperieren, was sollte sie davon abhalten, uns völlig zu vernichten, uns alle umzubringen und dann unsere Erde zu nehmen, wie sie es für richtig halten?«

Er blickt von Basil zu mir, und nach einem langen Schweigen wird mir klar, dass er eine Antwort auf diese Frage erwartet.

Basil sieht mich an. Ich bin diejenige, die den Bombenangriff auf den Hafen miterlebt hat. Ich bin diejenige, die über das Phosan Bescheid wusste. Ich bin diejenige, die zusammen mit Prinzessin Celeste König Ingram kennengelernt hat. Und ich bin diejenige, die am besten mit Pens Theorie vertraut ist, dass Internment sinkt und man dagegen etwas unternehmen muss.

Aber ich muss auch an Prinz Azures Worte denken, an meine Beziehung zu seiner Schwester. Er schien seinem eigenen Vater nicht zu vertrauen, und ich tue das mit Sicherheit nicht, also muss ich die Informationen, die ich ihm gebe, deutlich einschränken.

»König Ingram wird uns bestimmt nicht vernichten«, sage ich. »Zumindest nicht sofort. Er hat unten am Boden Probleme mit der Weiterverarbeitung des Phosans. Er weiß nicht genau, wie es raffiniert werden muss. Meiner Meinung nach zerstört er es während des Prozesses, was vielleicht der Grund dafür ist, warum er so viel davon in seinen Jet packt wie möglich. Und dann kommt er zurück, um noch mehr mitzunehmen.« Ich schlucke schwer und suche nach Kraft. Es ist unglaublich anstrengend, sich nach allem, was mir dieser König angetan hat, in seiner Gegenwart zu befinden und zu versuchen, höflich zu sein. »Havalais verfügt über Bomben. Sie könnten Internment mühelos zerstören. Aber es befindet sich mit dem benachbarten Königreich Dastor im Krieg. Die Menschen von Havalais sind erschöpft und in Trauer. Sie haben den Glauben an ihren König verloren, und ich glaube ... ich glaube, er will mit Internment ihre Hoffnung zurückgewinnen. Vernichtet er uns, gibt es Chaos. Sein eigenes Volk könnte ihn stürzen. Dort ist es nicht wie hier oben. Es gibt Tausende mehr Bürger. Es gibt Tausende Orte, an die man fliehen kann. Ein Aufruhr könnte das Königreich vernichten.«

Der König faltet die Hände auf dem Tisch. »Wie erfrischend, einer jungen Dame zuzuhören, die nicht alles so idyllisch betrachtet wie meine Tochter. Sie könnten ein Gespür für Politik haben.«

Ich will kein Gespür für Politik haben. Ich will meine Familie zurück. Ich will Frieden haben, was auch immer »Frieden« jetzt bedeutet, nachdem so viele Dinge geschehen sind, die nicht mehr rückgängig gemacht werden können.

»Euer Hoheit, ich schlage vor, dieses Hoffnungssymbol

für König Ingram zu sein. Wenn uns sein Volk liebt und schätzt, wird er uns nicht vernichten. Und statt ihm zu zeigen, wie wir unseren Brennstoff herstellen, könnten wir ihn ja vielleicht in kleinen Mengen zur Verfügung stellen.«

»Sie meinen, für ihn zu arbeiten«, erwidert der König. »Sklavenarbeit.«

»Das ist der einzige Vorschlag, den ich zu bieten habe.«

Der König betrachtet mich lange mit unleserlicher Miene, dann richtet er den Blick auf Basil. »Sie müssen müde sein. Ruhen Sie sich erst mal aus. Ich fürchte, dieses Gebäude ist ziemlich alt, und es gibt kein fließendes Wasser. Jemand wird Ihnen frisches Wasser bringen, damit Sie sich erfrischen können.« Der König klatscht in die Hände, ein unheimliches Funkeln tritt in seine Augen. »Man wird ein Fest zu Ihrer Rückkehr abhalten. König Ingrams Männer werden anwesend sein, also wäre es klug von Ihnen, seine Anweisungen genau durchzulesen.«

Eher würde ich meine Haare in Brand stecken, als an einem weiteren Fest teilzunehmen, aber als der Wachmann die Tür öffnet und uns in unser Zimmer bringt, folgen wir ihm. Soweit es die Ausstattung betrifft, gibt es keinen großen Unterschied zum Kerker, obwohl wir uns ganz oben im Uhrenturm befinden. Der Korridor wird von kleinen Fenstern und Kerzen in Wandhaltern erhellt. Das hier ist ein bescheidenes Königreich, das den Vergleich mit König Ingrams Schloss nicht bestehen kann.

»Sie bleiben hier«, sagt der Wachmann und führt mich und Basil in einen kleinen Raum mit bescheidener Ausstattung. Auf dem Steinboden liegt ein großer handgewebter Läufer, die Wände sind verputzt und weiß gestrichen. Das einzige Fenster blickt auf den Wald hinaus, der den Uhrenturm umgibt, und in der Ferne kann ich die Bahngleise sehen.

Über dem Bett hängt ein kleines Bild in seinem Rahmen an der Wand, eine langstielige Purpurblume, die sich im Sonnenlicht öffnet.

»Der Nachttopf befindet sich hinter diesem Schirm in der Ecke, im Schrank ist Kleidung für Sie. Später kommt die Näherin vorbei, um Änderungen vorzunehmen, falls nötig. In der Zwischenzeit machen Sie es sich bequem.«

Er schließt die Tür hinter uns, und ich höre, wie abgeschlossen wird.

• • •

Ich verbringe den Rest des Nachmittags auf der Fensterbank und starre hinaus. Basil läuft auf und ab, doch irgendwann verstummen die Geräusche. Als ich den Blick vom Fenster nehme, liegt er schlafend im Bett, den Papierstapel in der Hand.

Bestimmt hat er in der vergangenen Woche nicht viel Schlaf gefunden. Ich habe mich so sehr darüber gesorgt, was in meiner Abwesenheit geschehen wird; darum habe ich ihm keine große Aufmerksamkeit geschenkt. Nicht dass er sich darüber beschwert hätte. Er ist die personifizierte Geduld und hat sich stumm gesorgt, während wir uns auf die Rückkehr in unsere Heimat vorbereiteten.

Ich setze mich leise auf das Bett und nehme ihm die

Papiere aus der Hand, deponiere sie auf dem Nachttisch und lege mich neben ihn. Ich schließe die Augen und lausche seinem leisen, ruhigen Atem, und als mich die eigene Erschöpfung übermannt, flehe ich mich selbst an, nicht zu träumen.

9

Irgendwann gegen Abend kommt die Näherin, um die Kleidung zu ändern, aber sie passt perfekt. Basil im Nadelstreifen, ich in einem einfachen blauen Kleid, das im Rücken geschnürt ist. Es ist die Farbe des Himmels an einem klaren Tag, und die Grobheit der vertrauten Schafswolle verrät mir, dass ich mich zu sehr an das Satinfutter und die weicheren Stoffe des Bodens gewöhnt habe.

»Besser der böse König, den man kennt, nicht wahr?«, sage ich zu Basil, als unsere Näherin gegangen ist.

»Morgan, das ist Verrat«, flüstert er heftig. »Sei vorsichtig.«

Er hat recht. Ich hasse es, aber er hat recht. Wir können nirgendwo frei und sicher sprechen.

Ein Wachmann holt uns ab, um uns zu dem schrecklichen Fest zu bringen, das der König für uns veranstaltet. Basil nimmt meinen Arm. Die Kraft seines Griffs spendet mir Trost. Er steht mir immer zur Seite.

Unsere Schritte hallen durch das alte Treppenhaus, das leicht nach Schimmel riecht. Was für ein Gegensatz: zwei Könige aus zwei verschiedenen Nationen, der eine lebt völlig bescheiden, während der andere auf einem funkelnden Thron hockt, und jeder ist auf seine Weise bedrohlich.

Basil und ich gehen stumm, denn wir haben Angst, vor diesen Wächtern zu sprechen.

Unten in der Lobby ist durch die Fenster zu sehen, wie die Sonne an Internments Rand schmilzt. Ich muss an Alice denken, die meinen Bruder dazu überredet, eine Pause in seinem Brüten zu machen und Tee zu trinken, vielleicht sogar etwas zu essen. Und Pen, die von Thomas betreut um ihre Abstinenz kämpft. Und Judas, der mich auf dem endlosen Gras einmal geküsst hat, der jedes Mädchen verliert, für das er den Mut aufbringt, etwas zu empfinden.

Ohne sie und ohne ein Heim, in das man zurückkehren kann, wirkt Internment wie eine andere fremde Stadt auf diesem runden Planeten unter uns. Es ist kein Zuhause mehr.

Stumm denke ich über Celeste nach, die sich uns bis jetzt noch nicht gezeigt hat, und über ihre sterbende Mutter, für die sie zum Boden geflogen ist, um sie zu retten. Ich frage mich, ob wenigstens noch eine von ihnen am Leben ist.

Als wir die letzte Stufe erreichen, höre ich Konversation direkt vor dem Uhrenturm. Ich kann die warme Luft beinahe riechen – sie sogar fast schmecken. Die Sängerinnen zirpen noch; die Insekten verspüren keinen Zorn, weil man ihr Land umgräbt. Aber vielleicht haben sie ja auch einfach nur keine andere Wahl.

Als wir nach draußen treten, verstummt das Geplauder. Glaslaternen hängen von Drähten zwischen Baumästen und flackern hell. Die Menge sieht uns zu, wie wir in die Nachtluft hinaustreten. Ich erkenne viele Gesichter. Nachbarn aus meinem Apartmenthaus, Schüler von der Akademie. Alle sehen uns mit Hoffnung auf ihren müden Gesichtern an, als hätten wir die Antwort mitgebracht, die sie rettet.

»Da sind sie!«, ruft König Furlow. Mit ausgestreckten Armen schiebt er sich durch die Menge. »Morgan Stockhour und Basil Cowl. Das sind die beiden, die am Boden waren.«

Der Beifall ist nervös und gezwungen, wird dirigiert von den übertriebenen Gesten des Königs.

Am Rand der Menge entdecke ich Wachmänner und Soldaten in Grau – König Ingrams Männer. Solange sie da sind, wird der König natürlich mitspielen müssen. Basil und ich auch.

Das Fest ist langweilig und furchtbar. Der König führt uns vor und zwingt uns, Geschichten von den Dingen zu erzählen, die wir am Boden gesehen haben – die Meerjungfrauen, die Elegor, den Regen.

Das alles ist nur ein politisches Manöver, König Furlow spielt mit König Ingrams Aufpassern – das ist offensichtlich. Es fällt kein Wort von Gewicht und die Arbeiter und Schüler in der Menge erscheinen allesamt erschöpft und ängstlich. Basil und ich versuchen, seine Eltern zu entdecken, aber die sind nicht hier.

Nach einer Stunde verlässt uns der König, damit wir uns unter die Leute mischen können.

Basil und ich ziehen uns zur Mauer des Uhrenturms zurück, weg von der Menge, um zu verschnaufen. Einer der Wächter in Grau schnappt sich meinen Arm. Ich zucke zusammen.

»Miss Stockhour«, sagt er. Er hat noch nicht zu Ende gesprochen, da hat sich Basil auch schon zwischen uns gedrängt. Den Mann beeindruckt das nicht. »Begleiten Sie mich. Sie beide.«

»Wo gehen wir hin?«, will Basil wissen.

»Jemand hat um ein privates Treffen mit Ihnen gebeten.«

»Wer denn?«, frage ich. Warum sollte einer von König Ingrams Leuten für jemanden auf Internment arbeiten?

Aber er setzt sich wortlos in Bewegung, schlägt die Richtung hinter den Uhrenturm ein. Basil und ich wechseln einen Blick, dann entscheide ich mich, ihm zu folgen. Was es auch ist, es kann unmöglich schlimmer sein als dieses Fest und das, was der König danach für uns geplant hat.

Der Mann führt uns durch einen kleinen Garten, dann über den Pflaumenplatz, den ich aus der Nacht erkenne, in der Pen und ich aus unserem provisorischen Kerker entkommen sind.

In den Büschen rings um den Platz raschelt etwas, dann ertönt eine Stimme. »Morgan?« Mein Herz überspringt einen Schlag. Ein Stück entfernt steht Prinzessin Celeste, bis zu den Schultern von den Büschen verdeckt.

Einen Augenblick lang bin ich zu verblüfft, um einen

Ton von mir geben zu können, dann kann ich nur ausrufen: »Du lebst.« Sie sieht gut aus. Unverletzt. Und sie lächelt.

»Ich wusste, dass du zurückkehrst.« Sie nickt dem Mann zu. »Vielen Dank, Curtis.« Sie wendet sich wieder mir zu. »Das ist ein Freund von Nim. Das sind viele der Wächter hier. Wie ich gehört habe, herrscht am Boden große Unruhe.«

Ich gehe auf sie zu und kämpfe dabei die ganze Zeit den Verdacht nieder, dass etwas nicht stimmt. Warum versteckt sie sich hier? Warum hat ihr Vater sie nicht erwähnt, und warum hat er sie nicht dazu gezwungen, an diesem Fest teilzunehmen?

Sie bleibt auf der anderen Heckenseite. »Auf dem Boden herrscht ein schreckliches Durcheinander«, sage ich leise. »König Ingram weiß nicht, wie er das Phosan richtig bearbeiten muss, und alle sind aufgebracht. Der König hat eine Fabrik errichtet, aber die verbreitet nur Gestank.«

»Wie geht es den Pipers? Nim?«

»Ihnen geht es gut. Und Nim hat mir das für dich mitgegeben.« Ich greife nach dem gefalteten Umschlag unter meinem Kleid. Ich wollte ihn nicht im Zimmer lassen, wo ihn jeder finden konnte.

Ich gebe Celeste den Umschlag, und sie presst ihn zwischen beide Hände, als könnte sie Nims Worte wie einen Pulsschlag spüren. »Vielen Dank.« Ihre Augen beginnen zu tränen. Sie tupft sie mit dem spitzenbesetzten Ärmel ab. »Diese vielen Monate getrennt zu sein, war schwer.

Er muss sich solche Sorgen um mich gemacht haben. Er muss sich fragen, wie es mir geht, aber mein Vater hat es mir unmöglich gemacht, ihn zu informieren, was hier oben alles geschieht.«

»Benutzt dich dein Vater für irgendeine politische Strategie? Denn am Boden hat man schon seit Monaten nichts mehr von dir gehört. Der Jet kommt und bringt mehr Erde, aber niemand von uns wusste, ob du noch lebst oder tot bist.«

»Mein Vater will mich beschützen«, sagt Celeste. »Er hat mich immer als eine Art ... nun, Schoßtier behandelt. Azure ist derjenige, der den Thron erben wird, und ich bin nur in gewisser Weise der Ersatz. Als ich vom Boden zurückkehrte und davon sprach, Internment und Havalais zu vereinen, wollte er mich nicht ernst nehmen. Ich habe ihm gesagt, dass man König Ingram nicht vertrauen kann, ich aber einen Plan hätte. Nim und ich hatten einen Plan, wie wir unsere Königreiche vereinigen können, und zwar auf eine Weise, die man nicht in Abrede stellen oder einfach überstimmen kann.«

»Einen Plan? Nimble hat uns nichts davon gesagt.«

»Meine Rückkehr ging so schnell, dass wir nicht sicher sein konnten, ob es funktioniert. Und es ist zu gefährlich für mich, einem der Wächter eine Nachricht mitzugeben. Falls der falsche Mensch davon erfährt, wird man mich umbringen. Und dann war alles umsonst. Ich kann nur hoffen, dass mein Bruder jetzt eine Möglichkeit findet, Nim zu unterrichten. Er verdient es zu wissen.«

»Ich bin verwirrt. Was ist das denn für ein Plan? Was verdient Nimble zu wissen?«

Celeste richtet den Blick auf den Mann in Grau, der sich daraufhin genau umsieht. Dann nickt er ihr zu.

Anmutig setzt sich Celeste in Bewegung und geht die Hecke entlang, bis sie einen Durchgang gefunden hat. Sie sieht mir in die Augen und plötzlich wirkt sie nervös und unsicher.

Dann betritt sie den Pflaumenplatz und ich sehe ihren schwangeren Bauch.

Mir stockt der Atem und einen Augenblick lang halte ich das für eine Art Trick – ein Kostüm. Aber ihr besorgter Blick und wie sie auf der Unterlippe herumkaut, bestätigt mir die Echtheit des Ganzen. Ich muss geschwankt haben, denn Basil legt mir die Hand in den Rücken und stützt mich.

»Ihr habt das geplant, du und Nimble?«, bringe ich mühsam heraus.

Ihr Blick hellt sich auf. »Verstehst du nicht? Ob es in seiner Welt nun ein Geheimnis ist oder nicht, Nim ist ein Prinz. Der König ist sein Großvater. Und ich bin eine Prinzessin. Unser Kind wird für zwei Welten geboren. Das erste Kind seiner Art! Stellt euch das nur vor!«

»Ich …« Das wirft so viele Fragen auf, dass ich kaum weiß, wo ich anfangen soll. »Was hat denn dein Verlobter dazu zu sagen?«

Sie winkt ab. »Ich bin ihm egal, das habe ich dir doch gesagt. Ich bedeute für ihn lediglich politischen Einfluss.

Nach meiner Rückkehr hat er mich einmal besucht, und ich vermute, mein Vater hat das arrangiert, damit das Königreich glauben sollte, dass er sich um mich Sorgen macht. Aber mein Verlobter weiß nichts davon.«

Ich bemühe mich, sie nicht anzustarren. Aber ich habe noch nie zuvor eine so junge Schwangere gesehen. Und dann auch noch außerhalb der Schlange, in die sich Paare für die Genehmigung von Nachwuchs einreihen müssen. »Und dein Vater hat keine Abbruchprozedur in die Wege geleitet?« Die Worte schmecken bitter auf meiner Zunge. Genau das wäre jeder anderen passiert, die außerhalb der Schlange schwanger wird. So wie es Alice ergangen ist.

»Ich verstehe eine Menge davon, wie das alles läuft.« Celeste scheint außerordentlich zufrieden mit sich zu sein. »Ich habe es so lange geheim gehalten, wie ich konnte. Monate. Als er es endlich mitbekam, war es zu spät, dagegen etwas zu unternehmen. Ab dem vierten Monat oder so gibt es zu viele Risiken. Natürlich war er außer sich vor Wut, aber meinen Tod will er nun doch nicht. Ach, Morgan, du siehst so ernst aus.«

»Ich bin überrascht«, gebe ich zu. Aber sollte ich das wirklich sein? Das ist genau die Art von leichtsinnigem Plan, der ihr einfallen würde. Ich bin lediglich entsetzt, dass Nim – der kühle, praktische, vernünftige Nim – da mitgemacht hat.

Sie beugt sich vor und ergreift meine Hand. Sie hält noch immer Nimbles Umschlag, und etwas daran scheint ihr neue Energie verliehen zu haben. »Da ist noch mehr.

Ihr solltet zurück zum Fest, bevor man euch vermisst, aber ich besuche euch, sobald ich kann – heute Nacht, falls ich es schaffe. Ich bin so froh, dass König Ingram euch zurückgeschickt hat.«

Bevor mir eine Erwiderung einfällt, ist sie verschwunden.

Der Wächter in Grau bringt uns zurück zum Fest. Er beugt sich zu Basil und mir. »Unter uns gibt es viele, die auf eurer Seite sind«, sagt er. Dann verschwindet er.

10

Ich wünschte, Pen wäre hier. Zweifellos würde sie genau das Falsche über Celestes Situation sagen. Das Unfreundliche. Sie würde diese Stille mühelos mit Worten füllen. Das ist nur eines ihrer Talente.

Aber sie ist nicht da und ich muss mich meinen Gedanken allein stellen. Sie machen mir Angst. Mein Zorn macht mir Angst.

Das Fest ist vorbei, man hat die Tür hinter uns geschlossen. Basil entzündet die Öllampe, setzt sich auf die Fensterbank und betrachtet mich.

Ich gehe auf und ab.

»Alles in Ordnung mit dir?«, fragt er.

»Ja. Nein.«

»Rede mit mir.«

Wäre Pen hier, würde sie für mich reden. Ich müsste es nicht aussprechen. »Ich habe kein Recht, zornig zu sein«, gestehe ich. »Es ist nicht meine Entscheidung. Vielleicht hat sie dieses Mal ja einen vernünftigen Plan.«

»Aber du bist wütend«, stellt Basil fest.

Ich setze mich auf die Bettkante. »Alice durfte ihr Baby

nicht behalten.« Ich spreche betont leise, für den Fall, dass wir belauscht werden. Sicherlich gibt es irgendwo Wächter, die uns nicht aus den Augen lassen. »Ich habe erlebt, was das mit ihr und Lex angerichtet hat. Es hat ihr Leben zerstört, was der König genau wusste, aber es war ihm egal. Aber Celeste kann tun, was sie will, nur weil sie eine Prinzessin ist?«

Meine Hände zittern. Ich verschränke die Finger und drücke sie in meinen Schoß.

»Würdest du dich besser fühlen, wenn der König sie dazu gezwungen hätte, das Kind abzutreiben?« Basil kennt mich gut genug, um meine Antwort bereits zu kennen. Ich soll es nur zugeben.

»Nein, darum geht es nicht. Ich finde es nur unfair, das ist alles.« Ich muss an das denken, was Celeste mir über die Anziehungslager erzählt hat, welche Angst sie hatte, dass ihr Bruder dort endet, falls der König die Wahrheit entdeckt. Ich hatte geglaubt, ihre Stellung als Prinz und Prinzessin würde ihnen keine Immunität gegen die Regeln unserer Welt einbringen. Aber irgendwie ist Celeste auf eine ganz clevere und dumme Art durch die Maschen gerutscht. Nur dieses eine Mal. Ich hasse, wie unfair das ist, und vor allem, dass es mir trotz allem Hoffnung macht. »Natürlich soll sie die Schwangerschaft nicht abbrechen«, sage ich. »Aber ich wollte auch nicht, dass man Alice dazu zwingt. Und sie ist kaum die Einzige. Diese Prozedur wird oft angewendet, das hat mein Bruder mir erzählt, als er noch studiert hat. Viele Menschen wollten das nicht.«

Basil schweigt lange, dann steht er auf und kommt zum Bett. Er setzt sich neben mich und starrt auf meine Hände. Die Knöchel sind weiß angelaufen, so fest verschränke ich die Finger.

»Viele Menschen würden es unfair finden, dass sie ihr Baby außerhalb der Schlange bekommt«, sagt er. »Einige wären vielleicht so wütend wie du, aber andere hätten bedeutend weniger Verständnis. Bestimmt gäbe es sogar welche, die diese Schwangerschaft mit eigenen Händen beenden würden.«

Ich zucke zusammen. Er hat recht. Das ist mir klar. »Der Sinn der Schlange besteht darin, für Fairness zu sorgen.« Das habe ich zahllose Male in der Schule gehört und ich wiederhole es jetzt. »Um Eifersucht zu verringern. Es gibt bestimmt Menschen, die das Kind gern umbringen würden – die *sie* umbringen würden, wenn es sein müsste. Und in der jetzigen Situation dürften die Menschen viel schneller durchdrehen.«

»Was auch der Grund dafür ist, warum der König sie vor der Stadt versteckt.«

Ich nicke. »Der Prinz hat mir gesagt, ich soll sie nach der Rückkehr besuchen. Wie ihr Plan auch immer aussieht, sie braucht meine Hilfe. Und ich werde ihr helfen. Für Internment und um für ihre Sicherheit zu sorgen. Aber es ist einfach nur ... unfair.«

»Ich weiß.« Basil legt den Arm um mich und ich schmiege mich an ihn. »Prinz Azure wusste genau, was er tat, als er König Ingram davon überzeugte, dich zurück nach Hause zu schicken. Du würdest die Richtige sein, um zu helfen.«

»Was für eine blöde Idee. Pen ist das Genie. Warum ich?«

»Pen denkt logisch und löst Probleme«, stimmt er mir zu. »Aber du hast einen kühleren Kopf. Menschen sind dir wichtig.«

»Ich soll so diplomatisch sein, hat man mir gesagt«, erkläre ich spöttisch.

»Das bist du auch. Das ist für mich eine deiner besten Eigenschaften. Verkaufe dich nicht unter Wert. Du bist hier, um etwas Wichtiges zu erreichen.«

»Ach ja?« Die Ehrlichkeit in seinem Blick überrascht mich. »Und was soll das sein?«

Er schiebt eine lose Haarsträhne hinter mein Ohr. »Das weiß ich nicht. Wir werden es sehen.« Ein Lächeln zupft an seinen Mundwinkeln. Diesen Ausdruck hat er seit unserer Kindheit, wenn er mir etwas Nettes sagen will.

»Ich verstehe dich nicht.« Meine Stimme ist fast ein Flüstern. »Ich mache dir nichts als Ärger, aber trotzdem liebst du mich. Warum?«

Wieder steckt er das Haar zurück, aber diesmal bleibt die Hand an meiner Wange. »Keine Ahnung. Vermutlich habe ich einfach den Verstand verloren.«

Ich beuge mich näher an ihn heran. »Ich auch.« Seine Augen schließen sich einen Augenblick vor den meinen, dann küsse ich ihn.

Ich kann das Grollen des Jets in meinen Knochen spüren, ich kann den Geruch des frisch geschnittenen Grases am Boden riechen, kann die Sängerinnen draußen vor dem offenen Fenster singen hören. Er ist überall und nirgends, seine Finger streichen über meinen Arm.

Ich vergesse Prinzessin Celeste und Prinz Azure, die quälend verzweifelten Blicke der Menschen auf dem Fest. Ich vergesse nicht vertrauenswürdige Könige und sich drehende Planeten. Von allen Orten und allen Menschen in dieser und der Welt unter uns bin ich genau dort, wo ich hingehöre.

Irgendwie ist eine seiner Hände auf meinem Oberschenkel gelandet, und ich fühle, wie sich der Stoff meines Kleids nach oben schiebt, als er ihn zusammenrafft.

»Basil?«

Er küsst mein Kinn, dann küsst er mich hinter dem Ohr.
»Was?«

»Ich will ehrlich zu dir sein.« Das Kleid hat meine Hüfte erreicht und ich lege den Kopf zurück. Er küsst meinen Hals, und ich schlinge die Arme um seinen Hals, um ihm noch näher zu sein. Und plötzlich habe ich Angst zu sprechen, habe Angst zu zerstören, was uns zu diesem Augenblick gebracht hat. Wir haben beide so viel verloren und werden vermutlich noch so viel mehr verlieren, aber wir haben immer noch einander, und vielleicht ist das die einzig noch verbliebene Sache, die sicher ist.

»Ehrlich weswegen?« Er zieht sich gerade genug zurück, um mir ins Gesicht sehen zu können. »Geht das zu weit? Willst du aufhören?«

»Nein«, erwidere ich. »Nein, ich will das. Aber du vielleicht nicht mehr, wenn du erfährst, was ich getan habe.«

Seine Hand liegt noch immer auf meinem Oberschenkel, und es tut mir leid, überhaupt etwas gesagt zu haben. Möglicherweise habe ich die Dinge gerade beendet. Aber nein, er soll die Wahrheit kennen. »Ich habe Judas geküsst. Oder er hat vielmehr mich geküsst, aber ich habe ihn nicht daran gehindert.«

Es ist, als hätte er einen Schlag erhalten. Sein Blick wird finster. »Wann?«

»Vor Monaten, am Boden, bevor der Jet das erste Mal gestartet ist.« Wo er mich geküsst hat, ist meine Haut kalt.

»Liebst du ihn?«

»Nein.« Ich schüttle den Kopf. »Und er liebt mich nicht. Darum ging es nicht.«

Er rückt von mir ab. »Worum ging es denn dann?«

»Ich weiß es nicht. Am Boden geht es nicht um Liebe. Leute unseres Alters denken einfach nicht so. Es geht nur – nur um den Augenblick.«

»Ja, ich war am Boden. Dort leben sie alle, ohne an die Konsequenzen zu denken. Ich habe gesehen, wie dieses Königreich geführt wird. Aber ich hätte angenommen, dass wir anders sind.«

»Du meinst besser.«

»Ja, besser. Ich war immer der Meinung, dass unsere Art besser ist. Ich hätte gedacht, wir wären da einer Meinung.«

»Wir sind aber nicht besser als alle anderen, Basil. Sieh dir unseren König an. Er ist nicht besser als ihrer.«

»Ich spreche nicht von Königen.« Seine Stimme ist Furcht einflößend leise. Er war noch nie so wütend auf mich. »Ich spreche von dir und mir.«

»Du hast mich gefragt, ob ich meinen Ring abnehmen will«, erinnere ich ihn. »Du hast gesagt: ›Du kannst das, was wir haben, als Verlobung bezeichnen oder auch nicht. Aber ich werde trotzdem da sein.‹«

Er erinnert sich, das weiß ich. Es war nach der Bombardierung des Hafens, und ich hatte ihm gerade gesagt, dass ich ihn liebe, während wir an den verkohlten Überresten von Nims Wagen auf dem Feueraltar vorbeigingen.

»Du hast es gesagt«, erkläre ich und will diesen gequälten Ausdruck verzweifelt von seinem Gesicht wischen. »Du hast gesagt, du wärst trotzdem hier.«

Er steht auf und geht zum Fenster. Vielleicht würde er gehen, wenn er glauben würde, durch die Tür zu kommen, ohne von einem Wachmann festgehalten zu werden. »Das hast du mir monatelang verschwiegen. Ein Teil von dir muss ihn gewollt haben. Selbst wenn es nur ein Kuss war, die ganzen Monate hat er insgeheim in deinem Kopf gelebt. Du musst es dir immer wieder vorgestellt haben.«

Er kennt mich besser als irgendjemand sonst. Besser, als es selbst Judas könnte. Meine Knie zittern. »Du hast recht«, gestehe ich. »Mein ganzes Leben lang habe ich gewusst, was ich zu erwarten habe. Lex konnte es nicht ertragen. Er ist dem Rand zu nahe gekommen, und selbst nachdem ich gesehen habe, was mit ihm passiert ist, selbst nach den ganzen Schmerzen, die er erleiden musste, war ich eifersüchtig, weil er etwas Mutiges getan hatte. Er hatte eine wichtige Regel gebrochen, die unsere Welt ihm auferlegt hatte. Nicht viele Leute tun das. Ich wollte das auch tun und ich hatte Angst. Selbst nachdem wir Internment verlassen hatten, habe ich Pen immer wieder gesagt, dass ich dich heiraten werde, und ich habe versucht, sie davon abzuhalten, zu viel zu trinken, und ich war höflich, und ich habe mein Leben noch immer nach diesen Regeln gelebt.«

Meine Stimme bricht.

»Und dann hat Judas mich geküsst. Das war die eine Sache, mit der ich nie gerechnet hätte. Ich hätte mir nie vorstellen können, einen anderen als dich zu küssen. Ich hätte nicht gedacht, zu so etwas fähig zu sein. Es hat mich überrascht, dass ich es konnte. Und ja, ich wollte es. Für mich selbst. Ich wollte nicht Judas, nicht mal den Kuss, aber den Mut, den es erforderte.«

»Ich bin wirklich froh, dass du deinen rebellischen Augenblick bekommen hast«, sagt Basil bitter.

»Ich wollte ihn mit dir teilen. Basil, bitte. Das musst du verstehen.«

»Das kannst du nicht mit mir teilen«, ruft er und dreht sich zu mir um. »Darum geht es doch!«

Ich blicke in meinen Schoß. Tränen verschleiern mir die Sicht. »Es tut mir leid.« Ich schüttle den Kopf. »Ich kann es nicht ungeschehen machen.«

»Würdest du es überhaupt wollen?«

»Nein«, flüstere ich nach einer langen Pause.

»Na wenigstens bist du noch immer ehrlich.«

Wieder wendet er sich dem Fenster zu und das Schweigen zwischen uns ist so qualvoll. Ich ertrage es nicht. Er hat jedes Recht, wütend zu sein, das ist mir klar, aber ich kann diesen Kuss mit Judas nicht ungeschehen machen. Ich kann mich nicht mal dazu überwinden, ihn zu bedauern.

Ich starre die Tür an und überlege, hindurchzugehen. Weit würde ich nicht kommen, das ist mir klar. Aber vielleicht kann ich mich auf der anderen Seite hinsetzen, etwas Abstand zwischen uns bringen.

Am Ende bin ich nicht mutig genug, mich zu bewegen. Und so sitze ich auf der Bettkante, Tränen lassen meinen Blick auf den Boden verschwimmen, und die Stille dauert an.

Ich weiß nicht, wie lange, bevor mich ein leises Klopfen an der Tür aus meinen Gedanken reißt. »Morgan?«, flüstert Celeste. Die Tür öffnet sich quietschend, dann späht sie ins Zimmer. »Ich bin so froh, dass du noch wach bist. Ich habe Licht unter der Tür gesehen.«

Sie hat keine Ahnung, in welche Anspannung sie eintritt. Basil bewegt sich nicht vom Fenster weg, während sie sich aufs Bett setzt. Stöhnend lässt sie sich nach hinten sinken, stützt sich mit den Ellbogen ab. »Mir war nie klar, was für eine Last diese Treppen sind, obwohl ich sie mein ganzes Leben lang rauf- und runtergelaufen bin. Ein paar der neueren Gebäude haben Aufzüge, aber Papa weigert sich, einen zu installieren. Es würde die strukturelle Integrität zerstören oder was auch immer, hat er gesagt.«

Sie ist barfuß. Ein Blick verrät mir, wie geschwollen und rot ihre Füße sind.

»Wo schläfst du?«, will ich wissen.

»Unser Apartment ist eine Treppe höher, auf der obersten Etage. Das ist sogar recht nett. Mutter ist jetzt seit einem Jahr zu krank, um es zu verlassen, aber sie hat dort oben alles, was sie braucht. Ich bin selbst kaum dazu fähig, nach unten zu gehen. Ich kann dir gar nicht sagen, was für eine Qual es doch war, nach unserem Treffen auf dem Pflaumenplatz wieder nach oben zu kommen.« Sie fuchtelt mit der Hand herum. »Aber ich bin nicht gekommen, um mich zu beklagen.« Sie schnappt sich meine Hände. »Du hast meinen Bruder gesehen, ja? Wie geht es ihm?«

»Das Reisen bekommt ihm«, sage ich.

»Gezwungen zu werden, zum Boden zu fliegen, hat ihn nicht gefreut«, sagt Celeste. »Er ist davon überzeugt, dass mich der lange Aufenthalt dort unten verrückt gemacht hat. Aber König Ingram hat meinen Vater gezwungen, wie du dir sicherlich gedacht hast. Er braucht einen Gefangenen. So funktioniert er nun mal.«

»Sorgt sich dein Vater nicht um deinen Bruder?«

»Nun, schon. Er sieht das so: Azure ist der Thronerbe. Und es ist die Pflicht eines Königs, sein Königreich zu beschützen. Er sollte bereit sein, sich etwas in Gefahr zu bringen, falls Internment das braucht.« Sie drückt meine Hand. »Aber Az und ich wollen die Dinge nicht auf die Art unseres Vaters tun. Wir haben einen Plan, wissen aber, dass er niemals damit einverstanden wäre.«

»Du sprichst von dem Baby.«

Sie tätschelt ihren Bauch. »Das Baby ist eher ein Langzeitplan. Es wird in zwei Welten geboren und zwei Throne erben, aber nicht in nächster Zeit. Nein. Mein Bruder und ich haben vor seinem Aufbruch mit mehreren der Aufpasser und Wachmänner gesprochen, was die unmittelbare Zukunft betrifft. Wir haben herausgefunden, wem man vertrauen kann. Wir haben Informationen über König Ingram und den Boden gesammelt. Tatsächlich war Nimbles Brief voller Neuigkeiten über König Ingrams gescheiterte Versuche, das Phosan zu verarbeiten.«

»Ich hatte gedacht, es wären nur Liebesbriefe.«

»Nun ja.« Sie grinst. »Davon gab es auch welche. Aber das gehört nicht hierher.« Sie sieht Basil an, der schweigend zugehört hat. »Das ist nicht nur Mädchenkram, weißt du? Komm her und setz dich zu uns.«

Wortlos schnappt er sich den Hocker und setzt sich uns gegenüber. Er erwidert meinen Blick nicht.

»Ihr kommt genau im richtigen Augenblick«, fährt Celeste fort. »Auch wenn ich ein paar Wachmännern und Soldaten vertrauen kann, kann ich der Stadt meinen Zustand nicht unbedingt verkünden. Als es ... offensichtlicher wurde, hat mein Bruder sämtliche Gespräche mit den Ingenieuren übernommen. Aber in seiner Abwesenheit wird das eure Aufgabe sein.«

»Basil und ich sollen mit den Ingenieuren sprechen?«, frage ich.

»Ja. Nun ja, mit einem Ingenieur. Er ist der Chef drüben

in den Glasländern, und ihr werdet ihn über die Dinge, die am Boden passieren, auf den neuesten Stand bringen. Mein Vater wird euch unter irgendeinem Vorwand, ihre Moral zu stärken, dort hinschicken. Er wird nicht von euch erwarten, dort etwas zu erreichen – das geschieht nur, damit die Soldaten König Ingram etwas Positives zu berichten haben. Aber ich habe bereits ein Treffen mit dem Chefingenieur arrangiert. Er wird euch seine Pläne verraten und ihr erstattet mir dann Bericht.« Sie hüpft förmlich auf ihrem Sitz herum, und ich wünschte, ich hätte den nötigen Optimismus, um ihren Enthusiasmus nachzuahmen. »Das ist alles sehr geheim.«

Ich verspüre Übelkeit und kenne die Antwort bereits, bevor ich frage. »Wer ist der Chefingenieur?« Es gibt mehrere Ingenieure, aber einer scheint den Befehl zu haben; er ist brillant, wie ich weiß, auf die gleiche Art, wie seine Tochter brillant ist.

»Das ist der beste Teil daran«, sagt Celeste. »Ihr kennt euch. Der Chefingenieur ist Nolan Atmus – Pens Vater. Natürlich ist er ein Genie. Vor mehreren Jahren hat er eine Schlüsselrolle bei dem Raffinierungssystem gespielt, das Internment bis heute benutzt. Er fand eine Methode, unsere Erde effizienter zu nutzen, sodass wir keine Dampfkraft mehr brauchen. Ich verstehe jetzt, wo das Mädchen seinen Verstand herhat, aber ich wünschte, etwas von seinen diplomatischen Fähigkeiten hätte auf sie abgefärbt.«

»Diplomatische Fähigkeiten«, wiederhole ich tonlos.

Basil bemerkt meinen grimmigen Ton, selbst wenn Celeste es nicht tut. Er hebt eine Braue, sagt aber nichts.

»Hört mich bloß an«, sagt Celeste. »Ich schwöre, so eine Plaudertasche war ich schon seit Monaten nicht mehr. Hier oben hat es ziemlich übel ausgesehen.« Sie lächelt, und ich erkenne, wie erschöpft sie in Wirklichkeit ist. »Es ist so schön, dich zurückzuhaben.« Sie umarmt mich, bevor sie geht. »Schlaft jetzt. Morgen wird ein wichtiger Tag.«

Die Tür schließt sich, und ich kann hören, wie sie langsam die Stufen emporsteigt. Innerhalb dieser Steinmauern trägt jeder kleine Laut weit.

Basil beobachtet mich. Ich habe ihm von Judas erzählt, das Geheimnis, das schon seit Monaten an mir nagt. Aber ich werde ihm nichts von Pens Vater erzählen, was für ein Ungeheuer er in Wahrheit ist. Dieses Geheimnis zu offenbaren, steht mir nicht zu.

»Ich gehe schlafen«, sage ich nur. Ich begebe mich hinter den Umkleideschirm und ziehe das Nachthemd an, das man für mich herausgelegt hat. Das Kleid lasse ich zerknüllt am Boden liegen. Ohne noch ein Wort zu verlieren, steige ich ins Bett und schließe die Augen.

Es dauert lange, bis ich Basils Gewicht spüre, als er sich neben mich legt. Er löscht die Öllampe.

Wir bleiben auf Distanz und irgendwie gelingt es mir schließlich einzuschlafen.

11

Den ganzen Morgen muss ich an Alice denken.
Ich kenne sie seit dem Tag meiner Geburt und die ganze Zeit war sie in meinen Bruder verliebt. Was ein Wunder war. Er ist nicht leicht zu lieben, das weiß ich. Ich habe erlebt, wie sie streiten, aber sie können es stets klären.

Ich habe mich noch nie mit Basil gestritten. Trotz unserer Fehler fiel es uns leicht, einander zu lieben.

Bis jetzt.

Ich weiß nicht, wie ich das wieder in Ordnung bringen soll. Ich brauche Alice; sie könnte mir sagen, was zu tun ist, wenn einer von uns so was Wichtiges zerstört hat.

Basil und ich sprechen kein Wort miteinander. Celeste bringt uns ein Tablett mit Frühstück – frisches Obst und Brot. Ununterbrochen plappert sie über die Pläne des Tages. Sie kann unser Gespräch mit Nolan Atmus, dem Chefingenieur der Glasländer, nicht abwarten. Vielleicht macht man mit uns sogar eine Besichtigungstour. »Das ist ein seltenes Privileg. Natürlich haben mein Bruder und ich sie besichtigt, aber für einen Normalbürger ist das eine große Ehre. Ihr habt ja so ein Glück!«

Pen hat die Glasländer von innen gesehen, aber das sage ich nicht.

Celeste drückt mir etliche gefaltete Seiten in die Hand. »Die musst du verstecken. Hast du verstanden? Die sind allein für Nolan Atmus bestimmt. Streng geheime Informationen von Nim.«

Ich schiebe die Papiere in die Kleidtasche.

Nach dem Frühstück kommt ein Wachmann. Er will uns auf Befehl von König Furlow in die Glasländer bringen, genau wie Celeste vorhergesagt hat. Aber er hält Basil an der Tür an. »Diese Einladung ist nur für Miss Stockhour gedacht.«

»Bestimmt bin ich auch eingeladen«, sagt Basil mit untypischer Frechheit. »Wir gehen überall gemeinsam hin.«

»König Furlow wünscht eine Privataudienz mit Ihnen«, erwidert der Wachmann. »Gleich wird Sie jemand abholen.«

Basil und ich wechseln einen Blick. Er erscheint besorgt. »Ich komme schon zurecht«, sage ich. Es ist seit Stunden das erste Wort zwischen uns und meine Stimme klingt seltsam.

Er nickt.

Als ich den Uhrenturm verlasse, warten zwei weitere Wachmänner und ein Aufpasser in Grau auf mich. Vielleicht befürchten sie, ich könnte die Flucht ergreifen, aber schließlich ist es ja nicht so, als hätte ich viele Möglichkeiten. Vielleicht glauben sie ja, ich würde vom Rand springen und auf den Tod hoffen.

Aber vielleicht sind sie auch gar nicht meinetwegen besorgt, sondern fürchten, was mir jemand antun könnte.

Man führt mich zu einem Bus, der abgesehen von meinen Wächtern und mir völlig leer ist. Wir fahren über Gras, in die entgegengesetzte Richtung der Bahngleise, und der Blick durchs Fenster zeigt mir, wie sehr sich die Stadt selbst verändert hat. Nur wenige Leute sind unterwegs, die Geschäfte scheinen geschlossen zu sein. Ich frage mich, ob die Kinder im Unterricht sind oder man sie ebenfalls zwingt, nach Sonnenstein zu graben.

In der Ferne tauchen die Glasländer auf und der Bus hält an.

»Stehen Sie auf«, spricht mich einer der Wachmänner an. Ich erkenne ihn. Nach dem Brand im Blumenladen war er meinem Apartmenthaus zugeteilt. Er hat Pen und mir die Tür aufgehalten und uns Sicherheit gewünscht.

Aber falls er mich wiedererkannt hat, lässt er es sich nicht anmerken. Und ohne Celeste weiß ich nicht, ob er zu den Leuten gehört, die vertrauenswürdig sind.

So nah bin ich den Glasländern noch nie zuvor gewesen. Ich kann die abgeschrägten Ränder der Glasplatten sehen, und die Bolzen, die diese Platten an Ort und Stelle verankern. Der Zaun um die Gegend summt wie ein ganzer Schwarm Brombeerfliegen und lässt meine Haut kribbeln.

Umgeben von einem Schwarm Wachmännern nähere ich mich dem Tor, wo uns andere Wachmänner zu erwarten scheinen. »Miss Stockhour?«, spricht mich einer von ihnen an.

Ich nicke.

»Kommen Sie mit«, sagt der Mann. Er wendet sich meinen Begleitern zu. »Von Ihnen hat hier niemand Zutritt. Falls Sie wünschen, können Sie hier auf sie warten. Das ist der einzige Eingang und Ausgang, also muss man sich keine Sorgen machen, dass sie fliehen könnte.«

Flucht? Ich könnte lachen. Wo sollte ich schon hin? Vermutlich könnte ich ein paar Tage wie Judas durch die Wildnis streifen und nie lange genug an einem Ort bleiben, um erwischt zu werden. Aber diesmal wartet kein Metallvogel unter der Erdoberfläche auf mich.

Der Soldat in Grau will protestieren. Er will sehen, was sich auf der anderen Seite dieses Zauns befindet. Aber wenn es eine Sache gibt, die das Volk von Internment mutig macht, dann der Schutz unserer Energieversorgung. Denn was sonst sollte König Ingram daran hindern, uns unsere Ressourcen wegzunehmen und vom Himmel zu fegen?

Der Wachmann, der mich angesprochen hat, führt mich in die Anlage. Sobald wir ein Stück Abstand zwischen uns und die anderen gelegt haben, fragt er leise: »Wie ist es dort? Am Boden? Ich habe gehört, es soll Tausende von Königreichen geben, die aus reinem Vergnügen aufeinander schießen.«

»Da liegen Sie gar nicht so falsch.« Nachdem ich den Boden erlebt habe, finde ich ihn als Konzept längst nicht mehr so beeindruckend. Manchmal wünsche ich mir sogar, ich könnte in die Zeit vor meiner Flucht von Internment zurückkreisen. Aber dann fällt mir wieder ein, dass der

König meine Mutter und vermutlich auch meinen Vater ermordet hat und ich gar keine andere Wahl hatte.

»Sind das Barbaren da unten?«, will der Wachmann wissen.

»Menschen sind Menschen, ganz egal, wo sie leben.« Das ist weder ein Ja noch ein Nein, aber ich weiß auf diese Frage keine Antwort. Früher habe ich mal geglaubt, sie zu kennen. Ich habe daran geglaubt, durch das Leben am Himmel dem Fluch eines rachsüchtigen Gotts entgangen zu sein. Ich hielt den Boden für mysteriös und faszinierend. Aber nun haben beide Orte jeglichen Zauber für mich verloren.

»Mr Atmus ist schon sehr auf das Treffen mit Ihnen gespannt«, sagt der Wachmann. Wieder senkt er die Stimme. »Er wird Ihnen helfen.«

»Wird er das?« Ich hoffe, ich lasse mir die Übelkeit nicht anmerken, die ich mittlerweile verspüre. Sie wird nicht nur von dem Gedanken verursacht, Pens Vater zu begegnen, sondern ist das Ergebnis des unaufhörlichen Summens an diesem Ort. Und es ist so warm. Diese Anlage soll das Sonnenlicht einfangen, und eigentlich ist es einleuchtend, wenn sie dann auch viel Hitze einfängt.

Und trotz allem erfüllt mich das, was ich hier zu sehen bekomme, mit Ehrfurcht. Als würden wir durch einen riesigen Edelstein oder Verlobungsring gehen.

In der Ferne entdecke ich ein paar Männer und Frauen, die sich Notizen machen und an Knöpfen und Steuerrädern herumfummeln, die in das Glas eingebaut sind.

Sonneningenieure. Die Elite von Internment, die uns die Antriebsenergie für unsere Züge und Lampen gibt.

Als wir allem Anschein nach das Zentrum der Glasländer erreicht haben, fällt mein Blick auf ein kleines Ziegelgebäude, kaum größer als ein Wasserraum. Es gibt eine Tür, aber keine Fenster. Eine rote Birne leuchtet, dann hängt noch ein Warnschild da, das den Eintritt verbietet, solange das rote Licht brennt.

Der Wachmann klopft an der Tür. »Sir? Ich sollte Sie informieren, wenn Miss Stockhour eingetroffen ist.«

Eine lange Pause tritt ein; ich höre jemanden im Gebäude umhergehen, Metall klirrt. Dann öffnet sich die Tür.

Pens Vater steht dort, wie viele andere Sonneningenieure in einen Baumwolldrillich gekleidet. Er sieht mit einem abgelenkten, beinahe verwirrten Blick, der mir nur allzu vertraut ist, von dem Wachmann zu mir. Er erinnert mich sehr an Pen und ich hasse es. Sie hat sogar sein Lächeln.

»Morgan!« Er macht mir Platz. »Ich habe auf dich gewartet. Komm rein, komm rein.« Er wendet sich an den Wachmann. »Sie warten draußen. Sorgen Sie dafür, dass uns niemand stört.«

Ich zwinge mich, nicht zu zittern. Ich vermag nicht zu sagen, ob das Gefühl von Hass oder Furcht verursacht wird. Ich will nicht mit ihm allein sein, denn ich vertraue ihm nicht, aber was viel wichtiger ist: Ich vertraue mir nicht. Ich möchte den Stift nehmen, der hinter seinem Ohr steckt, und ihn ihm in die Halsschlagader rammen.

Aber um Pens willen tue ich es nicht. Würde ich ihren Vater töten, würde man mich festnehmen und vermutlich hinrichten. Was hätte sie davon? Außerdem haben wir uns das Versprechen gegeben, unversehrt und am Leben zu bleiben, damit wir einander wiedersehen.

Ich zwinge mich zu einem Lächeln und folge ihm in das Ziegelhaus. Die Tür schließt sich hinter uns, und obwohl es keine Fenster gibt, ist der winzige Raum hell erleuchtet. Eine Wand besteht nur aus glühenden Knöpfen in allen möglichen Farben. An der gegenüberliegenden Wand hängt ein kleiner, flackernder Bildschirm, der ein graues Luftbild der Glasländer zeigt.

»Setz dich, setz dich.« Er deutet auf zwei Holzhocker neben der Wand mit den Knöpfen; direkt daneben steht ein Schreibtisch voller Papiere, Karten und Stiften. »Ich weiß, es sieht nicht gerade beeindruckend aus. Es ist mit Sicherheit auch nicht so spektakulär wie der Rest der Glasländer. Aber es ist der einzige Ort auf Internment, an dem uns niemand belauschen kann. Davon bin ich überzeugt.«

Das beruhigt mich keineswegs. Ist das der Ort, an den er Pen als Kind gelockt hat? Hat hier alles angefangen?

Ich verschränke die Arme vor dem Bauch und wünsche mir verzweifelt, Basil wäre hier. Plötzlich fühlt sich die Luft sehr warm an.

»Aber eins nach dem anderen.« Er streicht sich durch das blonde Haar. »Wie geht es Margaret? Ihre Mutter und ich sind seit vielen Monaten außer sich. Als ich hörte, dass der König des Bodens jemanden zurück nach Hause schickt, hatte ich gehofft, sie wäre dabei.«

Er ist der Einzige, der Pen bei ihrem Geburtsnamen ruft. Margaret. Diesen Namen hat sie schon immer mit einer Inbrunst gehasst, die ich bis zu diesem Augenblick nie verstanden habe.

»Ihr geht es gut«, sage ich.

»Wirklich? Ich weiß, sie kann gewissermaßen ...« Er verstummt. »Sie gerät nach ihrer Mutter, jedenfalls in gewissen Dingen.«

»Der Boden hat ihr gutgetan.«

In seinem Lächeln erkenne ich ein Stück von ihr, also zwinge ich mich, stattdessen auf die Papiere auf dem Tisch zu schauen. »Was ist das alles hier?«

»Langweiliger Papierkram, fürchte ich. Wir erhalten von allen Posten tägliche Berichte, um für einen reibungslosen Ablauf zu sorgen. König Furlow ist sehr heikel, wenn es um diesen Ort geht. Ohne Strom würde in der ganzen Stadt das Chaos ausbrechen. Obwohl man vermutlich nicht ganz unrecht mit der Behauptung hätte, dass sie sich im Augenblick in einer Art Chaos befindet.«

Er beugt sich näher zu mir heran.

»Ich brauche von dir unbedingt Informationen über den Boden. Die Prinzessin hat gesagt, du würdest mir was mitbringen.«

»Vermutlich hat sie das hier gemeint.« Ich gebe ihm die Papiere aus meiner Kleidtasche.

Er entfaltet die oberste Seite und liest, dann hellt sich

seine Miene auf. »Genau, wie ich dachte. Dieser König dort unten hat nicht die geringste Ahnung, wie er mit unserem Sonnenstein umgehen muss. Sein Volk steht kurz davor, ihn zu stürzen.«

»So habe ich es auch verstanden. Wie sieht Ihr Plan aus?«

»Es geschehen lassen natürlich. Wir müssen uns wohl kaum mit dieser gierigen Welt dort unten beschäftigen. Nein, was den Boden angeht, warten wir einfach auf König Ingrams Tod. Das wird geschehen, glaube mir. Seiner Meinung nach ist Prinz Azure seine Geisel, aber der Prinz hat ein Ass im Ärmel, das garantiere ich dir. Ich habe vor seinem Aufbruch selbst mit ihm gesprochen.«

»Aber diese Notizen kommen von Nimble Piper. Er ist der Sohn eines der Berater von König Ingram.« Außerdem ist er der Enkel des Königs, aber das verschweige ich, da ich mir nicht sicher bin, ob Celeste das jemandem hier oben anvertraut hat. »Ist Nimble etwa Teil eines Plans, seinen eigenen König durch ein Attentat zu beseitigen?«

Triumphierend schlägt Nolan Atmus die Papiere gegen sein Knie. »Genau das meine ich. Das scheint dich zu überraschen.«

»Vermutlich ist es schlüssig«, gebe ich zu. Die Entscheidung zum Mord sieht Nimble gar nicht ähnlich; er ist von Natur aus so friedfertig. Aber dann denke ich an seinen verlorenen Ausdruck in den Wochen nach der Bombardierung, nachdem er seinen einzigen Bruder begrub und ein Brandopfer stiftete, um Birdie zu retten. Vielleicht versucht er noch immer, sie und seine anderen Geschwister vor einem König zu retten, der sie aus Eigennutz Tausende Male verletzen würde.

»Falls das Nimbles Plan ist, habe ich nichts dagegen«, sage ich. »Er weiß, was er tut.«

»Das hat auch die Prinzessin gesagt. Sie scheint viel Vertrauen zu seiner Politik zu haben. Großartig. Jetzt können wir besprechen, was wir hier oben im Himmel unternehmen sollen.«

Ich kann seinen Duft riechen. Ich habe ihn bei jedem meiner Besuche in Pens Apartment gerochen. Ihr Vater ist ihr ganzes Leben lang allgegenwärtig gewesen und irgendwie ist mir das nie aufgefallen. Mir gegenüber war er stets höflich, angenehm. Eigentlich so, wie er jetzt ist. Wieso konnte ich ihn nie als das erkennen, was er wirklich ist?

»Im Moment solltest du König Furlows Pläne ausführen. Vermutlich wird er dich eine Weile zur Schau stellen. Gib seinen Männern die Illusion, dass du alle am Boden davon überzeugst, seinem sterbenden kleinen Königreich zu helfen. Lass ihn jede deiner Bewegungen verfolgen, damit er glaubt, dich unter Kontrolle zu haben.«

»Das ist alles?«, frage ich. »Einfach abwarten?«

»Einfach abwarten. Meiner Meinung nach ist König Ingram Ende des Monats ein toter Mann.«

• • •

Wie betäubt gehe ich zum Bus zurück. Ich wusste, dass Nimble an irgendeinem Plan arbeitet, aber den eigenen Großvater zu ermorden? Jetzt verstehe ich, warum er so energisch darauf bestanden hat, diesen Umschlag allein Celeste zu übergeben.

Der Bus setzt sich in Bewegung.

Ich frage mich, wie er es anstellen wird. Einen Unfall arrangieren? Oder einfach in den Palast gehen und dem König die Kehle durchschneiden?

Ich frage mich, ob Birdie Bescheid weiß. Vermutlich wird sie nach allem helfen wollen. Sie hat Wochen gebraucht, um aus dem Koma zu erwachen, und es hat noch länger gedauert, bis sie sich ihrer Umgebung wieder bewusst war. Als sie von Riles' Tod erfuhr, hatte ich Angst, diese Nachricht würde sie vernichten. Sie hat tagelang geweint. Hat gesagt, dass sie den König hasst, und ihren Vater auch. Nimble versuchte, sie zum Schweigen zu bringen, aber auch nur, damit niemand ihre verräterischen Äußerungen mitbekam.

Ich verstehe das. Auch mein König hat jemanden umgebracht, den ich geliebt habe. Ich hätte nichts dagegen, falls ihn jemand umbringen würde. Vielleicht ist das ein guter Plan. Beide Könige töten und wieder von vorn anfangen.

Der Bus hält an. Man führt mich wieder in den Turm, und der Gedanke, dass sowohl König Ingram als auch König Furlow tot wären, lässt mich lächeln. Gerechtigkeit.

Als ich Celeste gegenüberstehe, fühle ich mich sofort schuldig. Ob abscheulich oder nicht, der König ist schließlich noch immer ihr Vater, und auf ihre Weise liebt sie ihn.

Sie schließt die Schlafzimmertür. »Und? Hast du Nolan Atmus getroffen?«

»Ja. Er hat mir gesagt, wir sollen auf Neuigkeiten über König Ingram warten.«

Celeste setzt sich neben mich aufs Bett. »Oh, gut. Das können wir hier nicht besprechen. Das verstehst du. Zu deiner eigenen Sicherheit ist es besser, wenn wir nicht in die Einzelheiten gehen.« Aufgeregt kichert sie. »Aber es wird sich alles zum Guten wenden, nicht wahr? Und es hat mich so glücklich gemacht, von Nim zu hören und zu wissen, dass er zu helfen bereit ist. Eines Tages wird unser Kind Erbe zweier Königreiche sein. Stell dir das nur vor.«

»Euer Plan für König Ingram erscheint ... drastisch. Aber vielleicht nötig.«

»Das Schicksal von zwei Königreichen steht auf dem Spiel. Verzweifelte Zeiten.« Sie legt die Hand auf meine. »Morgan, hör zu. Du hast erlebt, wie brutal es am Boden zugehen kann. Dieses unendliche Land, diese unermessliche Gier. Da führen zwei Königreiche Krieg wegen einer Energiequelle, die wir dem Volk von Internment kostenlos zur Verfügung stellen. Dort unten redet nur das Geld. Es ist schrecklich. Und ich habe versucht, vernünftig mit dem König zu sprechen. Das weißt du genau. Aber er hat keinen Respekt vor dem Leben anderer, nicht mal vor den eigenen Untertanen – das ist die Wahrheit. Lassen wir ihn weitermachen, wird er Internment sämtlicher Ressourcen berauben und uns dann beseitigen, falls ihm das einen Vorteil bringt.«

»Ich weiß. Das weiß ich alles. Aber ...« Ich unterbreche mich und unterschlage, was ich eigentlich sagen wollte.

Aber Celeste weiß es bereits. »Mein Vater ist genauso. Das wolltest du doch sagen.«

»Meiner Meinung nach ist jeder König so. Das wollte ich sagen.«

Sie schenkt mir ein schmales Lächeln. »Ich nehme dir nicht übel, dass du meinen Vater hasst, und mit Sicherheit ist es klug von dir, ihm nicht zu vertrauen. Ich vertraue ihm auch nicht immer. Der Gedanke, dass mein Vater Az in eines dieser schrecklichen Anziehungslager stecken würde, sollte er jemals die Wahrheit herausbekommen, ist schwer zu ertragen. Und hätte er rechtzeitig genug über dieses Kind Bescheid gewusst, hätte er mich zur Abbruchsprozedur gezwungen.« Sie holt tief Luft und sammelt sich. »Aber er will nur sein Königreich beschützen. Er liebt Internment. Er stellt für diese Stadt keine Gefahr dar.«

Vielleicht nicht für die ganze Stadt, aber mit Sicherheit für die Menschen, die er umgebracht hat.

»Morgan.« Jetzt ist in ihrer Stimme nichts mehr von Freude und Leichtigkeit zu hören. »Ich weiß, was mein Vater deiner Familie angetan hat. Ich bitte dich nicht darum, ihm zu vergeben. Ich bitte dich nicht, ihm zu vertrauen. Aber du hast mich auf deiner Seite, und ich verspreche dir, dass weder dir noch Basil etwas geschehen wird. Du vertraust mir doch, oder?«

»Ja.« Das ist die Wahrheit. Ich vertraue ihr. Aber sie begreift nicht in letzter Konsequenz, wozu ihr Vater fähig ist, und sie wird auch mit Sicherheit nicht für den Schutz sorgen können, den sie mir verspricht.

»Gut.« Sie tätschelt mein Knie. »Jetzt warten wir auf das Chaos.«

»Wie erfahren wir davon? Nachdem es passiert ist. Wie erhalten wir Nachricht?«

»Azure hat vor seinem Aufbruch gesagt, er würde mit Nim zusammenarbeiten.« Sie grinst, dann beugt sie sich nah zu mir. Ihre Stimme ist kaum lauter als ein Flüstern. »Sie werden den König umbringen. Bevor sich die Nachricht verbreitet, befehlen sie dem Piloten, meinen Bruder zurück in den Himmel zu fliegen.«

»Aber was wird aus den anderen?« Panik steigt in mir auf. »Was ist mit meinem Bruder und seiner Frau? Pen? Judas und Amy?«

»Ganz bestimmt wird Az versuchen, sie mitzunehmen.«

»Es versuchen? Es versuchen? Ihr könnt doch nicht König Ingram umbringen und sie dann zurücklassen. Man könnte sie aus Vergeltung töten, um einen Standpunkt klarzumachen. Oder sie verhaften oder was weiß ich. Du weißt nicht, was aus ihnen würde!«

»Sprich leiser«, zischt sie. »Ich weiß, wie mein Bruder manchmal wirkt, aber er ist nicht völlig herzlos. Er wird alles tun, was in seiner Macht steht, um sie zu beschützen.«

»Und wenn er es nicht kann?« Ich stehe auf und gehe zum Fenster und zurück. Mein Herz rast.

»Morgan, sollte es tatsächlich so weit kommen, wirst du meiner Meinung nach einmal ganz ehrlich sein müssen. Dein Bruder war Springer, und er und seine Frau haben letztlich bei dem Plan mitgewirkt, die Regierung zu verraten und aus der Stadt zu fliehen. Judas ist ein Flüchtiger. Pen – nun, sie würde alles tun, um für Internments Sicherheit zu sorgen. Ich weiß vermutlich nicht viel über sie, aber das weiß ich.«

Sie hat recht. »Worauf willst du hinaus?«

»Morgan, setz dich. Beruhige dich. Denk darüber nach. Falls sie nicht gerettet werden können, glaubst du nicht, sie würden eine Möglichkeit finden, damit ihren Frieden zu machen? Glaubst du nicht, sie würden für Internment ihr Leben geben?«

»Das kann unmöglich Teil eures Plans sein!« Die Panik übermannt mich; ich bekomme kaum noch etwas mit. »Ihr könnt sie doch nicht einfach opfern.«

»Ich habe es dir doch schon gesagt. Mein Bruder wird alles tun, was in seiner Macht steht, um sie zu retten.«

»Du klingst nicht besonders davon überzeugt.«

»Nichts ist jemals sicher.«

»Du klingst nicht überzeugt genug.«

Sie runzelt die Stirn. »Das war die einzige Möglichkeit. Ich hoffe, du verstehst das. Auch mein Bruder ist dort unten. Und der Vater meines Kindes. Sie sind genauso bedroht wie alle, um die du dich sorgst. Ich mache mir Sorgen. Glaubst du etwa, ich würde mir keine machen? Aber sich zu sorgen, hilft nicht. Wir müssen positiv denken. Vertrauen haben.«

»Vertrauen«, wiederhole ich elend. »Welche andere Wahl habe ich jetzt noch?«

»Das ist die richtige Einstellung«, sagt sie ungerührt von meinem finsteren Blick. Pen hat mich einmal beschuldigt, einen schon wahnhaften Optimismus zu pflegen, aber auf diesem Gebiet hat mich die Prinzessin weit überflügelt.

»Ich muss zu meiner Mutter zurück«, sagt sie. »Es ist fast Zeit für ihr Mittagessen, und wenn ich nicht da bin, wenn sie aufwacht, wird sie sich Sorgen machen.« Sie steht auf und legt die Hände auf meine Schultern. »Weißt du, König Ingram hat versprochen, ihr zu helfen. Er hat mir versprochen, sie nach unten in dieses große, helle Krankenhaus in Havalais zu fliegen, wo ihr die Ärzte helfen würden. Er hat gelogen, vermutlich bleibt ihr nicht mehr viel Zeit. Siehst du, wir alle haben in diesem Schlamassel etwas verloren, nicht wahr?«

Ich weiß nicht, was ich darauf erwidern soll, aber sie scheint auch keine Antwort zu erwarten. Sie lässt mich los und geht.

Und mir bleibt nur die Hoffnung.

• • •

Kurz nach Eintreffen unseres Mittagessens kehrt Basil zurück. Er wirkt besorgt, erzählt mir aber nicht, was während seines Treffens mit dem König vorgefallen ist. Stattdessen will er genau wissen, was in den Glasländern passiert ist. Flüsternd erzähle ich ihm alles. Den Plan, Havalais' König Ingram umbringen zu lassen, Prinz Azures Absicht, mit dem Jet zurückzukehren, die potenzielle Gefahr, in der jeder aus Internment schwebt. »Sie hatte die Frechheit, mir zu sagen, dass Pen und mein Bruder willig und bereit wären, für die Sache zu sterben.«

»Pen bestimmt«, stimmt Basil ihr zu. »Sie würde alles tun, um Internment zu beschützen. Das weißt du genau.«

»Du bist nicht hilfreich.«

»Es tut mir leid. Ich bin mit dir einer Meinung. Es ist schrecklich. Aber es ist gewissermaßen auch der einzige Plan, der funktionieren könnte. Vielleicht wird Internment sicher sein, falls König Ingram stirbt.«

»Sicherheit wäre vielleicht zu viel verlangt. Wir werden niemals sicher sein. Vermutlich waren wir auch niemals sicher, nicht mal, bevor das alles angefangen hat. Wir haben es nur geglaubt.«

Gedankenverloren starrt er auf seinen Teller.

»Erzählst du mir jetzt, worüber du und der König gesprochen habt?«

Er schüttelt den Kopf. »Es war nicht wichtig. Nur noch mehr heiße Luft, was man in den kommenden Tagen von uns erwartet. Das ist alles.«

»Basil, ich glaube nicht, dass ich das alles durchstehe, wenn wir weiter böse aufeinander sind. Ich ertrage den Gedanken nicht, mich mit dir zu streiten.«

»Ich will mich auch nicht streiten. Aber ich bekomme einfach dieses Bild nicht aus dem Kopf. Und sag mir nicht, dass es nichts bedeutet hat. Das hat es offensichtlich, sonst hättest du es mir früher erzählt. Aber es ist nun mal geschehen. Es ist vorbei.«

»Es ist vorbei«, stimme ich ihm zu. »Vor meinem Aufbruch hat er sich verabschiedet, und bei dieser Gelegenheit habe ich ihm gesagt, dass du ein Teil von mir bist. Ich habe ihm gesagt, dass ich dich nicht noch mal verraten kann. Vermutlich wird dir das jetzt nicht mehr viel bedeuten, aber ...«

»Es bedeutet viel.«

»Es war mein Ernst.«

»Ich weiß.«

Wieder starrt er auf seinen Teller, zwingt sich dazu, eine Weintraube zu essen. Als er aufschaut, schenkt er mir ein Lächeln. Er will in dieser Angelegenheit einen Schlusspunkt setzen. Das ist mir klar. Aber zwischen uns hat sich etwas verändert, so viel steht fest. Was es zu bedeuten hat, vermag ich nicht zu sagen, aber es kann nicht mehr ungeschehen gemacht werden.

Der Rest des Nachmittags vergeht wie im Flug. Der König schickt uns zu dem Feld, auf dem unser Jet gelandet ist. Ein Wachmann klärt uns über die Sonnensteingewinnung auf, aber sein Vortrag klingt sehr einstudiert. Die Soldaten vom Boden hören jedem unserer Worte genau zu.

Erst nach dem Abendessen, als die Sonne gerade untergegangen ist, gewährt man Basil und mir eine kleine Pause. Wir spazieren über einen schmalen, unbefestigten Pfad im Garten hinter dem Uhrenturm. Überall stehen Soldaten und Wachmänner, aber wenn ich sie ignoriere, kann ich so tun, als wären Basil und ich allein.

»Du hattest den ganzen Tag diesen besorgten Ausdruck«, sage ich. »Ist es wegen unseres Gesprächs?«

»Nein.« Als Ausdruck seiner Ergebenheit nimmt er meine Hand. »Nein, damit hat es nichts zu tun.«

»Verrätst du es mir? Ich war noch nie gut in Ratespielen.«

Er zögert. »Du wirst es ohnehin bald herausfinden. Da kannst du es auch genauso gut von mir erfahren.«

»Was erfahren?«

Er bleibt stehen, und als ich mich ihm zuwende, nimmt er meine andere Hand. »Ich habe dich mein ganzes Leben lang geliebt«, sagt er. »Schon als Kind, bevor ich es mit dem Wort ›Liebe‹ beschrieben hätte. Und ganz egal, wo wir auch waren, du hast immer die Grenzen überschritten. Falls eine Schlange vor dem Bus stand, musstest du schneller voran. Gab es einen Schmetterling, musstest du ihm hinterherlaufen, um herauszufinden, wohin er flog. Und als wir älter wurden, hast du deine Grenzen immer weiter gesteckt. Ich habe deine Wanderlust stets gespürt.«

Ich weiß nicht, ob das angebrachter Gesprächsstoff ist, wo die Wachmänner so nah sind, aber ich will ihn nicht unterbrechen. Aus irgendeinem Grund weiß ich, dass das, was er zu sagen versucht, eine große Sache ist, und ich will sie hören.

»Du hast es so geliebt, alles zu erforschen. Also wollte ich, dass du das auch tun kannst. Ich finde es überhaupt nicht überraschend, dass du einen Weg zum Boden gefunden hast.« Er drückt meine Hände. »Das liebe ich an dir;

das musst du wissen. Ich wollte nie derjenige sein, der dich festhält.«

»Das hast du auch nicht. Basil, was willst du sagen?«

»Als ich heute Morgen mit König Furlow gesprochen habe, hat er mir gesagt, dass keineswegs feststeht, ob unsere Rückkehr nach Internment von Dauer ist oder nicht, aber er hat betont, wie wichtig es für uns ist, unserem Volk Hoffnung zu geben. Und wie er uns zu Beispielen machen will. Er will allen zeigen, dass die Dinge ganz normal sein können, obwohl wir zum Boden gereist und zurückgekehrt sind, obwohl überall geschürft wird. Alles kann ein glückliches Ende nehmen.«

Ich mustere ihn genau. An seinen Schläfen bildet sich Schweiß. »Ein glückliches Ende nehmen?«

»In einer Ehe. König Furlow will, dass wir heiraten.«

Mein Mund ist ganz trocken, ich fühle meinen Herzschlag. Innerlich bin ich wie ausgehöhlt. »Wann?« Meine Stimme scheint von weit weg zu kommen.

»Nächste Woche, am ersten September. Er will eine große Zeremonie abhalten.«

»Aber bei Hochzeiten gibt es nie eine große Zeremonie«, erwidere ich, auch wenn sich nichts davon real anfühlt. Als Alice und Lex geheiratet haben, hat der König ihnen einen Blumenstrauß zukommen lassen, wenn ich mich richtig erinnere, und wir gaben eine kleine Party für sie in unserem Apartment. Aber Hochzeiten finden häufig genug statt, und es wäre unpraktisch, aus ihnen eine große Sache zu machen.

»Er hat gesagt, ich könnte dabei meine Eltern und Leland sehen«, sagt er lahm.

Ich nicke. »Gut. Das ist gut, wirklich.«

Er runzelt die Stirn. »Morgan, wenn du das nicht willst, können wir vielleicht mit ihm reden.«

»Nein«, erwidere ich, denn mit dem König kann man nicht reden, wie wir beide nur zu genau wissen, und Basil soll nicht meinetwegen den Tod finden. »Nein, ich glaube, wir sollten es tun.«

»Wirklich?«

»Es ist ja schließlich nicht so, als hätten wir nicht irgendwann mal geheiratet«, sage ich praktisch. »Es wird eben nur etwas früher sein als erwartet, das ist alles.«

Er versucht zu lächeln, ich kann sehen, wie viel Angst er hat. Vor dem König. Vor diesem neuen Plan. Vor allem.

»Ich finde es nur schade, dass Pen nicht dabei sein kann«, fahre ich fort. »Wenn sie herausfindet, dass ich ohne sie geheiratet habe, bekommt sie einen Wutanfall von epischem Ausmaß.« Als ich lache, lacht Basil auch. Beide versuchen wir, diese bizarre Situation leichtzunehmen.

Um uns herum leuchten die Sterne hell und stumm an ihrem Himmel.

Ich gestatte mir die Frage nicht, was gerade auf dem Boden geschieht, unter unserer schwebenden Stadt. Ich kann mir die damit verbundene Qual nicht leisten.

12

Als ich Celeste von der Hochzeit erzähle, ist sie überraschend mitfühlend. Ich darf mir eines ihrer Kleider für die lange Jahreszeit aussuchen, egal, welches, und die Näherin wird es für mich passend machen. Den Zugang in die Privatwohnung ihrer Familie oben darf sie mir nicht erlauben, aber sie schickt die Näherin mit Kleidern bepackt nach unten, damit ich mir etwas aussuchen kann. Dann scheucht sie Basil aus dem Zimmer und schickt ihn zusammen mit einem Wachmann in den Garten.

»Das geht nur Mädchen etwas an«, erklärt sie ihm. »Es wird dich nicht interessieren.«

Er wirft mir einen besorgten Blick zu, aber ich nicke. Also lässt er sich von dem Wachmann wegführen.

Besiegt lasse ich mich auf den Hocker neben dem Bett sinken.

»Er ist wirklich ein süßer Junge«, sagt Celeste. »Du solltest den schrecklichen Kerl sehen, mit dem ich verlobt bin. Er hat eine ungewöhnliche Nase, und ich wusste nie, wie ich sie beschreiben soll, bis wir am Boden landeten und ich diese vielen Vögel aus der Nähe sah. Stell dir nur vor, seine Nase ist genau wie ein Schnabel.«

Allem zum Trotz muss ich lachen. »Jetzt klingst du wie Pen. Solche Dinge sagt sie ständig über Thomas, obwohl nichts davon zutrifft.«

»Glaub mir, es stimmt.« Celeste hält ein pinkfarbenes Paisleykleid hoch, das nur ein Mädchen mit ihrem Selbstbewusstsein jemals tragen kann. »Natürlich ist nicht seine Nase das eigentliche Problem, sondern wer er ist. Er ist wirklich einer der schrecklichsten Menschen, die mir je begegnet sind. Dreist, eigennützig, und wie er mich ansieht – als wäre ich ein Büfett. Allein der Gedanke, mit ihm verheiratet zu sein, lässt mich erschaudern.«

»Was meint denn dein Vater dazu?«

»Papa vergöttert ihn. Die Eltern sind beide Ärzte, ausgesprochen motiviert. Anscheinend waren sie als Studenten die Klassenbesten. Und Papa war so sehr von ihnen beeindruckt, dass er sie Dutzenden anderen Paaren in der Schlange vorzog, um meinen zukünftigen Ehemann zur Welt zu bringen. Das wurde noch vor der Zeugung des Jungen besiegelt, Monate vor meiner Geburt.«

Sie hält ein hellgrünes Kleid in der Farbe von Gras in die Höhe. »Hier, probier mal das.« Während ich mich hinter die Umkleidewand begebe, redet sie weiter. »Vermutlich ist ihm das alles zu Kopf gestiegen, besteht sein einziger Lebenszweck auf der Welt doch darin, die Prinzessin von Internment zu heiraten. Vielleicht wäre aus ihm ja ein anständiger Mensch geworden, wäre sein Schicksal nicht von Anfang an besiegelt gewesen, aber ich bezweifle es. Davon abgesehen, wen interessiert es? Ich werde ihn jetzt nicht mehr heiraten.«

»Was sollte deinen Vater denn davon abhalten, das Baby als das Kind deines Verlobten auszugeben?«

»Das wird er nicht machen. Das lasse ich nicht zu. Er wird nicht seinen Willen bekommen, nicht, was das angeht. Oh! Tritt ins Licht. Das Kleid sieht so hübsch an dir aus. Aber es beißt sich mit deinen Augen. Irgendwo in diesem Stapel habe ich doch bestimmt noch was mit mehr Blau.«

»Hast du etwas Weißes?«

»Viel Weißes. Und auch reines Weiß. Nichts von diesem Beige oder Cremefarben, das alle anderen tragen.«

»Die Leute auf dem Boden tragen Weiß, wenn sie heiraten. Das hat mir Birdie erzählt.«

Celeste fängt an, bestimmte Kleider aus ihrer Sammlung zu suchen und auf einem getrennten Stapel abzulegen. Es sind mindestens ein Dutzend. Ein paar haben falsche Federn, andere bauschige Unterröcke oder auch einfach nur schlichte Säume. »Eine Bodenhochzeit wäre bestimmt nett«, meint sie. »Wenn wir heiraten, müssen wir nicht in die Kirche gehen, hat Nim gesagt. Das ist dort unten sehr populär – Kirchen. Aber wenn ich möchte, können wir auch in einem Garten heiraten oder auf der Fähre.«

»Celeste.« Ich setze mich auf die Bettkante und starre die vielen Kleider an. »Sei eine Minute ehrlich zu mir. Werden wir es wirklich zurück zum Boden schaffen? Kannst du das mit irgendeiner Sicherheit sagen?«

»Nicht mit Sicherheit. Das kann niemand versprechen. Morgen könnte eine tödliche Virusepidemie ausbrechen. Internment könnte vom Himmel stürzen. Die Sonne könnte explodieren. Nichts ist sicher.«

»Ist es denn wahrscheinlich?«

Sie holt tief Luft, legt das Kleid zur Seite und sieht mich an. »Ich glaube an Folgendes. In ein paar Tagen wirst du Basil heiraten, und möglicherweise ist das früher, als ihr beide dachtet. Aber ihr werdet anständig miteinander umgehen und ihr werdet glücklich sein. Nim wird eine Möglichkeit finden« – sie senkt die Stimme zu einem Flüstern – »seinen schrecklichen König zu töten.« Sie räuspert sich. »Und dann wird er einen Weg zu mir finden. Er wird seinen Vater verdrängen und als der neue König von Havalais die Macht übernehmen. Glaub mir, niemand will seinen Vater an der Macht haben. Sie geben ihm die Schuld für sämtliche von König Ingrams schlechten Entscheidungen.«

»Und was passiert dann?« Ich will ihr begreiflich machen, dass alles nicht so einfach sein wird, wie sie es sich vorstellt, aber sie ist entschlossen, das auszublenden.

»Dann wird dieses Kind zur Welt kommen, und wir alle leben glücklich bis zu unserem Ende. Ende der Geschichte.«

»Was ist mit deinem Vater?«

»Sobald das alles geschehen ist, wird er begreifen, dass es für alle das Beste ist.«

Sie glaubt wirklich, was sie da sagt, oder bemüht sich zumindest nach Kräften, es zu glauben. Ich hingegen sehe ein großes Chaos, das mit dem Tod von uns allen und Internment als großem Brandfleck am Himmel enden wird.

»Versuch das Kleid hier.« Sie gibt mir ein einfaches weißes Kleid mit weiten Spitzenärmeln. »Ich habe es nur einmal getragen, bei der Einweihungszeremonie eines neuen Krankenhausflügels oder dergleichen.«

Noch vor einem Jahr wäre ich außer mir vor Begeisterung gewesen – ich heirate meinen Verlobten und trage ein Kleid der Prinzessin. Auch noch ein weißes Kleid. Für gewöhnlich tragen nur Angehörige der Königsfamilie diese Farbe. Geschähe das alles unter normalen Umständen, wäre ich glücklich. Auch Basil wäre glücklich.

Stattdessen ertasten wir beide uns unseren Weg und versuchen das irgendwie funktionieren zu lassen.

Ich ziehe das Kleid an, dann stelle ich mich vor den kleinen Spiegel auf dem Ankleidetisch. Celeste tritt neben mich. Ihr Bauch ist so dick, dass es schon surreal ist. »Ich liebe dieses Kleid«, sagt sie. »Was meinst du?«

»Ich habe Angst, es schmutzig zu machen. Ich habe noch nie zuvor in meinem Leben Weiß getragen.«

»Es ist ja nur für einen Nachmittag. Wenn du irgendwo in hohes Gras kommst, musst du einfach nur den Rock anheben.«

»Es wird reichen. Danke.«

»Es wird reichen?« Sie kneift mich in die Wange. »Komm schon. Das kannst du doch besser.«

Ich lächle. Mein Spiegelbild kommt mir seltsam vor. Noch nie zuvor habe ich mich in Weiß gesehen, und ich kenne dieses Mädchen nicht, das heiraten wird, wo es doch auf der Akademie sein und lernen sollte, warum der Gott im Himmel es so sehr liebt. »Glaubst du, es wird Basil gefallen?«

»Wenn nicht, ist er ein Idiot«, sagt Celeste überzeugt. »Ich würde dich heiraten, wenn du das trägst.«

Ich starre meine Schlüsselbeine an, die von Spitze eingerahmt werden. Fast schon eine Frau, hat meine Mutter mal vor mehreren Monaten zu mir gesagt, bevor das alles hier seinen Anfang nahm. Da wusste sie etwas, von dem ich keine Ahnung hatte. Sie wusste von dem Metallvogel, der sich in der Erde unter unseren Füßen verbarg, so wie von den großen Ereignissen, die auf uns zukamen. Ich glaube nicht, dass sie auch nur um etwas davon gebetet hat. Sie wollte nur Sicherheit für ihre Kinder und irgendwie das äußere Erscheinungsbild bewahren, das sie und mein Vater für uns aufgebaut hatten.

Aber wenn sie noch am Leben wäre, würde sie dabei sein wollen, selbst wenn unsere Welt in Trümmern läge. Sie hätte erleben wollen, wie ich heirate.

Stirnrunzelnd betrachtet Celeste mein Spiegelbild. »Du siehst aus, als wolltest du weinen. Ach, Morgan, tu das nicht. So schrecklich ist das doch gar nicht. Du wirst jemanden heiraten, den du aufrichtig liebst.«

»Das ist es nicht.« Ich hole tief Luft, drücke das Kreuz durch und sammle mich. »Wenn ich schon heiraten muss, bin ich froh, dass es Basil ist. Ich wünschte mir nur, meine Familie könnte dabei sein.« Ich sehe Celeste an. »Du hast vermutlich nicht herausfinden können, was aus meinem Vater geworden ist?«

Sie schürzt die Lippen. »Ich wünschte, ich hätte da Erfolg gehabt. Falls Papa etwas weiß, sagt er es mir nicht. Ich habe in deinem Namen darum gebeten. Ich habe ihm erzählt, was du alles für mich getan hast, und dass er deinen Vater verschonen soll, falls er weiß, wo er ist oder falls er noch lebt. Aber mehr konnte ich nicht tun. Es tut mir leid.«

Das wird einfach nur ein Teil der bereits existierenden Betäubung, die ich seit meiner Rückkehr verspüre. Ich nicke.

»Komm her.« Celeste schiebt den Hocker vor den Spiegel und bedeutet mir zu sitzen. »Arbeiten wir an der Frisur, ja?«

• • •

In der Woche vor der Hochzeit können Basil und ich nur abends nach dem Essen allein sein. Der König hat es sich zur Aufgabe gemacht, uns auf Trab zu halten. Als wären wir Berühmtheiten, schickt er uns zu den Schürfern und ins Krankenhaus, um Reden zu halten.

Das Krankenhaus ist am schlimmsten. Man zeigt uns nur die Neugeborenen, aber der sterile Geruch ist in jedem Raum gleich.

Als wir schließlich wieder an die frische Luft kommen, habe ich endlich das Gefühl, wieder frei atmen zu können.

»Alles in Ordnung mit dir?«, fragt Basil auf dem Weg zum Bus. Meine Beine zittern.

Vor uns sind Soldaten, hinter uns Wachmänner, also senke ich meine Stimme, aber eigentlich ist mir mittlerweile egal, ob sie uns belauschen. »Dieser Ort erinnert mich immer an Lex. Ich hasse ihn. Ich hasse ihn, und ich vermisse meinen Bruder, auch wenn er mich die meiste Zeit in den Wahnsinn treibt.«

»Er ist schon in Ordnung«, erinnert Basil mich. »Er ist mit Alice zusammen, und bis du ihn wiedersiehst, kann er sie in den Wahnsinn treiben.« Er zwingt sich zu einem Lächeln und um seinetwillen erwidere ich es.

»Wo auch immer er gerade ist, bestimmt tut er genau das.«

»Er ist bei den Pipers und Alice«, versichert mir Basil. »Er ist in Sicherheit.«

Er will mich trösten, das ist mir klar, aber plötzlich wünsche ich mir, er würde den Mund halten. Seine Eltern und sein Bruder befinden sich hier in dieser Stadt und er wird sie bei der Hochzeit sehen. Ich weiß nicht, ob Lex oder mein Vater wirklich in Sicherheit sind. Ich weiß nicht, ob ich sie jemals wiedersehe.

Im Bus setzen wir uns einander gegenüber. Rasende Eifersucht erfüllt mich, darum starre ich aus dem Fenster. Mit Sicherheit entgeht sie ihm nicht, so stark ist sie.

Er beugt sich vor und nimmt meine Hand.

Schweigend fahren wir zum Uhrenturm zurück.

• • •

In der Nacht vor der Hochzeit kann ich nicht schlafen. Die Turmuhr schlägt Mitternacht, ihr Ton erschüttert die Wände. Ich starre auf einen Fleck an der Steindecke, der vom Sternenlicht erhellt wird.

Basil dreht sich neben mir um. Seit unserem Streit wegen Judas ist eine Woche vergangen, und auch wenn wir uns versöhnt haben, sind wir uns seitdem nicht besonders nahegekommen. Dieser Streit hängt noch immer in der Luft, voller Dinge, von denen wir wünschen, wir hätten sie nicht gesagt, und jenen, die wir lieber ausgesprochen hätten.

»Kannst du nicht schlafen?«, fragt er.

Ich schüttle den Kopf auf dem Kissen. »Ich denke an die Lichter in Havalais. Wenn ich nachts aus meinem Schlafzimmerfenster blickte, konnte ich sie in der Ferne sehen. Und manchmal konnte ich sie nicht von den Sternen unterscheiden. Zuerst war das seltsam, aber nach einer Weile war es tröstlich zu wissen, dass dort irgendjemand immer wach war. Aber hier gibt es nur Insekten und Sterne.«

Er dreht sich zu mir um. »Diese Lichter brennen immer noch. Wir können sie nur nicht sehen.« Er schweigt lange. »Wenn du an Havalais denkst, denkst du auch an Judas?«

Ich wende ihm den Kopf zu.

»Wenn ja, ist das in Ordnung. Ich würde lieber die Wahrheit hören, als dass du meine Gefühle schonst.«

»Ja, aber nicht so, wie du vielleicht glaubst. Ich denke darüber nach, wie es für ihn sein muss, in einer Welt zu leben, zu der Daphne unbedingt gehören wollte. Ich frage mich, ob er an sie denkt. Und was er denkt. Und ich glaube, sie werden immer zusammengehören, und wie schmerzhaft es doch sein muss, wenn die andere Hälfte deines Schicksals ermordet wird.«

Im Sternenlicht kann ich Basils Gesicht kaum ausmachen. Eigentlich sehe ich nur seine dunklen Augen, die mich betrachten, während er zuhört.

»Und dann denke ich, wenn man dich so ermordet hätte, würde ich mich jeden Tag fühlen, als wäre ich halb tot. In gewisser Weise wäre ich genau wie er. Ich würde in anderen Menschen nach dir suchen und die ganze Zeit dabei wissen, dass ich dich niemals finden würde. Nicht mal jemanden, der dir nahekommt. Er bestreitet das, aber darum hat er mich geküsst. Er suchte einfach nach Daphne. Und in gewisser Weise suchte ich nach dir. Ich dachte an dich.«

Nach langem Schweigen sagt er: »Hätte ich dich je verloren, wäre ich auch verloren.« Er legt die Hand an meine Wange, sein Daumen streicht über meine Lippen.

Ich öffne die Lippen und schmecke seine Haut auf der Zungenspitze. »Du bist es«, murmle ich. »Du solltest es immer sein. Ich weiß nicht, wie du glauben kannst, es würde ein anderer sein.«

Er rückt näher und küsst mich, und ich habe endlich den Eindruck, dass er versteht, was auf der Wiese mit Judas geschehen ist. Mich versteht.

»Du musstest nie anderswo nach mir suchen«, sagt er. »Ich war immer hier.«

Ich schließe die Augen, um die Dunkelheit auszusperren. Ich will nicht darüber nachdenken, was der morgige Tag bringt. Ich will nur wissen, dass er jetzt hier bei mir ist, und dass wir uns allem, was kommt, gemeinsam stellen werden.

Zumindest das haben die Entscheidungsträger richtig hinbekommen.

13

Mehr als hundert Leute werden an meiner Hoch- zeit teilnehmen, hat man mir gesagt. Geehrte Spezialisten, Wachmänner und sogar Schüler aus meiner Akademie. Und natürlich Basils Familie.

Ich kenne nicht mal hundert Leute. Ich kann an beiden Händen abzählen, wer dabei sein sollte, und abgesehen von Basil wird niemand davon hier sein.

Die Vorstellung, so viele Menschen bei einer Veranstaltung dabeizuhaben, die eigentlich ganz schlicht sein sollte, ist seltsam.

Man hat Basil in einen anderen Raum geführt, wo er sich anziehen soll.

Die Näherin hat einen Standspiegel in mein Schlafzimmer geschleppt und steckt, angeleitet von Celeste, Stoffblumen an die Taille meines Kleids.

Nachdem das erledigt ist, entzündet Celeste ein Feuer im Kamin und wärmt mit den Flammen einen Lockenstab. Sie dirigiert mich auf den Hocker vor dem Spiegel und fängt an, mir Locken zu machen.

»Dieses Lächeln habe ich gesehen«, sagt Celeste fröhlich. »Gib es zu. Du bist wenigstens ein kleines bisschen aufgeregt.«

»Hauptsächlich bin ich nervös. Was soll das eigentlich alles bringen?«

»Hoffnung.«

»Jeder benutzt ständig dieses Wort.«

»Im Augenblick ist das eben alles, was wir haben.« Sie setzt den Stab so nah an meiner Kopfhaut an, dass ich die Hitze spüre.

Ich starre mein Spiegelbild an. Wäre Pen hier, würde sie vielleicht ein paar dumme Bemerkungen darüber machen, was in meiner Hochzeitsnacht alles passieren sollte. Vielleicht würde sie sogar Ratschläge geben. Sie wäre die Einzige, mit der ich darüber würde sprechen wollen. Aber ihr wurde ihr erstes Mal gestohlen; es war gewalttätig und nicht das, was es hätte sein sollen. Vermutlich fühlte sie sich dadurch verändert, aber mir ist es nicht aufgefallen. Wie konnte es mir nicht auffallen?

An meinem Hinterkopf brennt es und ich zucke zusammen.

»Entschuldige bitte«, sagt Celeste. »Es ist mein blöder Bauch, der ist ständig im Weg.«

»Tut das weh?«

»Was? Die Schwangerschaft? Nein, weh ist nicht das richtige Wort. Aber manchmal fühle ich mich, als hätte ich den Körper einer Siebzigjährigen. Wenn ich mich setze und es mir bequem mache, dauert es ewig, bis ich wieder auf den Beinen bin. Mein Rücken schmerzt, meine Knie auch. Ich habe keine Ahnung, wodurch ich Sodbrennen bekomme. Und ich kann nicht genug von der Farbe Blau kriegen.«

»Blau?«

»Ja. Zum Beispiel letztens. Da suchte ich in der Bibliothek oben etwas zu lesen und stieß auf dieses alte Buch mit einem hellblauen Umschlag. Es stand nicht mal ein Titel darauf. Es war einfach nur blau und ich hätte am liebsten reingebissen.«

»Farben haben keinen Geschmack. Es hätte doch nur nach Papier geschmeckt.«

»Ich habe nicht gesagt, dass es irgendeinen Sinn ergeben würde.«

»Und, hast du?«, frage ich.

»Habe ich was?«

»Na, reingebissen.«

»Bitte. So verrückt bin ich nun auch wieder nicht. Obwohl ich zugeben muss, es ist ein echter Kampf geworden zwischen dem, was logisch ist, und dem, was ich will. Aber meine Mutter meint, ich wäre schon immer so gewesen.« Die Erwähnung ihrer Mutter bringt einen melancholischen Ton zum Vorschein; sie wollte sie unbedingt retten, und jetzt stehen ihre Chancen schlechter als je zuvor. Selbst wenn die Königin einen Weg zum Boden finden würde, glaube ich kaum, dass man sie von der Sonnenkrankheit heilen könnte. Professor Leander ist daran gestorben.

Celeste nimmt den Lockenstab fort und sieht zufrieden zu, wie die neuen Locken federn. »Ich würde so gern dabei sein. Ich darf nicht mal vom Fenster aus zusehen, Papa hat es mir verboten. Er hat das ganze Königreich davon überzeugt, dass ich mir am Boden ein Fieber eingefangen habe und so gut wie tot bin. In der Zwischenzeit bin ich in diesem Turm gefangen, werde langsam verrückt und will schon Bücher essen.«

Sie tritt auf die andere Seite und fängt an, dort Locken zu machen. »Wie schön, dass du wieder da bist. Ich war so gelangweilt, aber jetzt kommt es mir vor, als hätte ich eine lebende Puppe zum Spielen. Azures Haar war länger, als er zum Boden aufgebrochen ist. Es muss dir aufgefallen sein, es ging ihm bis fast zu den Schultern. Ich habe ihn gefragt, ob er mich ihn frisieren lassen würde, und er hat mir fast den Kopf abgerissen.«

»Es ist ja nicht so, als hätte ich was dagegen, dich mit meinen Haaren spielen zu lassen, aber wie lange muss ich denn noch im Uhrenturm hausen?«, frage ich. »Basil und ich heiraten, dann bleiben wir hier oben? Wir bekommen kein Apartment? Können nichts anderes tun, als Internment vorgeführt zu werden?«

»Ihr erhaltet ein Apartment«, sagt Celeste. »Ein schönes Apartment mit Strom, nicht wie hier in diesem alten Kasten. Es wird nur eine Weile dauern. Vermutlich, bis König Ingram tot ist. Dann wird es besser.«

Bei diesem ganzen Gerede über tote Könige frage ich mich, ob Celeste sich selbst gegenüber auch nur einmal eingestanden hat, dass dieses Königreich besser dran wäre, wenn auch König Furlow tot wäre. Er wird sich niemals ändern, und bestimmt ist sie klug genug, um das zu wissen. Aber das kann sie garantiert nicht zugeben.

Sie wird mit der Frisur fertig, dann setzt sie sich auf die Bettkante und bewundert mich.

»Du hast wirklich Glück«, sagt sie. »Ich war nie der Ansicht, dass Verlobungen etwas taugen, aber dann habe ich dich und Pen kennengelernt und selbst gesehen, dass sie das manchmal doch tun. Selbst dein Bruder und seine Frau scheinen gut miteinander zurechtzukommen.«

»Manchmal funktionieren Verlobungen. Aber manchmal auch nicht.« Ich sehe ihr Spiegelbild an.

»Es ist nicht so, als würde Az einen passenden Partner bekommen, ganz egal, was die Entscheidungsträger auch angeordnet haben.« Sie grinst, aber es ist ein trauriger Ausdruck. »Du könntest die schönsten Mädchen der Stadt auftreiben. Du könntest selbst ein paar finden, die sein Ego ertragen. Aber das Herz will, was es will, schätze ich.«

Hoffentlich findet zumindest der Prinz, was er sucht.

Celeste schmollt, als mich die Wachmänner abholen, um mich in den Hof zu bringen. »Es ist nicht fair, dass Morgan von Wachmännern zu ihrer eigenen Hochzeit eskortiert werden muss.«

»Das stört mich nicht«, sage ich. Allerdings ist das nicht die Wahrheit. So sollte meine Hochzeit nun wirklich nicht ablaufen.

»Ich komme zur Ringzeremonie«, beharrt Celeste. »Davon kann mich Papa nicht fernhalten.«

Die stickige Hitze des Treppenhauses erschlägt mich.

Als ich den Wachmännern in die Dunkelheit nach unten folge, die auf dem Hof enden wird, suchen mich Pens Worte heim: *Unser Volk würde alles tun, um die Stadt am Himmel zu halten.*

Das hat sie zu Nim an jenem Abend im leeren Freizeitpark gesagt, als wir drei darüber klagten, was wir alles verloren hatten.

Mit jedem Schritt in die Tiefe habe ich das Gefühl, Internment versinkt unter mir, und ich weiß, dass Pen recht hat. Ich weiß zwar nicht, warum diese Aufgabe Basil und mir zufallen musste, aber wir müssen alles tun, um unsere Stadt zu retten. Selbst wenn das bedeutet, bei den albernen Plänen des Königs mitzuspielen.

Ich höre die Musik in dem Augenblick, bevor ich das Gebäude verlasse. Die Sonne steht hoch und blendend am Himmel, Gras und Blumen leuchten in einer perfekten Helligkeit, die Havalais trotz seiner ganzen Wunder nicht für sich beanspruchen kann.

Eine Spur vielfarbener Blütenblätter zeigt den Weg zum Garten. Sie endet an einem Mohnblumenfeld, so rot wie ein See aus Blut. Und dort steht Basil in einem schwarzen Anzug, ein harter Schatten vor dem ganzen Rot.

In so dunkler Kleidung muss er in dieser heißen Sonne vermutlich eingehen, aber falls dem so ist, lässt er es sich nicht anmerken. So elegant hat er noch nie ausgehen. Die Musik der Kapelle drängt sich zwischen uns, die einzige Brise in der reglosen Luft. In dem Moment, als ich die gepflasterte Lichtung betrete, wendet er den Kopf.

Seine Mundwinkel heben sich zu einem beruhigenden Lächeln, das allein für mich bestimmt ist.

Menschen säumen unseren Weg. Alte Klassenkameraden aus einem vergangenen Leben. Bürger. Leute, die ich schon mal gesehen habe, aber kaum kenne.

Ich muss die Menge nicht absuchen, um zu wissen, dass Basils Familie fehlt. Ich lese die Betrübnis in seinen Augen; sie funkelt wie ein Einschluss in einem Stein und liegt dort begraben, wo nur ich sie entdecken kann.

Ich gehe auf ihn zu, und als ich ihn erreiche, frage ich mich, ob ich Celeste an einem der Fenster entdecken könnte, wo sie verstohlen zusieht. Aber in den hohen Fenstern spiegelt sich nur der wolkenlose Himmel.

Als ich Basil endlich erreiche, steht der König bereits zwischen uns, in der Hand ein Blatt Papier mit den üblichen Eheschwüren. Also will er die Zeremonie durchführen. Für gewöhnlich ist es ein Wachmann. Mein Vater hat Lex' und Alice' Trauung vollzogen. Eines Tages sollte er auch meine Trauung vollziehen. Eine weitere Sache, die König Furlow meiner Familie gestohlen hat.

Als er anfängt, die Worte, die Versprechen vorzulesen, die Basil und ich einhalten müssen, stelle ich mir vor, wie er dort tot in seinem eigenen Blut liegt.

Ich nehme die Worte nicht wahr. Basil nimmt meine Hände, also nähern wir uns dem Ende, ein paar zustimmende Worte von uns werden die Angelegenheit offiziell machen. Und während die anderen feiern, wird man uns zum Blutraum führen, wo man unsere Ringe füllt.

»Morgan«, sagt König Furlow. Meinen Namen so förmlich von ihm ausgesprochen zu hören, ist so bizarr, dass ich zuerst gar nicht begreife, nun an der Reihe zu sein.

Ich hebe den Kopf und sehe den Mann an, der verflucht noch mal am Leben ist. »Erklären Sie sich mit diesem Gelöbnis einverstanden?«

»Ich ...« Basils Miene ist unlesbar, stählern. Nur noch wenige Worte und er gehört mir.

Und dann erbebt der Boden unter unseren Füßen, ein donnernder Lärm ertönt. Der Wind schiebt mir die schweren Locken in die Augen, und ich schlage sie weg, um sehen zu können, was da vor sich geht.

Basils Griff um meine Hand verstärkt sich, und ich bin mir nicht sicher, ob es Furcht oder Hoffnung ist, die in mir das Lachen aufsteigen lassen. Am Horizont ist König Ingrams Jet und rast durch den Himmel.

Das Entsetzen in König Furlows Miene verrät, dass diese Ankunft nicht geplant ist und der Jet nicht zur routinemäßigen Ladung sonnensteinreicher Erde kommt.

Der Jet landet auch nicht an der üblichen Stelle, weit außerhalb auf der anderen Seite des Zauns. Er ist nah an der Stadt. Zu nah.

»Komm mit«, ruft Basil. Wir laufen am König vorbei durch das Mohnblumenfeld. Dabei verliere ich einen Schuh und streife den anderen ab.

Der König folgt uns nicht. Er hat sein eigenes Chaos zu bewältigen. Alle seine Hochzeitsgäste flüchten vor dem Jet. Basil und ich sind die Einzigen, die ihm entgegenlaufen.

14

»Was ist mit Celeste?«, übertöne ich das Brausen des Winds. Er riecht nach Abgasen und Feuer, nach allen ständig verbesserten Maschinen des Bodens.

»Dort, wo sie ist, wird sie sicherer sein«, erwidert Basil.

Ich bleibe stehen, und er folgt meinem Beispiel, da ich ihn noch immer festhalte. Beide atmen wir schwer. Ich begegne seinem Blick. »Falls das ein Angriff auf König Furlow ist, müssen wir zurück und sie holen. Versprich mir das.«

Er nickt.

Der Jet kracht mitten auf den Zaun, der die Stadt umgibt, schleudert ihn mit einem schrillen Jaulen und dem Laut ersterbender Maschinen auf die Gleise.

Die Abgase lassen uns husten, ich krümme mich zusammen und schnappe nach Luft. Am Boden liegt eine weggeworfene Tasche. Alle sind voller Panik geflohen. Sie haben sich vielleicht an die Ankunft des Jets in sicherem Abstand gewöhnt, aber diesmal stimmt offensichtlich etwas nicht.

Der Wind lässt nach und einen langen Augenblick später

schwingt die Tür des Jets auf. »Ihr habt uns um ein Haar umgebracht!«, ruft Thomas. Er eilt als Erster die Metallleiter nach unten, während Pen die Faust in seinem Hemd verkrallt hat, um ihn zu stützen, während sie benommen ins Tageslicht stolpern.

»Ihr habt keinen Kratzer, also hört auf zu jammern. Ihr habt doch alle gewollt, dass ich dieses Ding fliege«, sagt Nim, der ihnen folgt. Der Rahmen seiner Augengläser ist verbogen.

Basil und ich laufen zu ihnen. Pen lässt sich dankbar gegen mich sinken. »Wie schön, ein Begrüßungskomitee ohne Waffen.«

»Das wird in einer Minute da sein«, sagt Basil. »Was tut ihr hier?«

»Das ist das Problem mit dieser Stadt – der völlige Mangel an Kommunikation.« Wir alle drehen uns um. Prinz Azure steht in der Tür, jedes Haar liegt dort, wo es hingehört. »Habt ihr es denn nicht gehört? Der König von Havalais ist tot.«

Pen verdreht die Augen, als sie sich wieder mir zuwendet. »Den Satz hat er den ganzen Flug geübt.«

»Und wie war ich?«, fragt der Prinz. Er steigt die Leiter hinunter, als würde sie von bewundernden Anhängern gesäumt. Er mustert Basil und mich. »Hat unsere Ankunft eine Hochzeit unterbrochen?«

Ich ignoriere ihn. »Ist König Ingram wirklich tot?«, frage ich Pen.

»Das ist er. Dort unten herrscht ein verfluchtes Durcheinander.« Sie lässt die Schultern hängen. »Ich wollte noch deinen Bruder und Alice holen, aber dafür war keine Zeit mehr.«

»Ihnen geschieht nichts«, versichert uns Nim. »Sie sind zusammen mit meinen Geschwistern an einem sicheren Ort.«

Ob Lex überhaupt mitgekommen wäre, ist sowieso zweifelhaft; er hat eine Rückkehr stets beharrlich abgelehnt. Vielleicht glaubte er, einfach nicht ertragen zu können, wozu diese Stadt seit unserer Flucht geworden ist. Ich könnte es ihm nicht verübeln.

»Ich hatte gehofft, mein Vater würde uns hier willkommen heißen«, sagt Prinz Azure, und ich weiß nicht, ob das sein Ernst ist.

»Vermutlich versucht er die hysterische Menge zu beruhigen«, sage ich.

»Ja, natürlich.« Der Prinz steigt über die Gleise und setzt sich in Bewegung. »Wollen wir?«

Der Prinz von Internment bei einem Spaziergang durch die Stadt ist ein seltener Anblick, aber falls es Zuschauer gibt, tun sie es hinter ihren Fenstern. Sie fürchten sich vor dem, was dieser Jet an neuen Schrecken bringen wird.

»Es war Gift«, flüstert Pen mir zu, als wir alle die Gleise überqueren.

»Wer hat es getan?«, will Basil wissen.

»Da bin ich mir nicht sicher. Einer seiner eigenen Leute, vermute ich. So viele hatten Grund, ihn zu hassen. Nim sah es kommen, denn er weckte uns mitten in der Nacht und verfrachtete uns in den Jet. Es war keine Zeit, alle zu holen.« Sie schenkt mir ein beruhigendes Lächeln. »Lex und Alice werden wirklich sicher sein. Nim musste auch seine Geschwister zurücklassen. Der Flug wäre für sie nicht sicher gewesen. Und ich habe jeden Tag seit deiner Abreise nach Lex gesehen.«

»Wie geht es ihm?«

»So stur wie immer. Missmutig – du weißt schon.«

»Allerdings.«

»Aber er vermisst dich. Wirklich.«

Ich gehe zwischen Basil und Pen und bin so erleichtert, sie zu sehen, dass ich beinahe die Kriege vergesse, die weit unter unseren Füßen und hier in dieser schwebenden Stadt stattfinden.

»Wir haben doch wohl nicht deine Hochzeit unterbrochen?«, fragt sie.

»Doch. Aber das geht schon in Ordnung. Mir wäre es sowieso lieber, wenn du dabei bist.« Ihr Blick auf meinen Ring entgeht mir nicht. »Wir hatten keine Gelegenheit, es offiziell zu machen.«

»Gut.« Sie versucht es klingen zu lassen, als würde sie das auf die leichte Schulter nehmen. »Wenn sich der Rauch erst mal verzogen hat, ist noch genug Zeit für vernünftige Hochzeiten.«

Zu heiraten, ist die geringste meiner Sorgen, und Pen teilt diese Meinung, das weiß ich, aber das lenkt uns von der Furcht vor dem ab, was nun geschehen wird. König Ingram ist tot. Also muss Jack Piper die Führung übernommen haben. Er ist kein besserer Kandidat. Er ist ein Mann, der seine eigenen Schrecken entfesseln wird.

Der Prinz blickt zu mir und Basil zurück. »Wo ist meine Schwester?«

»Ich habe sie zuletzt im Uhrenturm gesehen«, sage ich. »Der König hat sie nicht nach draußen gelassen.«

»Aber Sie haben sie gesehen? Mit ihr gesprochen? Geht es ihr gut?«

Nim blickt mich ebenfalls an, und hinter seiner kühlen Fassade sehe ich jemanden, der müde und ängstlich ist. Ich erwidere seinen Blick einen Moment lang, bevor ich mich wieder dem Prinzen zuwende. »Ja.«

Thomas versucht mit Pen Schritt zu halten, die ihn ignoriert.

Es riecht nicht nach Tonikum, sie ist nüchtern und aufmerksam, und mehr brauche ich im Augenblick nicht zu wissen. »Es gibt viel zu bereden«, flüstert sie.

Prinz Azure führt uns zum Uhrenturm zurück. Unsere Hochzeitsgäste sind entweder geflohen oder verbergen sich hinter verschlossenen Türen in den Büros. Man hat sie darauf gedrillt, einen Angriff von König Ingram zu befürchten.

»Papa?«, ruft der Prinz. »Celeste?«

Schweigen. Er öffnet die Tür zum Treppenhaus und wir folgen ihm.

»Was ist mit dieser Stadt geschehen?«, haucht Thomas entsetzt.

Pen bringt ihn zum Schweigen, aber auch ihr ist das Entsetzen anzusehen. Sie liebt diese Stadt mehr, als es unser König jemals könnte.

Azure ruft nach seinem Vater und seiner Schwester, und als wir die Tür zum Apartment der Königsfamilie erreichen, öffnet sie sich. Aber da steht nur Celeste, um uns zu begrüßen. »Az!« Ihre Stimme ist eine Mischung aus Furcht und Erleichterung. Zitternd zieht sie ihn in eine Umarmung. »Als der Jet kam, glaubte ich, du wärst getötet worden, und König Ingram käme, um uns allen den Rest zu geben.«

»König Ingram ist tot«, erzählt er ihr. In seiner Dankbarkeit, wieder mit ihr vereint zu sein, zeigt er sich unter dem ganzen Pomp und der Arroganz noch immer als Mensch. »Wo sind Papa und Mutter?«

»Mutter ist – sie hat alles verschlafen. Es geht ihr viel schlechter. Und Papa ist mit seinen Wachmännern unterwegs, um dafür zu sorgen, dass jeder im Haus bleibt.«

Sie löst sich aus ihrer Umarmung und tritt zurück, um ihn zu mustern. »Ich bin ja so froh, dass du noch lebst.«

Als sie die Aufmerksamkeit von ihrem Bruder nimmt und Nimble hinter ihm auf der Treppe entdeckt, lässt sie das in Tränen ausbrechen.

Er ist müde und erschöpft von allem, was er erlebt hat, und endlich hat er es zurück zu dem Mädchen geschafft, das er liebt. »Leste«, sagt er. Dankbar schließt er sie in die Arme, als sie sich auf ihn wirft.

Leise murmeln sie miteinander. »Ich liebe dich, ich liebe dich, ich liebe dich«, höre ich sie sagen.

Pen stößt mir den Ellbogen in die Rippen. »Wann ist das denn passiert?«

Ich bringe sie zum Schweigen.

»Ach.« Celeste schnieft, dann fährt sie sich mit den Handgelenken über die Augen. »Ich bin unhöflich. Wo habe ich nur meinen Kopf? Ihr seid die ersten Bürger, die das Apartment des Königs sehen. Ich glaube überhaupt, stimmt das, Az?«

»Das wurde noch niemandem gestattet.«

»Aber jetzt können wir es erlauben.«

»So wie die Dinge stehen, ist es ziemlich sinnlos, sich an die Regeln zu klammern.«

Ich habe ihre bizarre Fähigkeit, die Sätze des anderen zu beenden, völlig vergessen. Was für ein Paar sie doch sind, das gleiche blonde Haar und hellen Augen, die gleichen Manierismen.

Azure holt tief Luft und auch Kraft, bevor er sagt: »Mutter?«

»In ihrem Zimmer. Sie hat der Krankenschwester den Zutritt verweigert. Sie isst nur noch, wenn ich sie darum bitte. Az, es ist ...« Wieder unterdrückt sie ein Schluchzen, dann nimmt sie seine Hand und führt ihn in einen schmalen, dunklen Korridor. Uns ruft sie zu, dass wir uns setzen sollen, und entschuldigt sich.

Ich habe im Apartment der Königsfamilie mit Luxus gerechnet, aber jetzt sehe ich, wie gewöhnlich es doch ist. Vielleicht sogar noch kleiner als das Apartment meiner Familie. Das Sofa scheint zwar kürzlich aufgepolstert worden zu sein, aber der Holzrahmen ist antik und wird vermutlich seit Generationen von Königen weitergereicht.

Nachdem Nimble verschnaufen konnte, ist er fasziniert. Er sitzt aufrecht in einem Ohrensessel, dessen Polster so blau wie der Himmel ist, und verdreht sich den Kopf, um aus dem Fenster sehen zu können.

»Hier oben ist es so ... hell«, sagt er. »Die Luft ist auch viel besser. Ich hatte ja keine Ahnung, dass Luft überhaupt einen Geschmack haben kann.«

Pen seufzt und lässt sich auf das Sofa sacken. »Ja, genieß es, solange es geht. Bald wird das alles für deine Stadt nur noch Asche und eine nette Geschichte sein.«

»König Ingram – mein Großvater – ist tot«, erinnert Nim sie. »Ich lasse nicht zu, dass deine Stadt vernichtet wird, das habe ich dir doch versprochen. Und genauso wenig lasse ich zu, dass jemand in Havalais deswegen zu Schaden kommt.«

»Wie willst du das versprechen?«, erwidert Pen hitzig. »Da ist noch immer das kleine Problem mit deinem Vater. Wenn ich mich richtig erinnere, ist er genauso gnadenlos und der Thronfolger.«

Dazu hat Nim nichts zu sagen. Er starrt nur in den Korridor, in dem der Prinz und die Prinzessin verschwunden sind. Nach einer Weile ergreift er das Wort. »Ich habe im Krankenhaus mit einem Onkologen gesprochen. Wegen deiner Königin. Aber wenn sie tatsächlich an Krebs leidet, schreitet der in Schüben fort, und ich weiß nicht, ob wir mittlerweile überhaupt noch etwas ausrichten könnten. Celeste hat mir erzählt, dass sie seit mehr als einem Jahr ohne jede Behandlung krank ist.«

Das tut selbst Pen leid, die weder für den Prinzen noch für die Prinzessin etwas übrig hat. Sie weiß, wie es ist, der eigenen Mutter nicht helfen zu können.

Direkt am Anfang des Korridors steht eine alte Uhr und in unserem gemeinsamen Schweigen klingt jedes Ticken wie eine kleine Explosion. Ich versuche die Geräusche der verstreichenden Momente zu ignorieren, während wir auf König Furlow warten. Während wir darauf warten zu erfahren, was aus uns werden soll.

Celeste kehrt allein zurück und da sind keine Tränen mehr zu sehen. Sie räuspert sich und macht sich neben Nim auf dem Ohrensessel Platz. Die Abwesenheit ihres Bruders erklärt sie nicht, aber vermutlich ist er bei ihrer Mutter. In der warmen und abgestandenen Luft liegt ein schwacher Geruch nach Medizin. Celestes Gesicht glänzt schweißfeucht, aber bei ihr sieht das irgendwie wie geschminkt aus.

Nimble betrachtet sie mit Vorsicht und Faszination, als könnte sie sich als Trugbild seiner Vorstellungskraft erweisen.

Entschlossen sieht sie ihn an. »Also gut. Erzähl uns, was passiert ist.«

»König Ingram wurde tot in seinem Arbeitszimmer gefunden. Die Truppen sahen keine Ergebnisse mit dem Phosan, und nachdem sie ihre geliebten Angehörigen nach der Hafenexplosion begraben hatten, waren sie auf Vergeltung aus. Ich wusste, dass es so kommen würde. Ich kannte nur den Zeitpunkt nicht.«

»Also hat Pen recht«, sagt Basil. »Dein Vater ist nun König.«

»Nicht genau«, erwidert Nim. »Mein Vater ist tot.«

Celeste nimmt seine Hand. »Ach, Nim.«

»Es musste getan werden.«

Pen beugt sich vor. »Du hast das *geplant?*«

»Es musste getan werden«, wiederholt er, allerdings liegt dieses Mal ein Zittern in den Worten. »Du hattest völlig recht. Mein Vater war gnadenlos. Er diente als der Berater des Königs. Die Bombardierung des Hafens war genauso seine Schuld wie die des Königs.« Er sieht zu Boden, überlegt es sich dann aber anders und hebt den Kopf. Allerdings erwidert er keinen unserer Blicke. »Birdie und ich haben es besprochen. Es hat uns bestimmt kein Vergnügen bereitet, aber wir stimmten überein, dass es getan werden musste.«

»Du bist ...« Celeste lässt ihn nicht aus den Augen. »Das macht dich zum König von Havalais.«

»Wenn du es sagst.«

»Nicht, wenn ich es sage. Das ist eine Tatsache. Sein Großvater war der König, ob er deinen Vater nun anerkannte oder nicht. Dein Vater war der Thronfolger, du warst der Nächste in der Reihe.«

»Ich weiß nicht, ob ich es wert bin, nach einem Vatermord den Thron zu besteigen.«

»Ob du es wert bist?«, wiederholt Celeste. »Vermutlich wird dich die Bevölkerung deines Königreichs auf die Schultern heben und zu deinen Ehren eine Party schmeißen.« Sein regloser Ausdruck lässt sie den Kopf senken. »Tut mir leid, Nim.«

»Ob ich nun König bin oder nicht, ich bin jetzt derjenige, der mit deinem Vater über den Stand der Dinge sprechen muss.«

»Az und ich begleiten dich«, sagt Celeste. »Wir wissen, wie man mit ihm reden muss. Er kann unvernünftig sein.«

»Das sind Könige immer.«

In der Stadt unter uns herrscht Stille. Das Fenster steht offen und lässt nur das Geräusch des durch die Bäume rauschenden Winds herein.

Es scheint eine Ewigkeit zu vergehen, bevor sich im Treppenhaus etwas rührt. Stimmen. Celeste setzt sich aufrechter hin und lauscht. »Papa ist zurück. Er wird in sein Büro gehen. Ich hole Az, dann begeben wir drei uns zu ihm.«

Mühsam kommt sie auf die Füße, und Nim steht auf, um ihr zu helfen. Sie stehlen sich einen Augenblick, um einander in die Augen zu schauen. Nur einen Augenblick. Mehr können sie sich jetzt nicht leisten.

Mein Herz bricht für sie. Neben mir runzelt Basil die Stirn, und ich weiß, dass er sich ebenfalls fragt, wie das für uns nur gut ausgehen soll.

• • •

Eine Stunde vergeht. Wir sitzen in völligem Schweigen da, als könnten die Wände uns rügen, weil wir es wagen, die königliche Luft zu stören. Die Königin ist einen Korridor weiter bettlägerig, und ich frage mich, ob sie von unserer Anwesenheit weiß oder schon zu krank ist, um sich überhaupt noch dafür zu interessieren.

Schließlich wendet sich Pen mir zu. »Wie lange dauert es noch, bis meine Frage, was mit der Prinzessin passiert ist, nicht mehr unangebracht ist?«

»Das scheint doch ziemlich offensichtlich zu sein«, meint Thomas.

»Es ist ihre letzte großartige Idee«, sage ich zu erschöpft und nervös, um zynisch zu sein. »Aber sie kann das alles nicht allein für sich beanspruchen. Nim hat mitgemacht – offensichtlich. Sie wollten eine Allianz zwischen ihren Welten, und was ist da wichtiger als ein neuer Erbe von zwei Thronen?«

»So dumm ist das gar nicht«, gibt Pen zu. »Sie sind beide von königlichem Geblüt. Aber bei all den Zwangsabbrüchen in der Stadt wird es unweigerlich Ärger geben.«

»Der König versteckt sie schon seit Monaten. Das Königreich hält sie für krank. Ich habe Angst, was passiert, wenn die Wahrheit bekannt wird.«

»Das alles geht bestimmt schrecklich schief«, sagt Pen mit erzwungener Fröhlichkeit. »Aber es ist eine tapfere Bemühung, das muss ich ihnen lassen.«

Ich nehme ihre Hand. Ich habe wirklich geglaubt, sie niemals wiederzusehen. Ich will ihr so viel sagen, aber jetzt erzählen Basil und ich ihr und Thomas von der Hochzeit, die sie unterbrochen haben, und von der Zeit, die wir in diesem Turm eingesperrt verbracht haben, und den erzwungenen Höflichkeiten in einer Stadt, die weiß, dass etwas Großes geschehen wird. Und dass Basil und ich unmöglich ihre Rettung sein werden.

15

In wenigen Minuten wird eine Übertragung die ganze Stadt von König Ingrams Tod unterrichten. Das behauptet zumindest Celeste, während sie besorgt im königlichen Apartment auf und ab geht.

»Ist diese Ankündigung nicht etwas voreilig?«, fragt Pen, ausnahmsweise ohne jede Feindseligkeit.

»Ja«, erwidert Celeste. Sie nagt an ihrem Knöchel. »Aber es gibt unserer Stadt die Oberhand. Die Männer meines Vaters haben Ingrams Soldaten zusammengetrieben. Sie werden unten im Kerker verhört. Man wird ihre Loyalität zu Havalais ergründen. Jeder, der eine Bedrohung darstellt, wird hingerichtet. Brutal, ich weiß, aber vermutlich werden sich die meisten von ihnen auf unsere Seite schlagen. Welche Wahl hätten sie auch?«

»Wir sind auf Internment«, sage ich. »Da gibt es nur eine Seite. Die andere Seite ist jenseits des Rands.«

Ihr Gelächter ist nervös und etwas hysterisch.

»Setz dich«, bitte ich sie. »Sich aufzuregen, ist doch völlig sinnlos, solange wir warten.«

»Warten«, faucht sie. »Seit Monaten habe ich nichts

anderes getan, als zu warten. Ich bin es so leid. Du nicht?«

Sie schüttelt den Kopf. »Ich darf das hier nicht meinem Vater überlassen, Morgan. Ja, er ist der König, und er hat den Befehl über diese Stadt, aber er ist so ... altmodisch.«

»Ich hätte die Bezeichnung psychotisch gewählt«, meint Pen.

Celeste ignoriert sie. »Nur weil er irgendwelche Befürchtungen hat, unsere Medizintechnologie zu erweitern, liegt meine Mutter im Sterben. Und es ist ja nicht nur die Medizin. Das gilt für jede Technologie. Dieser verfluchte Uhrenturm hat nicht mal Strom. Bis jetzt stand uns nur begrenzter Platz zur Verfügung, auf dem wir uns ausbreiten konnten, aber jetzt haben wir den ganzen Boden. Wenn wir es richtig anstellen, können wir Havalais zu unserem Verbündeten machen, aber Papa wird es zu unserem Feind machen. Er hat Angst vor ihnen und ist voller Hass, und er wird genau das Falsche tun, das weiß ich genau.«

Sie geht zur Tür, und ich fange sie ab, als sie die Hand auf den Türknauf legt. »Du kannst nicht da raus«, erinnere ich sie. »Sei vernünftig. In diesem Königreich weiß niemand über deinen Zustand Bescheid.«

»Dann ist es eben Zeit, dass es alle erfahren. Ist die Hoffnung nicht unsere beste Verbündete? König Ingram ist tot. Was ist denn hoffnungsvoller als ein Kind, das die beiden Welten miteinander verbinden kann? Was könnte stärker sein?«

»Ungerechtigkeit«, erwidere ich und schiebe mich zwischen sie und die Tür. Der Knauf bohrt sich in meinen

Rücken. Ich senke die Stimme. »Du weißt viel über diese Stadt, aber ihre Regeln haben nie so richtig für dich gegolten.«

»Das ist absurd. Ich ...«

»Weißt du, was passiert, wenn Leute außerhalb der Schlange ein Kind empfangen?«

»Natürlich weiß ich das. Sie müssen sich einer Abbruchprozedur unterziehen. Unter den richtigen Umständen hätte diese Regel auch für mich zugetroffen. Aber ...«

»Da gibt es keine richtigen Umstände. Glaube mir. Du kannst da rausgehen und die ganze Hoffnung der Welt tragen. Du könntest sogar wissen, wie du sämtliche Probleme der Stadt lösen musst, könntest alle ihre Ängste beschwichtigen. Aber das wird keine Rolle spielen. Man wird dich hassen. Man wird rebellieren. Aus diesem Grund hält dich dein Vater versteckt. Verstehst du das nicht?«

Celeste blickt mir in die Augen, und ich kann erkennen, dass sie mir glaubt. So viel Mühe sie sich auch geben mag, eine Diplomatin zu sein, zwischen den Herrschern des Königreichs und seinen Bürgern wird es immer eine Kluft geben. Wir beide repräsentieren verschiedene Sichtweisen derselben Welt.

Einen Augenblick lang schweigt sie, dann spricht sie mit frischer Energie weiter. »Dann musst du gehen.« Sie deutet mit dem Kopf auf Basil. »Ihr beide. Ihr müsst euch Zugang zu der Übertragung erzwingen. Die Stadt liebt euch. Natürlich tut sie das. Ihr beide repräsentiert die Bürgerschaft viel besser, als mein Vater oder mein Bruder und selbst ich es jemals könnten. Und Nim ist ein Außenseiter. Ganz egal, was auch immer er sagen würde, man würde es mit Misstrauen auffassen.«

»Ich ...« Meine Stimme bricht. »Was soll ich denn sagen?«

»Die Wahrheit. Ihr seid in Havalais gewesen. Seine Menschen sind nicht so gierig wie sein König. Mach allen klar, dass Havalais wundervoll ist und ein starker Verbündeter wäre. Kein Feind. Ich muss dir doch nicht erzählen, was du sagen sollst. Du bist so gut darin, das Beste in Menschen zu erkennen.«

Basil kommt auf mich zu; ich sehe ihn an. »Ich glaube, da hat sie recht«, sagt er. »Wir kennen beide Welten. Und du erst recht, nachdem du den Hafen überlebt hast.«

Ich hatte gehofft, nie darüber sprechen zu müssen. Es macht mir noch immer zu schaffen, und hätte ich Internment niemals verlassen und den Boden mit eigenen Augen gesehen, würden mir die Geschichten über die Bomben noch mehr Angst einjagen. Havalais erholt sich wieder, auch wenn sein Hafen nie wieder so sein wird wie einst ... aber Internment wäre davon völlig zerstört worden.

»Also gut«, sage ich. »Ich werde sehen, was ich tun kann.«

Basil und mir bleibt keine Zeit zum Umziehen, also fährt Celeste mit ihren Fingern durch mein vom Wind zerzaustes Haar, um mich halbwegs präsentabel zu machen, rückt Basils Jacke an den Schultern zurecht und schiebt uns aus der Tür.

»Wartet!« Pen läuft uns hinterher und erwischt uns an der obersten Stufe. Sie greift nach mir. »Sagt ihnen, was ich dir in jener Nacht im Themenpark gesagt habe.«

»Hältst du das wirklich für klug? In diesem Augenblick?«

»Sie brauchen ein bisschen Angst, damit sie richtig zuhören. Sie müssen wissen, dass wir ihnen helfen.«

Sie hat in so vielen Dingen recht behalten. Ich nicke. »Du solltest das an meiner Stelle tun.«

»Dafür fehlt ihr der richtige Umgangston«, behauptet Celeste. »Beeilt euch.«

Basil und ich suchen uns den Weg die Wendeltreppe hinunter, geführt allein von flackernden Fackeln. »Wir werden Glück haben, wenn man uns dafür nicht zu den anderen Gefangenen sperrt«, sage ich. »Das ist Verrat.«

»Ist es Verrat, die Ansprache eines Königs zu unterbrechen, wenn es dir eine Prinzessin befohlen hat?«

»Vielleicht ist Verrat das falsche Wort. Vermutlich gibt es gar kein Wort für das, was wir gerade tun, weil es so verrückt ist.«

»Das ist das alles. Aber du musst zugeben, die Prinzessin hat da ein paar gute Argumente gehabt.«

»Ja, was den Wahnsinn nur noch schlimmer macht. Celeste Furlow, die Stimme der Vernunft.«

Wir folgen Celestes Wegbeschreibung, durchqueren die Lobby und steigen dann eine weitere Treppe in die Tiefe. Der Geruch nach Staub und Schimmel ist überwältigend, aber da ist das leise Surren von Strom zu hören.

Durch die Spalten einer Tür flackert Licht. Dahinter ertönen Stimmen.

Der Übertragungsraum. Normalerweise wären hier Wachmänner postiert, aber wegen der Geiseln aus Havalais haben die Männer alle Hände voll zu tun.

»Platzen wir einfach da rein?«, fragt Basil.

»Hier ist keiner, der uns aufhalten könnte.« Ich greife nach dem Türknauf. König Furlow steht mitten in einem Meer aus Drähten und sieht erschöpft aus; sein Gesicht ist gerötet. Hinter ihm hängt ein Wandgemälde von Internment, wie es von außerhalb erscheint. Vor Hunderten von Jahren wurde es bei einem Fest benutzt und es dient ihm oft als Hintergrund.

Wir unterbrechen ihn mitten im Satz, und er verstummt, während wir auf ihn zugehen und uns zu ihm gesellen. Es gibt drei Wachmänner – einer von ihnen bedient die Kamera –, und als sie uns aufhalten wollen, winkt der König ab. Innerlich hatte ich mich auf seinen Zorn vorbereitet, aber er wirkt erleichtert, dass wir gekommen sind, um einen Teil seiner Last zu tragen. Nim und Prinz Azure sind nicht hier.

»Bürger«, sagt er, »ihr erinnert euch an unsere Braut und unseren Bräutigam, deren Hochzeit von der Ankunft des Jets unterbrochen wurde. Wie ihr seht, sind wir alle davon betroffen, aber es ist für eine gute Sache. Mein Sohn, der Prinz, hat die Nachricht überbracht, dass König Ingram tot ist.«

»Die Hochzeit ist uns nicht wichtig«, ergreift Basil das

Wort. Er wirft einen schnellen Blick in meine Richtung, als hätte er Angst, ich könnte verärgert sein, aber ich verspüre eher Erleichterung. Er nimmt die Schultern zurück und redet weiter. »Die Hochzeit war lediglich eine Ablenkung von Internments Notlage. Aber jetzt ist König Ingram tot, und ihr braucht euch keine Sorgen mehr darüber zu machen, dass man unsere Erde stiehlt. Ihr könnt aufhören zu graben. Morgan und ich haben einige Zeit am Boden verbracht. Wir haben seine Bürger kennengelernt. Sie wollten euch nie so viel nehmen. Das war die ganze Zeit allein ihr König.«

Er hat recht, aber ich fürchte, niemand wird ihm glauben. Die Bevölkerung von Internment ist darauf konditioniert worden, den Boden zu fürchten, und dieser Albtraum hat diese Furcht nur noch geschürt und für zusätzlichen Hass gesorgt. Ich nehme meine Kraft zusammen.

»Der Boden unterscheidet sich gar nicht so sehr von uns«, sage ich. »Die Stadt unter uns ist wunderschön. Ihre Menschen waren gastfreundlich und zuvorkommend. Und auch sie haben gelitten.« Ich fange an, die Bombardierung des Hafens zu beschreiben, und gehe so sehr ins Detail, dass sich die schreckliche Erinnerung selbstständig macht und Strich für Strich eine Farbmalerei fertigt, die ich nie wiedersehen wollte.

Ich stehe in das grelle Licht getaucht und starre die ganze Zeit in die Kameralinse; den Gedanken an die Leute auf der anderen Seite verdränge ich. Ich kann unmöglich wissen, ob sie mir zustimmen. Nachdem ich den Boden gesehen und dort sogar gelebt habe, vermag ich mich kaum noch daran zu erinnern, wie es war, in allem so unsicher zu sein.

»Da gibt es aber noch mehr«, fahre ich fort. »Seit Havalais angefangen hat, unseren Brennstoff zu fördern, sinkt Internment in die Tiefe. Einer Theorie zufolge schwächen die häufigen Landungen und Starts des Jets die Windbarriere, die uns an Ort und Stelle hält.« Ich gebe mir alle Mühe, wissenschaftlich zu klingen, und wünsche mir die ganze Zeit, Pen wäre hier, um es zu erklären.

Aber eine wissenschaftliche Erklärung ist unnötig. Plötzlich sieht König Furlow besorgt aus. »Es sinkt«, haucht er. »Schaltet die Kamera aus.«

Das elektrische Summen erstirbt, der König wendet sich uns zu. »Stimmt das? Internment sinkt?«

»Ja.«

»Wie können Sie sich da so sicher sein?«

Ich zögere. Ich glaube Prinz Azure von ganzem Herzen, wenn er behauptet, dass Pen in Gefahr schwebt, sollte der König wissen, wie wertvoll sie für seine Sache sein könnte. Ich bin noch nie eine gute Lügnerin gewesen, aber um Pens willen kommt mir die Lüge leicht über die Lippen. »Ich habe es gemessen.« Ich tue mein Bestes, die Windsphäre zu erklären, die die Stadt umgibt, und welche Bedrohung die Aktivitäten des Jets für uns im Lauf der Zeit darstellen werden. »Meiner Meinung nach dürfte es noch nicht zu spät sein. Wenn die Jets nicht mehr starten und landen, wird Internment dort bleiben, wo es hingehört.«

Der König tritt über die Drähte und geht nachdenklich auf und ab. »Sie«, sagt er zu einem der Wachmänner an der Tür. »Eskortieren Sie die beiden zurück zu ihrem Quartier, während ich darüber nachdenke.«

• • •

»War es wirklich richtig, ihm das alles zu erzählen?«, flüstert Basil, sobald wir wieder in unserem Zimmer allein sind. »Was wird er mit dieser Information machen?«

»Es war Pens Geheimnis und sie wollte es bekannt machen. Sie muss davon überzeugt sein, dass es von Nutzen ist. Sie hat sich noch nie geirrt.«

Basil runzelt besorgt die Stirn und ich nehme seine Hand.

Meinen Vater erwähnen wir nicht. Der Gedanke an ihn belastet die Stille, die zwischen uns eintritt, zusammen mit den vielen Befürchtungen, die wir für uns behalten.

16

Wortlos bringt man uns zu essen. Die Nacht bricht herein, und mit ihr das vertraute Zirpen der Sängerinnen.

Basil entzündet die Kerze in unserer Lampe, und wir unterhalten uns leise, sind uns immer möglicher Lauscher bewusst.

»Ich glaube, er ist tot«, sage ich. Ich sitze auf der Fensterbank, habe die Arme um die Knie geschlungen und starre mein verblassendes Spiegelbild im Fenster an. »Mein Vater. Ich glaube, er ist tot.«

»Morgan ...«

»Das Schlimmste ist die Ungewissheit. Es niemals zu wissen.« Ich stehle einen Blick auf ihn. »Er wollte, dass Lex und ich die Stadt verlassen. Er und meine Mutter wollten uns an einem sicheren Ort wissen. Ich frage mich, ob es so einen Ort überhaupt gibt.«

Basil hat auf der Bettkante gesessen und steht nun auf. »Wenn du herausfinden willst, was aus deinem Vater wurde, ist jetzt der richtige Augenblick, um nach ihm zu suchen. Die Wachmänner, der König und alle anderen sind mit den Auswirkungen von König Ingrams Tod beschäftigt.«

Ich lache bitter. »Wo sollte ich denn bitteschön damit anfangen?«

»In den Zellen im Keller. Dort hat man alle untergebracht, oder nicht?«

»Man würde uns entdecken.« Aber diese verfluchte Hoffnung schleicht sich an und verursacht einen Schmerz in meiner Brust; jetzt, da man mich auf diese Gelegenheit gebracht hat, kann ich sie mir unmöglich entgehen lassen. »In Ordnung«, sage ich. »In Ordnung. Ich bin nur einmal im Keller gewesen, aber dort ist es wie in einem Labyrinth, und es gibt keinen Strom. Wir müssten uns durch die Schatten schleichen können.«

Es ist völlig idiotisch, diese Angelegenheit mit Optimismus anzugehen. Ich habe den Zustand gesehen, in dem sich Internment befindet. Von dem Augenblick, in dem die erste Explosion den Hafen von Havalais erschütterte, sind wir alle in dem Traum einer Welt gefangen, die von alten Wurzeln und abgestorbenen Schlingpflanzen überwuchert ist. Wir graben nach Spuren unseres alten Lebens. Wir glauben, unsere geliebten Angehörigen unter den Trümmern nach uns rufen zu hören, also räumen wir sie mit klopfendem Herzen und rasendem Atem weg. Aber immer wieder legen wir nichts frei. Nichts außer Bruchstücken Sonnenstein, die zerfallen.

Der Uhrenturm ist wie die Nacht selbst stumm und still. Man könnte beinahe glauben, es gäbe außer Basil und mir kein Leben in der Dunkelheit. Aus der Ferne ertönt nicht mal das Dröhnen des vorbeifahrenden Zugs.

Wir erreichen die Tür zum Kellergeschoss und ich bleibe stehen und nehme einen beruhigenden Atemzug.

Basil beobachtet mich. Im schwachen Licht der Kerze, die an der Mauer in ihrem Halter hängt, sind seine Augen rund und dunkel. Ich brauche die Frage, die mich quält, nicht zu stellen, weil er sie bereits kennt, so wie ich seine Antwort kenne.

Und wenn wir ihn nicht finden?

Dann suchen wir anderswo. Wir suchen weiter. Etwas anderes können wir nicht tun.

Ich öffne die Tür. Eine Treppe führt nach unten. Ich könnte schwören, dieses Gebäude besteht nur aus Treppen und hallenden Wänden. In der Tiefe ertönt Gemurmel. Eisen klirrt – Ketten? Der Prinz und die Prinzessin haben Pen und mich mit Schnur gefesselt, als wir ihre Geiseln waren, aber um hundert Männer aus Havalais gefangen zu halten, braucht man sicher mehr als das.

Ich bin so auf den matten Lichtschein unten am Fuß der Treppe fixiert, dass ich die Person, die von hinten auf mich zukommt, erst bemerke, als es zu spät ist. »Sofort stehen bleiben.«

Ich wehre mich nicht. Diese Treppe kann man viel zu leicht hinunterfallen. Er hat auch Basil, der ebenfalls gehorcht, wenn auch mit einem giftigen Blick. Der Mann drängt uns nach unten, und ich bemühe mich, schnell genug zu sein. Das hätte ich vorhersehen müssen, natürlich. Angst habe ich nicht, aber ich bin entmutigt. Mein Herz liegt mir wie ein Stein in der Brust.

Habe ich wirklich geglaubt, ich könnte einfach in die Tiefe steigen und meinen Vater bei den Gefangenen finden? Ich wurde in dem Glauben erzogen, dass alle Dinge ganz einfach sind. Jeder, den ich je geliebt habe, lebte innerhalb der Bahngleise. Meine Welt lag so sauber und ordentlich vor mir ausgebreitet. Wie konnte ich nur jemals mehr wollen? Mir war nicht klar, welche Konsequenzen es mit sich bringt, mehr zu wollen.

»Euer Hoheit! Ich habe diese beiden Eindringlinge dabei erwischt, wie sie nach unten wollten. Wo soll ich sie hinbringen?«

Wir haben die unterste Treppenstufe erreicht, und meine Schultern sinken vor Erleichterung herab, als ich Prinz Azure vor mir sehe. »Lassen Sie sie los, Sie verdammter Idiot. Das sind doch keine Eindringlinge. Das sind unsere Gäste. Haben Sie denn nichts von der Hochzeit gehört, die von der Ankunft des Jets unterbrochen wurde?«

Der Mann lässt uns los und das Echo seines Griffs lässt meinen Arm pochen.

»Es tut mir leid, Euer Hoheit. Ich konnte sie in der Dunkelheit nicht erkennen.«

»Entschuldigen Sie sich nicht bei mir. Entschuldigen Sie sich bei Ihnen.«

Der Wachmann nickt Basil und dann mir zu, dabei murmelt er seine Entschuldigung, was seltsam befriedigend ist. Der Prinz mustert uns, nachdem der Mann verschwunden ist. In diesem Korridor verschlossener Türen hängen überall Kerzenhalter an den Wänden und das Licht unterstreicht die scharfen Konturen seines Gesichts. »Was bringt Sie nach unten in meine bescheidene Unterkunft?«

Ich zögere, Basil antwortet für mich. »Wir suchten nach einem bestimmten Gefangenen.«

»Ah ja«, sagt der Prinz. »Lassen Sie mich raten. Ihr Vater, richtig? Meine Schwester hat mir bei ihrer Rückkehr alles über ihn erzählt und ich habe für sie nachgeforscht. Sie fühlt sich Ihnen wirklich verpflichtet, Morgan. Aber leider war die Suche erfolglos. Ihr Vater ist nicht hier, und falls er noch am Leben ist und auch nur einen Funken Verstand hat, wird er sich nicht finden lassen.«

Falls er noch am Leben ist.

Ich begrabe die enorme Bedeutung dieser Worte. Ich kann mich nicht schon wieder mit diesem Schmerz beschäftigen.

»Wir sollten uns besser auf diejenigen konzentrieren, denen wir helfen können, nicht wahr?«, fragt der Prinz, und ich glaube, auf seine Weise will er mich wohl trösten. Er legt Basil und mir eine Hand auf die Schulter und steuert uns den Gang entlang. »Normalerweise dürften Sie nicht hier unten sein, aber da Sie den Weg gefunden haben, gibt es etwas, das Sie sehen sollten.«

Vor jeder Tür steht ein Wachmann. Hinter einigen ertönt Gemurmel, hinter anderen herrscht eine unheimliche Stille. »Internment befindet sich nun schon seit Monaten in einem Zustand des Wahnsinns, nicht wahr? Mein Vater ist ziemlich überfordert. Seien wir ehrlich, meine Mutter hat nicht mehr viel Zeit. Und meine Schwester ist verrückter als gewöhnlich.«

»Das ist bei ihr schwierig zu sagen«, erwidere ich.

Der Prinz lacht. »Ja, das ist vermutlich wahr. Sie war schon immer ein verrücktes Ding. Vielleicht sind wir das ja beide. Aber das ist nun mal der Preis, um an diesem Ort aufzuwachsen. Wo wir nur einander und die Spinnen in den Mauerfugen zur Gesellschaft hatten. Und missverstehen Sie meine Offenheit nicht. Sie ist eine Närrin, aber ich werde immer ihre Partei ergreifen, selbst wenn sie sich blindlings in so einen Schlamassel stürzt wie jetzt.«

Ich verspüre Eifersucht, ich kann es nicht ändern. Mein Bruder und ich haben viel füreinander übrig, aber er schien mit keiner Sache einverstanden zu sein, die ich je getan habe. Und ich verstehe seine Entscheidungen genauso wenig.

»Ich weiß nicht, was ich von diesem Jungen halten soll, den sie in unser Leben gezerrt hat«, fährt der Prinz fort. »Nimble Piper. Ich weiß nur eins: Er ist ihr sehr wichtig. Also ist es meine Aufgabe, ihn zu beschützen.«

»Ihn zu beschützen? Vor den Bürgern von Internment?«

»Das Volk von Internment weiß nicht mal von seiner Existenz. Davon abgesehen stellt es für uns keine Bedrohung dar.« Wir gehen einen langen Korridor entlang, der mit jedem Schritt schmaler wird. Der Steinboden ist Erdreich gewichen und die Wachmänner stehen mehrere Schritte von der einzigen Tür in diesem primitiven Gang entfernt auf ihren Posten. Prinz Azure steckt einen Schlüssel ins Schloss und stößt die Tür auf. »Ich muss ihn vor meinem Vater beschützen.«

An der Wand flackert eine einzelne, fast abgebrannte Kerze. Darunter liegt der zusammengeschlagene Nim.

17

Mir stockt der Atem, ich ringe nach Worten.
»So können Sie ihn doch nicht behandeln«, sagt Basil. »Er hat nichts getan.«

»Mein Vater ist der König. Er kann tun, was er will«, erwidert der Prinz. »Nach dem, was dieser Junge und meine Schwester getan haben, war es dumm von ihm, nach oben zu kommen. Papa will ihn schon seit Monaten umbringen. Wäre ich nicht dazwischengegangen, hätte er es vermutlich auch getan.«

Ich eile über den dreckigen Boden und knie neben Nim nieder. Er liegt mit vor dem Körper gefesselten Händen auf dem Rücken; seine Augen sind zugeschwollen. Als ich seine Wange berühre, holt er gequält Luft. Es dauert einen Moment, bis ich begreife, was er sagen will. »Celeste.«

»Nein. Es ist Morgan. Kannst du mich hören?«

Er schluckt mühsam. »Leste.«

»Ihr geht es gut. Sie ist oben.« Bedenkt man, wo er liegt, könnte oben genauso gut eine Welt weit entfernt sein.

»Ich bezweifle, dass er Sie hören kann«, sagt Prinz Azure. »Er murmelt schon seit Stunden vor sich hin.« Er schließt hinter uns die Tür und sperrt uns alle in diesem Raum mit der abgestandenen Luft voller Schimmel ein.

Ich sehe zu, wie sich der Prinz über Nims leblosen Körper beugt. »Wir müssen ihn hier wegschaffen«, sage ich.

»Das wird es nur schlimmer machen, glauben Sie mir. Wir können nirgendwohin. Der Jet steht unter strenger Bewachung, und wo könnten wir ihn verstecken, wo mein Vater ihn nicht findet, sobald er sein Verschwinden bemerkt hat?«

»Und wie sieht dann Ihr Plan aus?«, fragt Basil giftig. »Selbst wenn Sie Ihren Vater daran hindern können, ihn sich wieder vorzunehmen, wird er sterben, wenn sich niemand um ihn kümmert.«

»Ich …« Der Prinz senkt die Stimme und kniet sich neben mich. »Ich kümmere mich um ihn. Ich habe seine Wunden mit Salbe behandelt, und vorhin habe ich ihm Wasser gebracht, so viel ich reinschmuggeln konnte.«

Ich streiche Nim das Haar aus dem Gesicht und entdecke eine blutige Schramme, die mit einer dünnen Salbenschicht bestrichen ist.

»Weiß Celeste Bescheid?«

»Nein, und sie darf es auch nicht erfahren. In ihrem Zustand würde sie so etwas umbringen.«

»So zerbrechlich ist sie nicht.«

Der Prinz lacht. »Zerbrechlich? Nein, sie ist nicht zerbrechlich. Aber wie ich bereits sagte, ist sie eine Närrin. Sie würde irgendeine halbgare Rettungsmission ausbrüten. Natürlich würde man sie dabei erwischen, und dann würden die vielen Bürger, die wegen der Schlange rumjammern, sie auf der Stelle lynchen. Nicht mal der König selbst könnte sie dann noch retten.« Er bemerkt meinen überraschten Gesichtsausdruck. »O ja, ich bin mir durchaus bewusst, wie sehr das Volk die Abbruchprozeduren und die Schlange hasst. Mein Vater sollte vieles ändern, aber dazu ist er zu stur. Ihn sollten sie lynchen, aber das wird keine Rolle spielen. Eine Horde von ihnen wird meine Schwester zu Tode trampeln, falls sie ihr das verdammte Ding vorher nicht rausschneiden.« Er sagt es so nüchtern, als wäre das eine Wissenschaft. »Nein, Sie und Ihr zukünftiger Mann werden in Ihr Zimmer zurückgehen, und wenn Sie meine Schwester sehen, erzählen Sie ihr, dass alles in bester Ordnung ist und Nimble Piper und unser Vater Strategien diskutieren. Oder was auch immer Ihrer Meinung nach passiert.«

»Ich kann ihn nicht einfach zurücklassen.«

»Aber das werden Sie, wenn Sie wollen, was am besten für ihn ist«, sagt der Prinz.

Er und seine Schwester halten sich beide für erfahrene Politiker, und soweit ich es erlebt habe, treffen sie mit erstaunlicher Leichtigkeit schlechte Entscheidungen. Trotzdem, dieses eine Mal hat er bestimmt recht.

Ich beuge mich nah an Nim heran und spreche ihm ins Ohr. »Halte durch.«

Der Prinz bringt uns zurück ins Erdgeschoss, aber bevor er in diesen schrecklichen Keller zurückgeht, wendet er sich uns noch einmal zu. »Passen Sie auf meine Schwester auf. Sie braucht jemanden, der das tut.«

»Das werde ich.« Er schließt die Tür hinter sich und ich runzle die Stirn. Hilflos wende ich mich Basil zu.

»Meiner Meinung nach hat er recht«, sagt er. »Wenn eines der königlichen Kinder die Stimme der Vernunft ist, stecken wir wirklich in Schwierigkeiten, oder?«

In der Dunkelheit unseres Zimmers schlüpfe ich unter die Decke und sehe zum Fenster. Der Mond ist ein Auge, das mitten im Blinzeln erstarrt ist. Ich kann Basil nicht ansehen. Ich kann niemanden ansehen. Ich sehe nur Nimbles zerschlagenes Gesicht vor mir, seinen blutenden Mund. Ein weiterer zerbrochener Piper.

Ich sage mir, dass Birdie ihre Verletzungen überlebt hat. Nimble wird es auch.

Nach langem Schweigen flüstere ich: »Bist du noch wach?«

»Ja«, sagt Basil.

»König Furlow muss sterben.«

•••

Celeste ist bester Laune. Ein Wachmann hat Basil und Thomas weggebracht; sie sollen dabei helfen, diejenigen zu motivieren, die den Auftrag erhalten haben, das von dem Jet angerichtete Chaos zu beseitigen, damit die Züge wieder fahren können. Celeste, Pen und ich verbringen den Morgen im Wohnzimmer von Celestes Apartment und teilen uns Schüsseln mit Erdbeeren und Weintrauben. Nicht die Ankunft des Jets hat ihren Optimismus gestärkt. Auch nicht die Übertragung oder König Ingrams Tod. Es ist Nimbles Anwesenheit.

»Wie war er denn so, als du mit ihm gesprochen hast? War er besorgt? Ich wette, er war besorgt. Er ist immer so besorgt um mich; das ist wirklich süß.« Gnädigerweise wartet sie nicht auf meine Antwort. »Halt den Gedanken fest. Ich muss den Wasserraum aufsuchen.«

Nach dem sie weg ist, beugt sich Pen vor und spricht mit leiser Stimme. »Also gut. Erzähl mir, was hier wirklich vorgeht. Ich lese in deiner Miene wie in einem Buch. Ist er tot?«

Ich spähe in den Korridor, in dem Celeste verschwunden ist. »Noch nicht«, flüstere ich. »Aber es ist schlimm. Er ist in einer der Zellen. Würde ich es nicht besser wissen, könnte man glauben, ein Tier hätte ihn angefallen.«

Pen zuckt zusammen. »Wie sieht der Rettungsplan aus?«

»Der Prinz wird ihn am Leben erhalten, während sein Vater überlegt, wie es weitergeht.«

Mürrisch lässt sich Pen gegen die Sofalehne fallen. »Glaubst du, der Prinz hält ihn wirklich am Leben? Ich würde ihm nicht so weit trauen, wie ich spucken kann.«

»Ich auch nicht, aber für Celeste wird er es tun, davon bin ich überzeugt.«

Celeste kehrt zurück und lässt sich neben mir auf das Polster sacken. Sie sieht aus, als hätte sie sich gerade übergeben.

»Alles in Ordnung?«, frage ich.

»Ach, ja, gut, es nähert sich dem Ende. Ehrlich, ich bin wirklich froh, dass das Baby hier geboren wird. Die Medizin auf dem Boden ist zweifellos weiter, aber wenn es eine Sache gibt, die unsere Ärzte hier oben gut machen, dann das.« Sie lacht kaum hörbar. »Andererseits ist unsere Bevölkerungszahl ein so bedeutsames Thema, vermutlich blieb ihnen gar nichts anderes übrig, als sie auf diese Weise zu regulieren.«

Trotz ihres optimistischen Tons sieht sie nicht gut aus. Ich nehme ihre Hand. »Vielleicht solltest du dich ausruhen.«

»Wie kann ich das?« Sie erschaudert aufgeregt. »König Ingram ist tot und die Allianz zwischen den beiden Königreichen ist bald vollbracht. Da habe ich vergangene Nacht kaum ein Auge zubekommen.«

»Ja, das kann man sehen«, sagt Pen ohne jede Bosheit. Ich würde sogar behaupten, dass sie Mitgefühl zeigt; vielleicht hat das Wissen über Nims Zustand ihr Mitleid geweckt. »Wenn du vor Erschöpfung umfällst, wirst du keinem Königreich etwas nützen. Mach ein Nickerchen.«

Überrascht von dieser Sorge blinzelt Celeste. »Vermutlich kann man sonst nicht viel tun, bis mein Bruder mit Neuigkeiten zurückkehrt.«

Zögernd zieht sie sich in ihr Schlafzimmer zurück und lässt Pen und mich allein.

»Sie bringt sich bestimmt noch vor Stress um«, sagt Pen. »Was hat der König nur vor? Er kann Nim doch nicht ewig vor ihr verstecken. Wenn das Kind kommt, wird sie wissen wollen, wo er ist.«

»Vermutlich hofft er einfach, dass sie ihn vergisst.«

»Dann weiß er nicht viel über die Liebe«, sagt Pen. »Oder seine Tochter.«

»Das glaube ich sofort.«

Pen setzt sich neben mich, legt den Kopf auf meine Schulter und hakt sich bei mir ein. »Was auch immer jetzt geschieht, ich bin so froh, dass es dir gut geht. Ich wusste nicht, was nach deinem Aufbruch aus dir wird.«

»Ich habe mit deinem Vater gesprochen.« Ich fühle, wie sich ihr ganzer Körper verkrampft. »Ich habe ihm nicht verraten, was ich weiß. Aber er ist ein sehr wertvoller Mann für den König. Und für Nim. Er wusste über die Attentatspläne auf König Ingram Bescheid.«

»Das überrascht mich nicht«, erwidert Pen. Als würde sie über einen Fleck auf ihrem Rock sprechen. »Schließlich ist er der Chefingenieur. Der König hat ihn immer bevorzugt.«

»Du wirst nicht zu ihm zurückgehen müssen. Nie wieder. Die Lage ist jetzt anders.«

Sie löst sich von mir. »Ich habe vor meinem Vater keine Angst. Das habe ich dir gesagt.« Sie konzentriert sich auf eine Falte im Rock und bemüht sich, sie zu glätten.

»Pen ...«

Sie blickt mich an. »Die Königsfamilie trinkt kein Tonikum, wusstest du das? Der König von Internment muss in der Lage sein, zu jeder Zeit Entscheidungen treffen zu können. Für den Fall, dass ein Todesfall eintritt und sie plötzlich den Befehl haben, müssen die Königin und ihre Kinder ebenfalls bereit sein. Also ist in diesem Apartment nicht ein

Tropfen Tonikum zu finden, und diese Unterhaltung will ich nicht führen, solange ich nicht sehr betrunken bin.«

Ich berühre ihre Hand. »Schon gut. Tut mir leid.«

»Außerdem haben wir bereits genug Probleme, nicht wahr?«, sagt sie mit mehr Schwung. »Zum Beispiel hätte ich um ein Haar deine Hochzeit verpasst.« Die Absurdität des Ganzen lässt sie lachen und ich falle ein.

Ich erzähle ihr von dem Streit, den Basil und ich hatten, nachdem ich ihm von Judas erzählte, und der unbeholfenen Versöhnung. Es ist wirklich schön, ganz normale Probleme zu haben und so zu tun, als wäre ein Streit mit meinem Verlobten die schrecklichste Sache auf der Welt.

»Ich bin erleichtert, dass der Jet in diesem Augenblick landete«, platze ich heraus. »Es ist nicht so, dass ich mit einem anderen als Basil zusammen sein will, aber nach allem, was passiert ist, will *ich* diese Entscheidung treffen. Und ich kenne ihn. Er wollte es auch nicht auf diese Art.« Unsicher schaue ich zu Boden, dann sehe ich sie an. »Lässt mich das schrecklich selbstsüchtig klingen?«

Sie lächelt schwach. »Nein«, sagt sie dann. »Internment ist in der Zeit erstarrt. Unten auf dem Boden haben sich die Mädchen bereits befreit. Darum haben wir all diese tollen Nachtklubs gesehen, darum war der Hafen nachts auch so lebendig. Die Ehe ist eine schöne, sichere und nette Sache, aber du kannst mit deiner Jugend noch so viele andere Dinge anstellen.«

»Ich hätte nie gedacht, dich mal sagen zu hören, dass Internment in der Zeit erstarrt ist. Wenn ich früher über den Boden sprechen wollte, hast du versucht, mich zum Schweigen zu bringen.«

»Ich hatte Angst«, gesteht sie. »Ich liebe diese Stadt, ich werde sie immer lieben. Sie ist mein Zuhause. Aber ich war davon überzeugt, ich müsste nur ihre Gesetze verstehen und fest genug im Glauben sein, damit die Dinge am Ende immer gut ausgehen. Ganz egal, was ich im Leben auch erdulden muss. Jetzt sehe ich, wie klein dieser Ort ist. Ich habe ihn behandelt wie einen Gott, aber es ist nur eine Stadt.«

»Eine magische schwebende Stadt«, sage ich, und wir lachen beide.

»Ich war wirklich fest davon überzeugt, dass uns die Abwesenheit von Internment umbringt. Ich dachte, sie würde mich den Gott im Himmel infrage stellen lassen, so wie alles, was man uns beigebracht hat – und das hat es auch. Ich stelle alles infrage. Aber ich will meine Fragen stellen dürfen. Ich will mehr Gedanken haben, als mein Verstand bewältigen kann. So viele, dass ich sie wie ein Verrückter in Fragmenten aufschreiben muss.«

»Wie viel verrückter willst du denn noch werden?«

Sie lächelt nur.

•••

Es dauert beinahe zwei Wochen, bis die Züge wieder fahren. Der Zaun ist repariert, und in jeder Sektion sind Wachmänner stationiert, um Unbefugte abzuhalten. Basil, Pen, Thomas und ich dürfen wieder im Königreich umherstreifen, und auch wenn wir oft mit Fragen über den

Boden überhäuft werden, scheint uns niemand etwas antun zu wollen.

Basil und Thomas sind mit ihren Familien wiedervereint worden. Ich sage Basil, er soll zurück nach Hause gehen. Zwar verbringt er den größten Teil seiner Tage mit seiner Familie, aber er entscheidet sich, seine Nächte mit mir im Uhrenturm zu verbringen. Ich will mich um Celeste kümmern, die ans Haus gefesselt und verzweifelt einsam ist.

Pen kehrt nicht nach Hause zurück, nicht mal, um ihre Mutter zu sehen. Trotz all ihrer Sorgen. Sie spricht es nicht aus, aber ich weiß, dass sie Angst hat, von diesem Ort vereinnahmt zu werden und dieses Mal nicht wieder gehen zu können. Pens Mutter hätte diejenige sein sollen, die sie beschützt, aber es war immer genau andersherum.

Fragt man mich nicht über Havalais aus, fragt man mich nach der Prinzessin. Liegt sie wirklich im Sterben? Stimmen die Gerüchte? Mit einem Lächeln erwidere ich, dass sie auf dem Weg der Besserung ist.

Das ist meine einzige Lüge. Selbst Celestes Euphorie ist im Sinkflug und sie sieht schlechter aus als je zuvor. Seit der Rückkehr des Jets durfte sie nicht einen Fuß vor die Tür setzen, nicht mal in dem abgeschlossenen königlichen Garten, denn der König hat schreckliche Angst, jemand könnte sie sehen. Die rasante Verschlechterung des Gesundheitszustands ihrer Mutter und die Monate der Isolation haben angefangen, ihren Geist zu brechen, einen Geist, den ich einst für unbeeinflussbar hielt.

An einem Nachmittag, an dem sie zu erschöpft ist, um aufzustehen, sitze ich neben ihrem Bett und lese ihr vor. Unter uns muss es einen Sturm geben, denn die Wolken sind besonders dicht und grau. Ihre noch immer strahlenden Augen konzentrieren sich auf das Fenster, und sie vermisst den Regen, das weiß ich genau; er ist eines ihrer Lieblingswunder. Sie ist jetzt für immer an diese Welt unter uns gekettet.

»Morgan.« Sie unterbricht mich, und die Worte, die ich vorlas, verklingen. »Nim steckt in Schwierigkeiten, oder?«

»Nein«, antworte ich. »Ich habe ihn noch gestern Abend gesehen. Dein Vater erlaubt ihm nicht, dich zu besuchen; er ist ziemlich wütend darüber, wie ihr euch so über ihn hinweggesetzt habt. Aber damit habt ihr bestimmt gerechnet. Oder?«

»So blind bin ich nun auch nicht.« Sie stemmt sich hoch, dann streichen ihre Hände über ihren Bauch, als wäre er ein Globus mit all den Orten, die sie noch besuchen möchte. »Mein Vater hat eine grausame Seite. Das wissen mein Bruder und ich, seit wir Kinder waren. Aber wir haben gedacht: ›Papa liebt uns, also muss er ein guter Mann sein. Eines Tages werden wir es verstehen.‹«

»Glaubst du das noch immer?«

Sie schüttelt den Kopf. »Ich bin kein Kind mehr. Ich glaube nicht mehr an Dinge, nur weil ich möchte, dass sie auch so sind.«

Ein schmerzhafter Stich lässt sie zusammenzucken. Die

kommen nun schon seit Tagen. Eigentlich sollte sie im Krankenhaus sein; das hat selbst Prinz Azure von seinem Vater verlangt, aber der König weigert sich. Ob nun aus Furcht um die Sicherheit seiner Tochter oder aus Furcht, die Kontrolle über sein Königreich zu verlieren, falls jemand von dem Kind zweier Welten erfährt. Ich vermute Letzteres. Ich habe Angst, dass er sie bei der Geburt einfach durch unterlassene Hilfe sterben lässt, falls man dieses Kind damit geheim halten kann.

»Kann ich dir etwas holen?«, frage ich. »Hast du heute überhaupt was getrunken?«

Sie schließt lange die Augen; sie hat noch immer Schmerzen, das kann man ihr deutlich ansehen. »Finde meinen Bruder. Sorg dafür, dass er allein ist.« Als ich aufstehe, greift sie nach meinem Arm. »Mein Vater darf nichts davon mitbekommen.«

»Ich passe schon auf. Ich bin gleich wieder da, versprochen.« Ihr Griff verstärkt sich, bevor sie wieder loslässt. »Ich verspreche es«, wiederhole ich, nicht zuletzt, um mich selbst davon zu überzeugen.

Sie bittet mich nicht, Nimble zu finden. Das wäre sinnlos und das weiß sie auch. Wäre er frei, säße er schon längst an ihrer Seite.

Ich eile die Treppe hinunter, durchquere die spärlich belebte Lobby, in der ein paar Bürger ihren Lohn abholen, und gehe weiter durch die Korridore, die zu den Kellergeschossen führen. Der Prinz war die vergangenen beiden Wochen beschäftigt. Er hat die Politik seines Vaters durchgesetzt und die Gefangenen überwacht. Jeden Tag hat er Männer vom Boden verhört und ihre potenzielle Loyalität auf die Probe gestellt. Aber er ist nicht mit dem Herzen dabei. Er und seine Schwester haben auch noch den letzten Respekt vor ihrem Vater verloren; mittlerweile fürchten sie ihn sogar.

Während Celeste angefangen hat, ihm aus dem Weg zu gehen, hat sich bei Prinz Azure Verachtung breitgemacht. Das sagt er zwar nicht, aber ich sehe es an der Art, wie er mit den Gefangenen spricht, als hätte er für ihren Zorn über diese Haft Verständnis, als würde er eine weniger barbarische Methode kennen, wäre er nur der König.

Aber vor allem verrät es mir die Weise, wie er sich um Nimble Piper kümmert, ihm Wasser in den Mund träufelt, wenn sein Kiefer verkrampft ist, und ihm zuflüstert, dass er für sein eigenes Königreich gesund werden muss.

Als ich die Tür zum Keller öffne, sitzt der Prinz ganz blass und aufgebracht auf der obersten Stufe und starrt nach unten in die Dunkelheit. Er hat kaum einen Blick für mich übrig.

»Sie werden die Befehle niemals leid«, sagt er. »Unsere Wachmänner. Sie können einfach nicht leben, ohne dass ihnen jemand sagt, was sie zu tun haben. Für sie denken zu müssen, ist so ermüdend.«

Gern würde ich etwas dagegen einwenden. Zumindest mein Vater hat über seine Befehle nachgedacht. Aber dazu ist jetzt keine Zeit. »Sie müssen zu Celeste«, sage ich und versuche zu Atem zu kommen. »Sie hat wieder Schmerzen.

Ich glaube ...« Ich blicke mich um und vergewissere mich, dass wir auch allein sind. Dann flüstere ich: »Ich glaube, es ist so weit.«

Augenblicklich steht er auf den Füßen, die von Selbstmitleid verursachte Erschöpfung ist verschwunden. Er eilt an mir vorbei und ich folge ihm die Stufen zum Apartment hinauf.

Celeste hat sich aus dem Bett gequält und steht am Fenster, die Hände gegen die Fensterbank gedrückt. Mit gesenktem Kopf versucht sie gleichmäßig zu atmen. Ihre Laken sind schweißdurchtränkt.

»Leste.« Der Prinz schnappt nach Luft, aber er ist ganz sanft, als er den Arm um ihre Schultern legt und sie zurück zum Bett führt. »Ich bin da. Was brauchst du?«

Sie schüttelt den Kopf. »Ich weiß es nicht! Ich dachte, Nim wäre in diesem Augenblick bei mir. Ich dachte, ich wäre bereit.« Der Schmerz lässt ihren ganzen Körper verkrampfen.

»Leste, hör mir zu. Ich lasse einen unserer Ärzte holen. Alles wird gut. Der Arzt wird genau wissen, was zu tun ist.«

»Das kannst du nicht tun«, schluchzt sie. »Papa wird versuchen, mir das Baby wegzunehmen. Er wird es dorthin bringen, wo er Nim hingebracht hat.«

»Daran werde ich ihn hindern. Ich lasse es nicht zu.« Er spricht so ruhig, als würde er einem Kind eine Gutenachtgeschichte vorlesen. »Ich bin gleich wieder da.«

»Nein!« Sie klammert sich an seinen Arm. »Bitte!«

»Sei nicht albern. Ich habe bei deinem Plan mitgemacht – nicht dass ich eine andere Wahl gehabt hätte. Aber ich lasse dich das nicht ohne Arzt durchstehen.«

Ihre Finger graben sich in seine Haut und er muss sich losreißen. »Az!« Vor Schmerzen krümmt sie sich zusammen, und ich sehe die Qual auf seinem Gesicht, als er an mir vorbeieilt. Ich könnte schwören, in seinen Augen funkeln Tränen.

Ich habe Celeste noch nie so hysterisch erlebt. Das kommt von der Angst, nicht von den Schmerzen. Ich setze mich neben sie auf die Bettkante und gebe mich nicht fröhlich, ich versuche sie nicht zu trösten. Sie würde es mir sowieso nicht abnehmen.

Es dauert eine Ewigkeit, bevor der Prinz mit einem Arzt im Schlepptau zurückkehrt. Es ist ein kleiner Mann mit glatt zurückgekämmtem Haar, der viel älter ist als jeder praktizierende Arzt. Bestimmt hat ihn der Prinz aus einem Tatterhaus geholt.

»Ziehen Sie das Bett ab«, befiehlt mir der Arzt. Sein Ton ist so eisig und autoritär, dass ich schnell und mit zitternden Händen gehorche. Er öffnet seinen Arztkoffer und holt einen Flammengenerator hervor, wie man ihn in Apartments ohne Strom zum Kochen benutzt. Er schickt mich los, um einen Topf mit Wasser zu füllen.

In meinem Kopf dreht sich alles. Nachdem ich das Wasser gebracht habe, darf ich das Zimmer nicht mehr betreten. Ich setze mich im Korridor auf den Boden und starre eine Farbmalerei des Prinzen und der Prinzessin im Kindesalter an, wo sie in ihren schönsten weißen Kleidern Arm in Arm stehen.

»Doktor O. kümmert sich schon seit Jahren um unsere Familie«, sagt Prinz Azure, als er das Zimmer seiner Schwester verlässt. Mit Sicherheit wurde auch er ins Exil verbannt. »Er ist der Arzt, der sich um unsere Geschlechter kümmerte, bevor wir gezeugt wurden. Er hat uns auch zur Welt gebracht.«

Der Prinz ist für seine Haltung bekannt, aber jetzt lässt er sich mir gegenüber einfach zu Boden sinken und den Arm über dem angewinkelten Knie baumeln. Er sieht aus, als würde er gleich zwischen die Bodendielen sickern. »Das ist schon eine seltsame Sache, was? Unsere Geschlechter werden bestimmt, bevor wir zur Welt kommen. Der König und die Königin wollten einen Erben und einen Ersatz, und sie wussten genau, wie wir sein sollten. Sie bestellten uns wie ein Gericht auf einem Speiseplan.«

Mit dem Kopf deutet er auf die geschlossene Tür seiner Schwester. »Manchmal glaube ich, dass wir falsch geboren wurden, meine Schwester und ich. Natürlich wissen wir, wie wir uns für diese Rolle zu kleiden haben, aber wir haben unsere eigenen verrückten Ideen, was wir mit dem Königreich machen würden.

Ich bin besser darin mitzuspielen. Ich tue so, als wäre ich der König, den mein Vater von mir erwartet. Ich nicke und mache mit, denn ich weiß, dass ich so herrschen kann, wie ich es will, wenn ich an der Reihe bin. Meiner Schwester fehlt dafür die Geduld. Sie hat kein Gefühl für Strategie.

Sie war schon immer idiotisch impulsiv. Aber ich hätte nie geglaubt, dass sie es so weit treibt.«

Ich sage nichts. Er sucht nicht nach Trost. Auf der anderen Seite der Tür ertönt ein Schmerzensschrei und er senkt den Kopf.

»Dieses Kind wird zwei Welten vereinen, nicht wahr?« Er lacht humorlos. »Aber es muss auf dieselbe groteske Weise zur Welt kommen wie der Rest von uns.«

Celeste sollte nicht allein auf dieser beschmutzten Matratze liegen. Sie sollte umgeben von Krankenschwestern und Strom in einem Krankenhaus sein. Nim sollte an ihrer Seite sein. Als ich sie verließ, war sie so klein und ängstlich.

Ich strenge meine Ohren an, aber jetzt ist auf der anderen Seite der Tür nichts zu hören.

»Das ist so typisch für sie«, fährt der Prinz fort. Ich kann die Sorge aus seinem kühlen Ton deutlich heraushören. »Sie denkt die Dinge einfach nicht zu Ende. Wie soll ich sie aus *diesem* Schlamassel holen?«

»Das können Sie nicht. Vermutlich ist genau das der Punkt.« Ich halte inne, um zu sehen, ob meine Unverschämtheit ihn beleidigt hat, aber er hört zu. »Sie will nicht von Ihnen gerettet werden. Sie wollte überhaupt nicht gerettet werden. Sie hat sich genau diesen Schritt in den Kopf gesetzt und man kann ihn nicht ungeschehen machen.«

»Da könnten Sie recht haben.« Ich habe den Prinzen Dutzende Male auf Bildern, bei Festlichkeiten und Übertragungen gesehen, und wenn ich ihn jetzt betrachte, sehe ich zum ersten Mal einen Gleichgestellten. Eine Person, die so machtlos ist wie der Rest von uns.

»Meine Schwester war der Meinung, dass unser Vater es sich anders überlegt, begreift, was sie für die Königreiche tut und dieses Kind zweier Welten akzeptiert. Sie hat schon immer geglaubt, dass er uns mehr liebt, als er in Wirklichkeit tut.«

»Vielleicht wird er es im Laufe der Zeit tun«, meine ich.

»Nein. Papa war außer sich vor Zorn. Er hat sie nur aus einem Grund nicht mit eigenen Händen zu Boden gedrückt und zur Abbruchsprozedur gezwungen. Weil es dazu zu spät war. Sie wäre verblutet.« Die Worte sind schrecklich, aber er ist so erschöpft, dass er nur noch offen sprechen kann. »Er hat mir aufgetragen, das Kind nach seiner Geburt genau wie eine Doppelgeburt zu ertränken. Dann wird es so sein, als wäre das alles niemals passiert. Für meine Schwester und diesen Jungen vom Boden wird es keine Liebesgeschichte geben. Sie wird Glück haben, wenn sie vor ihrem achtzehnten Geburtstag, an dem sie mit ihrem Verlobten verheiratet wird, jemals wieder das Tageslicht gesehen hat.«

Obwohl ich mir so was schon gedacht habe, widert es mich an. Mein Herz pocht. »Das können Sie nicht zulassen.«

Er sieht mich mit dem patentierten königlichen Funkeln in den Augen an. »Ich habe da einen Plan, aber der hängt von Ihrem Geschick ab.«

Ich sollte beleidigt sein, aber ich betrachte seine vertraute Großspurigkeit als Zeichen, dass die Dinge wieder in Ordnung kommen.

»Sie müssen in den Kerker gehen und dort für eine Ablenkung sorgen. Schaffen Sie Nimble Piper durch den Hintereingang raus.«

»Die Tür, die zum Pflaumenplatz führt?«

»Ja, genau die.« Er eilt den Korridor entlang und kehrt mit einem Blatt Papier und einem Stift zurück. Er zeichnet eine primitive Karte des Walds um den Uhrenturm. »Abseits der Pfade gibt es mehrere Steinhöhlen. Verstecken Sie ihn dort. Bleiben Sie bei ihm und warten auf mich.«

»Wie lange?«

»Verdammt noch mal, das weiß ich nicht. Solange es eben dauert, bis ein Baby geboren ist.«

»Aber Basil und Pen ...«

»Was ist mit ihnen?«

»Wenn Sie mich bitten, den König zu verraten, und ich bin mir sicher, dass Sie genau das tun, muss ich wissen, dass die beiden nicht an meiner Stelle bestraft werden.«

»Tun Sie das für mich und ich schaffe sie an einen sicheren Ort. Sie haben mein Wort.«

Ein Schrei hinter der verschlossenen Tür lässt uns beide zusammenzucken. »Was ist mit Celeste?«, will ich wissen.

»Was soll mit ihr sein? Im Augenblick kann sie ja wohl schlecht durch den Wald schleichen.« Er ist sichtlich blasser geworden. »Ich kümmere mich um sie. Aber ich kann nicht überall sein. Morgan, ich brauche Sie.«

Diese Worte hätte ich nie von ihm zu hören erwartet, aber ich erwidere nur: »Was für eine Ablenkung?«

»Es muss etwas sein, das die Aufmerksamkeit eines jeden Wachmanns erregt. Sagen Sie ihnen – sagen Sie ihnen, mein Vater sei verletzt worden. Ein vom Rand in den Wahnsinn getriebener Bürger hätte ihn niedergestochen, irgendwas in der Art. Nachdem sie seit Wochen im Keller eingesperrt waren, sehnen sie sich danach, Helden zu sein. Gehen Sie, gehen Sie jetzt.« Er fummelt am Schlüsselbund herum und nimmt den Schlüssel für Nims Zelle ab. »Lassen Sie sich nicht erwischen. Ich kann es mir nicht leisten, auch noch Sie zu retten.«

Ich nicke. Dann eile ich aus dem Apartment, bevor ich den nächsten Schrei hören muss. Ich könnte ihn nicht ertragen. Der Prinz bleibt wie angewurzelt im Korridor zurück. Hinter einer Tür kämpft gerade seine Schwester, hinter einer anderen stirbt seine Mutter.

•••

Sein Ablenkungsmanöver funktioniert. Als ich die Wachmänner über den Angriff auf ihren König informiere, können sie es kaum erwarten, an seine Seite zu eilen, so verzweifelt und verloren fühlen sie sich. Sie rennen los.

Mit zitternden Händen schiebe ich den Schlüssel ins Schloss. Zweimal lasse ich ihn dabei fallen. Als ich die Tür endlich öffnen kann, sitzt Nim an die gegenüberliegende Wand gelehnt. Er hat unruhig gedöst, aber bei meinem Anblick zeichnet sich sofort Aufmerksamkeit auf seiner Miene ab.

»Morgan?« Seine Stimme ist heiser, die Lippen gespalten und blutig. Aber er sieht besser aus als noch bei unserer letzten Begegnung hier unten. »Bist du das wirklich? Ist Celeste ...«

»Kannst du stehen?« Ich zwänge den Schlüssel in das Schloss seiner Fesseln und sie fallen zu Boden. Er ballt die Fäuste. »Komm schon. Wir haben keine Zeit.« Ich ziehe ihn auf die Füße und schiebe ihn mir so zurecht, dass er sich unterwegs auf meine Schulter stützen kann. Benommen stolpert er.

»Warte.« Er fiebert. Als sein Gesicht gegen meinen Hals fällt, spüre ich die Hitze seines Fiebers.

»Wir können nicht warten. Uns bleiben nur wenige Minuten, bevor die Wachmänner die Täuschung erkennen. Sie werden die ganze Stadt nach uns absuchen.«

Ich glaube nicht, dass er meine Erklärung versteht. Er ist kaum bei Bewusstsein.

Als ich ihn aus dem Uhrenturm in den Wald zerre, treibt mich nur ein Gedanke an: Ich werde nicht zulassen, dass er an dem Tag stirbt, an dem sein Kind zur Welt kommt.

18

Ich sitze zusammengekrümmt in einer Höhle wie der, die Pen und ich uns als Zufluchtsort auserkoren hatten. Sie wirkt vertraut, obwohl sie sich auf dem Privatgelände der Königsfamilie befindet, wo der Prinz und die Prinzessin zum Sport jagen.

Zumindest haben sie es in der Vergangenheit getan.

Nim verliert immer wieder das Bewusstsein. In seinen kurzen klaren Augenblicken erkläre ich ihm, wo wir sind; das hier ist ein sicherer Ort und die anderen werden bald zu uns stoßen. Das sage ich ihm immer wieder und beruhige mich damit auch selbst.

Bevor unsere Stadt mit dem Boden bekannt gemacht wurde, wäre dieser Wald zum Schutz gegen Unbefugte voller Wachmänner gewesen, aber nun ist da nur das Rascheln der Blätter.

Kurz nach Mittag hatte ich Celeste diesem Arzt mit den seelenlosen Augen überlassen. Jetzt hat die Sonne den Rand der Stadt passiert und die ersten Sterne zeigen sich.

Ich frage mich, ob ihr Kind geboren wurde. Ob Prinz Azure es geschafft hat, sein Leben zu bewahren.

Nimble rührt sich. Er greift nach meinem Arm. »Birdie?«

»Nein«, sage ich. »Ich bin es. Morgan.«

Mühsam kämpft er sich in eine aufrechte Position hoch und ich helfe ihm. Der Prinz hat ihm ein Beruhigungsmittel verabreicht, das gegen die Schmerzen helfen sollte, und jetzt wird er zum ersten Mal seit Wochen wieder klar im Kopf. In seinem Blick flackert Aufmerksamkeit. »Weißt du, wo du bist?«, frage ich.

Über meine Schulter blickt er zum dunkler werdenden Himmel. »Internment«, sagt er. »Ich war im Kerker.«

»Ja.« In mir steigt Hoffnung auf. »Ja, und jetzt bist du raus.«

»Wo ist Celeste? Ich muss zu ihr. Bring mich zu ihr.«

»Bald.« Ich bin mir unsicher, ob das eine Lüge war. Er leidet bereits unter so vielen Schmerzen, da will ich nicht auch noch die Qual der Ungewissheit hinzufügen.

Aber nach den Wochen medikamentös erzeugter Benommenheit glaubt er mir nicht. Nun ist er wach. »Was ist mit ihr?«

Er will aus der Höhle klettern und ich halte ihn an den Schultern fest. »Sie bekommt gerade ihr Kind. Vielleicht ist es auch schon vorbei – seit ich sie gesehen habe, sind Stunden vergangen. Prinz Azure ist bei ihr.«

»Ich muss zu ihr.« In seiner Stimme liegt Verzweiflung. Trotz seiner vielen Verletzungen findet er die Kraft, mich abzuwehren, als ich ihn festhalten will. Er kriecht aus der Höhle und marschiert wütend an den Bäumen vorbei.

»Nim«, flüstere ich energisch. »Das kannst du nicht tun. Der König wird uns von seinen Wachmännern suchen lassen. Wenn man uns erwischt, ist alles vorbei.«

»Sie braucht mich!«

Ich packe seinen Arm, er stolpert, noch immer unsicher auf den Beinen. »Ja, sie braucht dich. Sie braucht dich außerhalb einer Zelle, und was noch viel wichtiger ist, sie braucht dich lebendig. Wenn du jetzt in den Uhrenturm stürmst und sie zu sehen verlangst, kann ich dir nichts davon versprechen.«

Hilflos blickt er in die Ferne. Selbst wenn ich ihn gehen ließe, wüsste er nicht, wie er zum Uhrenturm gelangen sollte. »Der Prinz wird nicht zulassen, dass ihr was zustößt.«

Nim schüttelt den Kopf. »Sie wollte das Beste von ihrem Vater glauben, aber ich wusste ... ich wusste, er würde sie in Gefahr bringen. Sie und das Baby.«

Hilflos lasse ich die Arme fallen. »Was hast du denn erwartet, Nim? In deinen Adern fließt königliches Blut; du hast erlebt, wie Könige sind. Sie mögen es nicht, wenn man ihre Position infrage stellt, und schon gar nicht durch ein Kind.«

Er stolpert nach vorn und fängt sich an einem Baum. Mit zusammengebissenen Zähnen atmet er schwer. In der verzweifelten Eile, zu Celeste zu kommen, hat er seine Verletzungen vergessen, aber die Schmerzen erinnern ihn nun wieder daran.

»Wir müssen auf Nachricht vom Prinzen warten. Mehr können wir nicht tun«, sage ich. »Es tut mir leid.«

Am Boden zerstört hinkt er zur Höhle zurück und schlägt wütend gegen den Felsen. Fast im selben Augenblick ertönt aus der Tiefe des Walds ein Laut. Ein Knistern. Ich schiebe Nim in die Schatten der Höhle und halte die Luft an.

Es war dumm von uns, so laut zu sprechen. Mittlerweile wird man nach uns suchen.

Wieder ertönt dieser Laut und es ist weniger ein Knistern als ein Wimmern. Eine Gestalt tritt zwischen den Bäumen hervor, sie flüstert meinen Namen.

Prinz Azure. Seine Schritte waren lautlos, als erfahrener Jäger ließ er kein Blatt rascheln und zertrat auch keinen Zweig, aber das Wimmern ertönt erneut. Er hält etwas im Arm.

»Morgan!«, flüstert er.

Ich krieche aus der Höhle. »Ich bin hier.«

Nim drängt sich an mir vorbei, aber bevor er sich aufgerichtet hat, kniet der Prinz vor uns. Das Bündel in seinen Armen bewegt sich und gibt ein schwächliches Krächzen von sich.

Nim stöhnt. »Ist es ...«

»Ja, ja«, sagt der Prinz, als würde ihn die ganze Angelegenheit langweilen. »Es ist ein Mädchen, wurde vor wenigen Augenblicken geboren. Soweit ich es sehe, ist es völlig gesund, aber ich bin kein Arzt.«

»Darf ein Neugeborenes überhaupt auf diese Weise draußen sein?« Trotz allem staune ich über das blasse Gesicht, das in der Dunkelheit leuchtet wie ein verblichener kleiner Mond. »Die Luft ist kühl.«

»Draußen ist es sicherer als drinnen«, erwidert der Prinz. »Mein Vater glaubt, ich hätte sie hinausgebracht, um sie in der Schlucht zu ertränken.«

Nims Hände zittern, als er nach dem Säugling greift, aber der Prinz gibt ihn mir. Vielleicht vertraut er diesem Jungen vom Boden noch immer nicht richtig.

Ich halte das Kind, das so wenig wiegt. Die nächste Generation eines uralten königlichen Geschlechts liegt in meinen Armen. Instinktiv schiebe ich die Decke über seine Ohren, um die Kälte abzuhalten.

»Ich bringe Sie zu dem Jet«, sagt der Prinz. »Ich habe Männer vom Boden verhört, und drei davon vertraue ich genug, um Sie zurück zum Boden zu fliegen.«

»Der Boden«, wiederhole ich tonlos. »Aber Basil ...«

»Er wartet dort. Ihre blonde Freundin mit der großen Klappe auch. Sehen Sie, ich halte meine Versprechen.«

Nimble starrt das Kind an. Sein Kind. Bestimmt hat er eine Million Fragen, aber er beschränkt sich auf eine. »Was ist mit Celeste?«

»Was soll mit ihr sein?«, fragt der Prinz ärgerlich.

»Kommt sie mit uns?«

»Nein, sie kommt nicht mit. Seien Sie nicht albern. So sediert, wie sie ist, würde sie nicht mal ihren eigenen Namen wissen, wenn man sie fragt.«

»Ich gehe nicht ohne sie«, verkündet Nim.

»Das ist Ihre Entscheidung.« Der Prinz steht auf. »Aber dieses Baby verlässt heute Nacht die Stadt, wenn Sie wollen, dass es überlebt.«

Ich folge dem Prinzen und Nimble schnappt meinen Ärmel. »Morgan.«

»Er hat recht«, sage ich voller Mitgefühl. »Ich kann dich nicht dazu zwingen, uns zu begleiten, aber meiner Meinung nach solltest du es tun. Celeste würde wollen, dass du dich um dein Königreich kümmerst. Ihr werdet schon wieder den Weg zueinander finden; natürlich werdet ihr das.«

Nim sieht den Prinzen an. »Sie behaupten, Ihre Versprechen zu halten. Ich brauche Ihr Wort, dass Celeste sicher ist.«

»Sie ist nicht diejenige, die in Gefahr schwebt«, erwidert der Prinz.

Zögernd will sich Nim uns anschließen und in einer seltenen Zurschaustellung von Anteilnahme hilft ihm der Prinz auf die Füße. Aber er wartet nicht auf uns, sondern geht in die Dunkelheit.

Der Prinz hat den Schritt eines Jägers. Lautlos und anmutig. Nim bemüht sich keuchend, mit uns Schritt zu halten; er hält seine Wunden.

Das kleine Mädchen ist gnädigerweise still; das Martyrium ihrer Geburt und die riesigen Probleme, die sie verursacht hat, interessieren es nicht.

Wir bewegen uns fort von den Lichtern der Stadt durch die Agrikultursektion. Wir überqueren die Bahngleise, dann zerschneidet Prinz Azure den Zaun mit seinem Jagdmesser und schafft eine Öffnung, durch die ich hindurchkriechen kann.

»Man konnte den Jet nirgendwo verstecken«, erklärt der Prinz. »Mein Vater ließ ihn hier heraus schaffen. Jeder fürchtet sich vor dem Ding, sogar seine Wachmänner, was wirklich albern ist, wenn Sie mich fragen. Es ist nur eine Maschine.«

Es gab eine Zeit, in der ich diese Seite der Gleise fürchtete. Jetzt erkenne ich, dass da nur Gras und Sternenlicht sind. Da ist kein Lied des Winds, das den Wahnsinn bringt und mich weiterlocken will. Ich weiß noch immer ganz genau, wer ich bin und wofür es sich zu kämpfen lohnt.

Nim bleibt stehen, um zu Atem zu kommen, und ich lasse ihn sich auf meine Schulter stützen. Trotz seines Keuchens starrt er ehrfürchtig die Sterne an, als könnte er sie einfach vom Himmel pflücken.

»Das ist eure Welt«, sagt er atemlos. »Sie hat mein ganzes Leben lang über meinem Kopf geschwebt.«

»Ja«, erwidert der Prinz. »Es ist eine Schande, dass Sie nicht mehr davon sehen können, aber wir müssen wirklich weiter.«

»Komm schon«, sage ich zu ihm. »Dort vorn steht der Jet.«

Ich kann ihn tatsächlich sehen, obwohl sein dunkler, matter Rumpf nur vom Sternenlicht erhellt wird. Es fällt schwer zu glauben, dass dieses abgenutzte Ding noch genug Leben in sich hat, um Nimble und sein neugeborenes Kind nach Hause zu bringen. Aber ich muss es glauben.

Die Tür aus Metall schwingt auf und enthüllt eine dunkle Öffnung. Aber die Dunkelheit ist nicht komplett; dort schimmern blonde Locken. Als wir näher kommen, kann ich Pen besser erkennen. Reglos wie eine Statue steht sie in der Türöffnung und hält sich mit einer Hand am Rand fest.

Ihr Blick fällt auf den Säugling, dann auf Nim. Ihre Lippen teilen sich und ich sehe das leise Beben ihrer Unterlippe. Sie wirft einen Seitenblick in den Jet, als würde jemand mit ihr sprechen.

Hier stimmt was nicht.

»Was starren Sie denn so?«, fragt sie der Prinz.

»Pen?«, frage ich.

Ihre Lippen formen ein Wort. Zuerst flüstert sie es nur, dann brüllt sie. »Lauft!«

Erst da sehe ich den König hinter ihr in der Dunkelheit stehen. Er schiebt sein Gesicht nah an sie heran, seine blasse, erschöpfte Miene. Durch die zusammengebissenen Zähne sagt er etwas zu ihr und sie ruft erneut. »Morgan, lauf weg. Er wird dich umbringen!«

Das sind die letzten Worte, die sie jemals sagen wird. Bevor ich mich bewegen kann, schneidet ihr der König die Kehle durch.

19

Mein Schrei könnte die Toten im Großen Zufluss aufwecken.

Eine schmale, gleichmäßige Linie aus Blut erscheint, die gleich darauf nach unten tropft. Pen sackt zusammen, und ich könnte schwören, ich sehe ihre Brust einen Atemzug machen, bevor sie der König mit einem Tritt in die undurchdringliche Dunkelheit befördert.

Der Säugling auf meinen Armen hat angefangen zu schreien, ein schriller Schrei, der kaum menschlich klingt. Er soll damit aufhören, das ist der einzige Gedanke, zu dem ich fähig bin. Er soll still sein, damit ich auf Pens Atemzüge lauschen kann. Und auf Basil, der sicher nach mir ruft. Er muss in diesem Jet sein. Er muss verletzt sein, sonst wäre er schon längst bei mir. Niemals hätte er zugelassen, dass Pen so etwas geschieht.

Den Gedanken, dass sie beide tot sind, lasse ich nicht zu. Nicht bevor ich mich mit eigenen Augen davon überzeugt habe. Ich laufe auf den Jet zu und Nimble hält mich auf, wenn auch nur gerade lange genug, um mir seine Tochter aus den Armen zu reißen. Er hat nicht mehr die Kraft, aufrecht zu bleiben, und bricht in die Knie, klammert sie an sich wie das Leben selbst.

Der Prinz stellt sich schützend vor sie beide.

Der König kommt wie ein wütendes Tier auf sie zu, aber wir sind noch wütender, Nimble, der Prinz und ich. Der König von Internment mag ja trotz seiner Pläne und Intrigen diese Stadt aus ganzem verfaulten Herzen lieben, aber die Macht, die einem die Liebe für wichtigere Dinge verleiht, wird er niemals kennenlernen.

Ich habe zu vielen beim Sterben zusehen müssen, ich habe zu viel verloren, und ich werde nicht noch etwas durch seine Hand verlieren. Er fuchtelt mit einem Gegenstand herum – vermutlich die Waffe. Ich greife danach, aber ich interessiere ihn nicht, und er stößt mich zur Seite.

Genau wie seine närrische Tochter bin ich nicht von Bedeutung. Sein Sohn ist derjenige, den er sich unterwerfen will. Als der König Prinz Azure erreicht, hebt er etwas, das ich im ersten Augenblick für das Messer halte. Aber als er es dem Prinzen in den Hals rammt, fließt kein Blut.

Mit noch immer blinzelnden Augen stürzt der Prinz zu Boden. Aus seiner Haut ragt ein Betäubungspfeil.

Vielleicht liebt der König den Prinzen ja doch mehr, als der glaubt. Er hat ihn nicht getötet.

Prinz Azures Blick ist auf mich gerichtet, und als ich ihn erwidere, könnte ich schwören, dort die Erlaubnis zu lesen. Der König ignoriert mich. Jetzt, da er die unmittelbare Bedrohung beseitigt hat, will er zu dem Ding, das zu töten er gekommen ist – seiner Enkelin.

Nim versucht mit aller Kraft auf die Füße zu kommen. Er ist erschöpft und verletzt, und er ist gerade Hunderte Schritte gelaufen, aber er wird geben, was auch immer noch in ihm steckt. Das ist aber nicht viel, und das weiß der König. Es ist fast getan. Er braucht den Säugling nur über den Rand zu schleudern, dann wird er tot und zerschlagen zurückgeschleudert werden. Was sollte ihn noch aufhalten? Da ist nichts mehr. Nur noch ich, die am ganzen Leib zittert und schluchzt.

Als ich mich auf das Messer stürze, ist er völlig überrascht und stößt einen Schrei aus. Er hält den Griff so fest umklammert, dass ich die Waffe bei der Klinge greifen muss. Ich spüre, wie sie in meine Haut schneidet.

Er rammt mir den Ellbogen in den Bauch, aber zu meiner eigenen Überraschung lache ich, selbst dann noch, als der Schmerz kommt. Seit Jahren hat er über diese schwebende Stadt geherrscht und jetzt kann er sie nur noch mit einem Messer verteidigen.

Blut hat meine Handfläche und das Handgelenk klebrig gemacht, und ich weiß nicht, ob es sein oder mein Blut ist. Ihm gelingt es, mich mit einem schmerzhaften Stoß zu Boden zu schleudern.

Der Kampf hat Nim einen ausreichenden Vorteil verschafft. Er ist verschwunden, aber das beharrliche Weinen des Säuglings verrät mir, dass er im Jet ist. Ich werfe einen Blick in die Richtung und sehe, wie die Tür zuschlägt.

Nim und dieser Säugling sind vielleicht die Einzigen, die diese Nacht überleben werden.

Ich liege im Dreck, und wenn mich der König zuvor ignoriert hat, ist das mit Sicherheit vorbei. Mit blutverschmiertem Hemd hockt er auf mir. Vermutlich ist es Pens Blut, oder meins. Soweit ich weiß, könnte es auch Basils sein. Aber mein Verstand erlaubt mir nicht, das zu glauben. Nach allem, was ich in diesem vergangenen Jahr glauben musste, werde ich nicht glauben, dass mein Verlobter und meine beste Freundin nicht mehr da sind.

Ich packe das Handgelenk des Königs, und das Messer schwebt unsicher zitternd über meinem Gesicht, als wäre sich die Klinge selbst nicht sicher, wen von uns beiden sie töten soll.

Der König rammt sein Knie in meinen Bauch, und einen Augenblick lang sehe ich sie – die Furcht in seinen Augen, dass trotz allem etwas in mir stecken könnte, dass ich nicht so leicht sterben werde.

Die Maschinen des Jets stottern und erwachen brüllend zum Leben. Erde spritzt in mein Gesicht, der König hebt den Kopf. Während er mit mir beschäftigt war, ist der Junge, den er verwundet hat, davongekommen. Nim wird es schaffen. Er wird zum Boden fliegen und seinen Platz als König einnehmen, er und sein Kind zweier Welten.

Diese kurze Ablenkung ist alles, was ich brauche. Ich entreiße dem König das Messer aus dem zögerlichen Griff und stoße es ihm in den Hals.

Blut regnet auf mein Gesicht, etwas davon landet in meinem Mund. Ich huste und würge, während ich von ihm fortkrieche. Trotz meines Hasses kann ich nicht zusehen, wie er stirbt. Ich höre, wie er sich auf dem Gras windet, und blicke zu den Sternen. Meine Existenz auf diesem kleinen, schwebenden Felsen nehmen sie nicht wahr, dabei kenne ich sie schon mein ganzes Leben lang. Würden sie sich für lebende Dinge interessieren, würden sie bestimmt verstehen, was ich getan habe. Daran glaube ich fest.

Der König hört auf, sich zu bewegen. Ich vermag nicht zu sagen, ob ich noch an den Großen Zufluss glaube, ob ich das jemals getan habe, aber falls in ihm etwas Gutes steckte, dann der Teil, der seine Kinder und sein Königreich geliebt hat. Auch wenn er sie verraten hat und abscheuliche Dinge tat, war es das Beste, was er zu bieten hatte.

Der Geschmack seines Bluts lässt mich würgen und spucken, und selbst als ich mich wieder erhole und auf die Beine komme, zittere ich am ganzen Körper. Die Schmerzen an meiner Hand und überall sonst spüre ich kaum. Sie spielen keine Rolle. Dafür ist jetzt keine Zeit. Noch ist der Jet da, noch immer gibt es eine Chance, dass Prinz Azure und ich an Bord gehen können.

»Euer Majestät«, sage ich, als ich mich neben den Prinzen knie. Sein Blick ist gläsern, aber er atmet. Er kann mich verstehen, wie ich nur zu genau weiß. Ich ziehe den Betäubungspfeil aus seinem Hals. »Sie müssen aufwachen! Sie sind der König.«

Die Worte fühlen sich an, als kämen sie aus sehr weiter Entfernung. Der Prinz, der gerade zum König wurde, verschwimmt, und als ich nach hinten kippe, fangen mich zwei Arme auf.

Meine Augen schließen sich, und mir fehlt die Kraft, sie wieder zu öffnen, aber das ist auch nicht wichtig. Basils Berührung würde ich überall erkennen.

Bewegung. Er zieht mich auf die Füße. Mein Verstand registriert die Metallstufen, die unter meinen Sohlen vibrieren. Ich krümme mich zusammen und übergebe mich ein zweites Mal ins Gras. Als ich fertig bin, hebt er mich wieder auf. Ich höre meine mühsamen Atemzüge, schmecke das Blut. Etwas schreit, kreischt wie die Möwen, die das Ufer von Havalais entlangflogen.

Dunkelheit.

Als ich die Augen wieder öffnen kann, bin ich fest davon überzeugt, dass Tage vergangen sind. Aber noch immer strömt Sternenlicht durch die Jetfenster, und ich begreife entsetzt, dass wir nirgendwohin geflogen sind.

»Hey.« Basils Stimme ist eifrig. Er hält meinen Arm und stützt mich. Ich sitze auf einem der Sitze des Jets, und als ich den Versuch unternehme, mich zu bewegen, dreht sich alles. »Du darfst dich nicht bewegen. Du hast viel Blut verloren.«

»Wo ist Pen?« Ich wage es nicht, ihn anzusehen. Bevor er antworten kann, zwinge ich mich zur nächsten Frage. »Der König hat sie getötet, nicht wahr?«

Ein Lachen ertönt, müde, aber selbstsicher. Meine Sicht wird wieder klarer und ich sehe Pen auf dem Sitz gegenüber. Ihr blutdurchtränkter Ärmel ist um ihren Kragen gebunden. »Dazu ist etwas mehr nötig.«

Ich will etwas erwidern, aber aus meinem Mund dringt

nur ein Schluchzen. Ich lehne mich gegen Basil, der mein Haar glatt streicht. »Ich dachte, ihr wärt beide tot.«

»Bitte. Er hat mich kaum erwischt«, sagt Pen. Die Anstrengung, etwas zu sagen, lässt sie hecheln. »Er hätte die Arterie nicht gefunden, selbst wenn ein Pfeil darauf gezeigt hätte. Vermutlich haben seine Männer darum für ihn getötet.«

»Aber ich hab dich doch stürzen sehen.«

»Kleiner Tipp, Morgan. Wenn dir jemand den Hals durchschneiden will und du das Glück hattest, dass er es nicht geschafft hat, lässt du ihn in dem Glauben, es geschafft zu haben.«

Ich nehme ihre Hand. Später, wenn wir alle in Sicherheit und ausgeruht sind und ein Bad genommen haben, würde ich gern in aller Ruhe zusammenbrechen und eine erfrischende Runde heulen.

»Mich hat er betäubt und dort vorn gegen die Wand gelehnt«, sagt Basil. »Ich sollte sehen, was mit Verrätern und Bastarden geschieht, die außerhalb der Schlange geboren wurden, hat er gesagt. Männer müssten den Tod kennenlernen, bevor sie zu etwas nutze sind.«

Pen schnaubt höhnisch, aber ich sehe, wie sie vor Schmerz zusammenzuckt, auch wenn sie es zu verbergen sucht.

»Nim?«, frage ich. »Das Baby?«

»Erstaunlicherweise schlafen beide am Steuerruder«, sagt Pen. »Er wollte nicht ohne dich aufbrechen. Er wollte nur ein Ablenkungsmanöver, darum hat er die Maschinen gestartet.«

»Prinz Azure? Oder der neue König Furlow, sollte ich wohl besser sagen.«

»Er ist noch immer bewusstlos. Ich konnte ihn nicht bewegen«, sagt Basil. »Sein Pfeil muss stärker gewesen sein.«

Die Vorstellung, wie Prinz Azure nur wenige Schritte von der Leiche seines Vaters entfernt gelähmt im Gras liegt, ist zu viel für mich. Es kostet mich große Mühe, aber ich stehe auf. Meine Hand ist mit einem Fetzen Stoff verbunden, der vermutlich von Basils zerrissenem Hemdsärmel stammt.

In meiner Schulter flammt Schmerz auf. Also hat der König mich doch verletzen können. Basil macht keine Anstalten, mich aufzuhalten, sondern steht hinter mir und stützt mich, als ich erst in die eine und dann in die andere Richtung schwanke wie jemand, der zu viel Tonikum getrunken hat.

Langsam steige ich die Stufen hinunter. Basils Griff an meinem Arm ist die stärkste Geste, die ich je erlebt habe.

»Sie ist schlimm, oder?«, frage ich. »Pens Wunde.«

»Ich halte sie für unsterblich.«

»Sie braucht einen Arzt, genau wie Nim und das Baby. Basil, ein Neugeborenes sollte nicht draußen sein.«

»Du auch nicht, nicht in diesem Zustand. Aber wir waren alle stark bis zur Dummheit, nicht wahr?«

Ich lache und der Schmerz in meiner Schulter wird stärker. Ich meide jeden Blick auf den König, als wir an ihm vorbeikommen, aber Basil sieht ihn sich an. Allerdings spart er sich jeden Kommentar über mein grausames Werk.

Ich knie mich neben den Prinzen. »Euer Majestät«, sage ich nun zum zweiten Mal.

Er will unbedingt etwas sagen, öffnet und schließt den Mund, stöhnt, bevor er das Wort schließlich herausbekommt. »Havalais.«

Ich glaube, es ist als Frage gemeint. »Nein. Sie befinden sich noch immer auf Internment.«

Er verliert wieder das Bewusstsein; dieses Mal ist er das Opfer dieser Betäubungspfeile, die die Königsfamilie so bevorzugt.

»Soll ich versuchen, ihn zum Jet zu zerren?«, fragt Basil.

»Das bringt nichts«, erwidere ich. »Er muss hierbleiben und seine Stellung als König einnehmen, und wir sollten uns seinem Urteil stellen, findest du nicht?«

»Glaubst du, es wäre in unserem Sinn? Er schien uns nie leiden zu können. Oder Nim.«

»Nein, aber er liebt Internment. Er wird ihm gerecht werden. Hoffe ich.«

Ich bleibe die ganze Nacht über an der Seite des Prinzen, verliere immer mal wieder das Bewusstsein. Basil sitzt neben mir im Gras und hält Wache. Er schläft nicht.

Das Gebrüll des Säuglings irgendwann kurz vor Sonnenaufgang lässt uns alle hochschrecken. Der Laut könnte den Stundenschlag des Uhrenturms ersetzen; sicherlich dringt er durch jedes Fenster der Stadt.

Prinz Azure setzt sich auf, hält sich den wunden Hals, bewegt den ebenfalls wunden Rücken und zuckt zusammen. »Wir sind noch immer hier?«, fragt er mürrisch. »Nach allem?«

Pen kommt zur Tür des Jets gestolpert und übertönt das Babygeschrei. »Es will einfach nicht still sein. Es hat Hunger.« Sie konnte noch nie was mit dem Konzept der Mutterschaft anfangen und diese Erfahrung stärkt nur ihren Unmut.

»Und was soll ich Ihrer Meinung nach tun?«, fragt der Prinz.

»Fragen Sie mich nicht«, gibt sie zurück. »Sie sind der König.«

20

An den Rückweg zum Uhrenturm kann ich mich später größtenteils nicht mehr erinnern. Mein Verstand schaltet immer mal wieder ab, aber irgendwie bewegen sich meine Beine weiter.

Schweigend führt Prinz Azure die Gruppe an. Mittlerweile geht die Sonne auf und taucht die Stadt in ihr goldenes Licht. Es ist sein erster Tag als König und er scheint nicht besonders glücklich damit zu sein.

Meine Knie geben nach, und als Basil mich nicht mehr stützen kann, kniet er neben mir. Der Uhrenturm ist in Sicht, aber als ich zu ihm blicke, könnte er genauso gut eine Welt weit weg sein. Er ist Havalais' Hafen, der auf der anderen Seite des Meeres funkelt.

»Sie kann nicht weiter«, sagt Pen. Ihre Arme hängen herab wie tote Gewichte. »Sie muss in ein Krankenhaus.« Sie braucht den Arzt viel dringender als ich, aber das sagt sie nicht.

Der Prinz dreht sich zu uns um. Er hält das Baby. Wie er es geschafft hat, es zum Schweigen zu bringen, ist ein Wunder. Vielleicht wurde das Mädchen mit ihren eigenen politischen Plänen geboren; mich würde das nicht überraschen.

»Morgan«, sagt der Prinz. »Sie sind sehr müde, und vielleicht erinnern Sie sich nicht mehr, was dort hinten passiert ist, also will ich es Ihnen noch mal ins Gedächtnis rufen.«

Ich hebe den Blick. Mein Sichtfeld schrumpft.

»Als wir zum Jet kamen, wartete dort mein Vater, der König, um uns zu verabschieden. Er schickte uns mit seinem Segen nach Havalais. Aber einer seiner Wachmänner wurde von der Nähe des Rands in den Wahnsinn getrieben und er brachte meinen Vater um. Er wollte uns alle töten, aber Sie konnten ihm das Messer entringen und stattdessen ihn töten. Sie haben uns gerettet. Das ist passiert, haben Sie das verstanden?«

»Ja.«

»Ich bin froh, dass wir darin übereinstimmen. Meine Schwester wird einen genauen Bericht verlangen und genau das werde ich ihr sagen. Die Einzelheiten überlassen Sie am besten mir. Ich habe die beste Erinnerung an das Handgemenge.«

Der Säugling fängt wieder an zu schreien. Hungrig, frierend, namenlos. *Sie sollte wieder zu ihrer Mutter,* denke ich, bevor alles dunkel wird und ich verstumme.

• • •

Während ich schlafe, habe ich einen Traum, der nicht mir gehört. Eigentlich geht es um etwas, das meinen Bruder jahrelang heimgesucht hat. Er hat mir vor Wochen davon erzählt, allerdings scheint das alles nun ein Leben lang her zu sein.

In dem Traum ist Internment so, wie es immer war. Ich steige über die Bahngleise und stehe plötzlich am Rand, starre nach unten zum Boden, der sich in Lücken zwischen den Wolken enthüllt.

Ich will nicht springen. Ich will nur einen besseren Blick. Ich beuge mich vor und meine Füße werden von der Erde gezogen. Dann bin ich gewichtslos und rase von den Wolken fort, fort von meinen Antworten.

Als mich die Dunkelheit überwältigt, ist sie nicht vollständig. Ein Herz schlägt in ihr, und beinahe kann ich den Umriss eines kleinen, lebendigen Etwas ausmachen – beinahe.

»Warte«, sage ich, denn es wird aus meiner Reichweite gezogen. »Ich will wissen, wem du gehörst.«

Aber es hört nicht zu. Die Vergangenheit ungeschehen zu machen, auch wenn es nur im Traum ist, kann die Dinge nicht wieder richten. »Komm zurück. Komm zurück. Komm zurück.« Das ist alles, was ich sagen kann, bis es verschwunden ist.

In der Dunkelheit höre ich einen Schrei und glaube, doch noch Erfolg gehabt zu haben, dass es mich gehört hat und ich das zurückbringen werde, was meinem Bruder gestohlen wurde. Was Alice gestohlen wurde.

Aber der Schrei kommt nicht aus meinem Traum. Er findet in der wachen Welt statt und findet den Weg in meine Ohren. Er gehört einem ganz anderen Leben, das möglicherweise noch eine Chance hat. Dafür haben wir alle so sehr gekämpft.

• • •

Ich bin fast eine ganze Woche im Krankenhaus. Es geht mir gut genug, um entlassen zu werden, aber ich will Nimble und Pen in diesem schrecklichen Haus nicht allein lassen. Auch wenn Pen eine tapfere Miene aufsetzt, hat es sie und Nimble schlimm erwischt. Seit unserer Einlieferung waren sie kaum bei Bewusstsein.

Erst nachdem sich mein Zustand besserte, gab Basil nach, nachdem ich ihn bat, seine Zeit doch besser damit zu verbringen, dem neuen König zu helfen und seine Familie zu besuchen. Ich weiß, wie schrecklich es ist, an einem Ort wie diesem der Besucher sein zu müssen, und er soll das nicht erleben.

Obwohl Pen Glück hatte und die Verletzung des Königs nicht tödlich war, hat sich die Wunde schnell entzündet. Sie liegt mit Fieber im Bett. Ich habe meine Verletzungen übertrieben, nur um in ihrer Nähe bleiben zu können. Aber das funktioniert nicht auf ewig. Ein Wachmann betrat mein Zimmer und informierte mich, dass mich der König heute Mittag sehen will.

Immerhin ist es ein Trost, dass Pens und Nimbles Zimmer die ganze Zeit auf Befehl des Königs bewacht werden, für den Fall, dass ihnen jemand etwas antun will. Im ganzen Flügel sind keine Besucher gestattet. Nicht mal die Familie oder Thomas. Nicht mal Pens Vater.

Als ich Pen besuche, ist ihr Gesicht schweißnass und vor

Fieber gerötet, aber sie ist entschlossen, wach zu bleiben. Ich glaube, sie wird noch immer von ihren Albträumen über die Hafenbombardierung heimgesucht. Mir machen sie jedenfalls noch zu schaffen.

Ich setze mich auf den Stuhl neben ihrem Bett und sie schenkt mir ein schwaches Lächeln. »Du siehst schrecklich bedrückt aus«, sagt sie.

»Ich hasse es einfach, dich so zu sehen.«

»Mich? Mir geht es gut.« Sie schaut zum Fenster, Wolken spiegeln sich in ihren grünen Augen. »Ich hatte viel Zeit, um über einige Dinge nachzudenken.«

»Du solltest nicht denken. Du solltest dich ausruhen.«

»Ein Mädchen sollte niemals aufhören nachzudenken. Sonst werden wir zu dem, was unsere Welt von uns hält.« Sie kämpft darum, die Augen aufzuhalten. »Dumpfe, einfältige Kreaturen, die jemand anderem gehören müssen, damit wir uns nicht verletzen.«

Ich streiche ihr das verschwitzte Haar aus der Stirn. Ohne ihre ordentlichen Locken oder die schimmernden Zöpfe sieht sie beinahe wie eine Fremde aus.

»Ach, Morgan, hör auf«, bittet sie. »Ich ertrage es nicht, wenn du dir solche Sorgen um mich machst. Also wirklich. Der Ausdruck auf deinem Gesicht.«

»Deine Freundin zu sein, ist anstrengend. Ich mache mir ständig Sorgen um dich.«

Sie stemmt sich in die Höhe. »Und was ist mit dir?« Sie senkt die Stimme. »Du hast nicht geschlafen. Ich habe dich heute Nacht mindestens ein Dutzend Mal an meiner Tür vorbeigehen hören.«

»Mir geht es gut.«

»Ach wirklich?« Sie hat diese ganz bestimmte Art, mich zu durchschauen. Ich war immer eine schreckliche Lügnerin, aber um ihretwillen versuche ich es. Sie verzieht den Mund, dann blickt sie wieder zum Fenster. »Wie war das?«, fragt sie leise. »Ihn zu töten.«

»Das spielt keine Rolle«, sage ich viel zu schnell.

»Natürlich spielt es eine Rolle.«

Plötzlich trocknet der sterile Geruch des Zimmers meinen Mund aus. Meine Hände sind schweißfeucht. Ich reibe sie an meinem Nachthemd ab. Als könnte ich sie so einfach säubern.

Pen sieht mich jetzt an und gönnt mir keine Atempause. Sie will, dass ich es zugebe. »Er wollte mich umbringen«, sage ich. »Uns alle. Er wollte seine eigene Enkelin umbringen.«

Ich hasse ihr Schweigen. Ich starre zu Boden. »Ich musste es tun. Das ist alles. Ich weiß nicht, was du sonst noch hören willst.«

»Du siehst ihn, wenn du die Augen schließt«, sagt sie. »Nicht wahr? Wenn du schläfst?«

Empfindungslos nicke ich. »Aber ich töte ihn immer noch, sogar in meinen Träumen. Ich muss es immer wieder tun, und ich tue es, wieder und wieder. Darum weiß ich, dass ich es tun musste.«

In dem Schweigen, das nun eintritt, stirbt der König erneut, im Sternenlicht schimmert das Blut schwarz, das Weiße in seinen Augen erlischt wie eine versagende Glühbirne. Die einzige Erleichterung war das leise Rascheln des Grases, als wollte die Stadt mir mitteilen, dass sie mir verziehen hat. Mir sogar dankt.

»Ich habe auch in meinen Träumen getötet«, sagt Pen. Ihr Blick ist auf das Fenster fixiert. Sie will mich nicht ansehen, aber sie will auch nicht zu Boden blicken, so wie ich es tue. Sie hat Jahre gehabt, um sich mit der Sorte Hass vertraut zu machen, die man zum Töten benötigt.

»Irgendwie ist mir bewusst, dass ich träume, aber jedes Mal, wenn er in mein Zimmer kommt und ich ihn endlich töte, will ich durch reine Willenskraft dafür sorgen, dass es zur Realität wird. Ich müsste es nur genug wollen, dann könnte ich irgendwie die Regeln ändern, was ein Traum ausrichten kann.« Die Kälte in ihren Augen lässt mich den Menschen hassen, der ihr das angetan und sie dazu gebracht hat, solche Dinge zu denken. »Und dann wache ich auf, und diese Welt und ihre Konsequenzen stürmen wieder auf mich ein, als hätten sie über meinen Kissen geschwebt und nur auf meine Rückkehr gewartet. Und ich weiß, dass ich ihn nicht töten kann – nicht ohne dafür zehnmal so viel leiden zu müssen. Ich habe vor langer Zeit gelernt, dass er tot ist, wenn ich ihn tot sehen will. Wenn ich wach bin, kann er meine Gedanken nicht vereinnahmen. Er kann seine Finsternis nicht zu meiner Finsternis machen.« Ihre Hände streichen über die Decke und glätten Falten. »Aber wie dem auch sei. Ich habe mich gefragt, wie es sich wohl anfühlt. Wenn ich meine Befriedigung bekomme.«

Trotz allem, was der König getan hat, obwohl er mich auf die Weise entfernen wollte, auf die er meine Eltern entfernte, kann ich mich noch immer nicht dazu überwinden, ihn so sehr zu hassen, wie ich Pens Vater hasse. Auf seine Art glaubte er, sein Königreich zu beschützen. Er glaubte, etwas Edles zu tun. Aber Pens Vater wollte sich nur etwas nehmen, das nicht gegeben werden sollte. Dabei war ihm seine Tochter egal, ihm war völlig egal, wie er ihre Weltsicht auch dann noch verändern würde, wenn sie älter und stärker ist. Die brillanten Gedanken in ihrem Kopf, in die er eindrang. Das Tonikum, das sich in ihren Blutkreislauf zwang, so wie er sich in sie zwang, nur damit sie für ein paar magere Stunden Ruhe vor ihm finden konnte.

Er ist eine andere Sorte Mörder, in ihm gibt es nichts, das erlöst werden kann.

»Ich wünschte, auch deine Träume könnten echt sein«, sage ich.

Sie rutscht nach vorn und legt den Kopf auf meine Schulter. Ich fühle, wie die Last von ihr weicht, und sie schließt die Augen. Nur einen Augenblick lang ist sie das kleine Mädchen, das ich vor diesen vielen Jahren nicht retten konnte, und endlich erlaubt sie jemandem, sie zu trösten.

Ich küsse ihren Scheitel, sie legt die Arme um meinen Hals. Beide sind wir Killer, beide wurden wir ermordet und zurück ins Leben gebracht.

• • •

Ich bin nicht die Einzige, die in den Korridoren unseres winzigen Flügels auf und ab geht. Am Ende des Gangs finde ich Nimble an dem winzigen Fenster stehen, wo er auf die Glasländer in der Ferne starrt.

Als ich an seine Seite trete, zuckt er zusammen. »Entschuldige.«

»Nicht deine Schuld. Meine Nerven sind am Ende.« In seinen Gläsern spiegelt sich die Stadt wider. Er schüttelt den Kopf, als könne er es nicht glauben. »Als ich herkam, habe ich mit Kriegschaos gerechnet, aber wenn man die Gräben ignoriert und die Stadt selbst betrachtet, ist sie wunderschön. Eigentlich kaum das, was ich mir vorstelle, wenn ich an eine Stadt denke.«

»Die meisten dieser Gebäude sind Hunderte Jahre alt. Wir haben sie mit Strom und sanitären Anlagen versehen, aber die Skelette sind gleich geblieben. Es gibt keinen Grund, sie abzureißen und für Abfälle zu sorgen.«

»Es gibt kein Wetter, das an ihnen nagt.«

Ich lache. »Ich habe dich so gut kennengelernt, dass ich beinahe vergesse, dass du hier der Ausländer bist. Trotzdem unterscheiden wir uns nicht sehr voneinander, oder?«

»Nein, das tun wir nicht«, stimmt er mir zu.

Eine Weile schweigen wir.

»Es kommt mir immer noch nicht echt vor, dass ich König bin«, sagt er dann. »Mein ganzes Leben lang schien das so weit weg zu sein.« Er schüttelt den Kopf. »Könige – ich habe sie immer gehasst. Gehen in ihren Schlössern ein, die man für tausend bessere Zwecke nutzen könnte.«

»Jetzt ist es dein Schloss. Wer sagt, dass es unbedingt ein Schloss bleiben muss? Es könnte eine eigene Stadt sein.«

Er lächelt; sein Blick ist entrückt, als würde er es sich vorstellen. »Havalais weiß noch nicht, dass der alte König tot ist. Während meiner Abwesenheit kümmern sich Berater um die Geschäfte und Birdie berät sie im Geheimen in meinem Namen. Sie ist die Einzige, der ich vertraue. Falls bekannt würde, dass es keinen formellen Anführer gibt oder dass ein Mädchen während meiner Abwesenheit die Zügel in der Hand hält, hätte Dastor einen Vorteil. Einfach zu gehen, war unverantwortlich von mir, aber ich musste es tun.«

»Um Celeste zu sehen.«

»Du lässt mich wie einen liebeskranken Teenager klingen.«

»Daran ist nichts Schlimmes.«

»Vielleicht stimmt es. Ich wollte sie sehen. Ich wollte ihre Welt sehen. Die Stadt Internment sehen und den Uhrenturm, in dem sie als Prinzessin gelebt hat. Ich kann endlich ihren Optimismus verstehen. Ihren Glauben an die Dinge.«

Havalais ist so ziemlich das Gegenteil von Internment. Was ihm an Bescheidenheit fehlt, macht es durch Aggressivität wieder wett. Selbst seine Schönheit ist aggressiv, mit wilder Musik, hellen Lichtern und glamourösen Mädchen mit schwarzen Lippen auf silbernen Leinwänden. Wenn Celeste ein Produkt ihrer Welt ist, ist Nim in seiner ein seltenes Geschöpf. Nur Bescheidenheit und Weichheit.

»Es ist mir zugegebenermaßen schwergefallen, die Dinge auf ihre Art zu sehen«, sage ich. »Aber ich hoffe, sie hat recht. Ich hoffe, unsere beiden Königreiche können wirklich zueinanderfinden.«

»Bei vielen Dingen bin ich mir nicht sicher«, erwidert Nimble. »Aber bei der Sache schon.«

• • •

Der neue König ist hoch oben in seinem Uhrenturm im königlichen Apartment. Er verlangt, allein mit mir zu sprechen. Selbst der Wachmann, der mich eskortiert hat, wartet vor der Tür.

Er steht am offenen Fenster und starrt auf den Garten mit den Mohnblumenbeeten in der Tiefe.

»Sie wollten mich sprechen?« Meine Stimme klingt unsicher; ich weiß nicht, was er nun, nachdem er Zeit zum Nachdenken hatte, von dem Mord an seinem Vater durch meine Hand hält. Das ist unser erstes Gespräch seit dem Vorfall.

»Man wird eine Zeremonie abhalten«, sagt er mechanisch. »Natürlich bin ich jetzt König, denn ich lebe und atme. Aber die Tradition verlangt eine Zeremonie. Das hat mein Vater so getan, und sein Vater vor ihm, und so weiter bis zu unserem ersten König.«

»Sie haben mich doch nicht rufen lassen, damit ich Sie dabei berate?«, erwidere ich. »Ich wüsste nicht, wie man so was macht. Dinge wie Partys überlässt man am besten jemandem wie Ihrer Schwester.«

»Sie hat genug Ideen, was ich anziehen sollte, das können Sie mir glauben.« Er wendet mir den Kopf zu, stützt dabei aber noch immer die Hände auf die Fensterbank. »Ich habe Sie gerufen, um mit Ihnen eine meiner wichtigsten Ideen zu teilen. Kommen Sie bitte her, ja?«

Vorsichtig nähere ich mich dem Fenster; ich bin mir nicht ganz sicher, ob er mich nicht doch in die Tiefe werfen will.

Aber als ich seiner Bitte folge, stützt er sich auf die Unterarme und deutet mit dem Kopf auf die Mohnblumen unter uns. »Als wir aufwuchsen, war das der Lieblingsort meiner Schwester. Sie war mit einem wirklich furchtbaren Jungen verlobt, der außerdem auf die meisten Blumen ganz entsetzlich allergisch reagiert hat. Mit gerafften Röcken rannte sie also mitten in die Mohnblumen hinein und verspottete ihn, während er ihre Zuneigung einforderte.«

»Das klingt ganz nach ihr«, meine ich.

»Ich bewunderte ihren Mut, wie sie ihre Launen an ihm ausließ. Aber sie machten mir auch Angst. Ich glaubte, man würde sie in eines dieser Lager schleppen, falls sie sich ihm widersetzte, wo man ihr das Gehirn mit dem Löffel auskratzen würde, bis sie nur noch eine plappernde Masse Gehorsam war.«

Ich sehe ihn an. »Sie sprechen vom Anziehungslager.«

»Ja, richtig. Ich werde Sie nicht mit den grausamen Details quälen, muss aber bestimmt nicht erwähnen, wie sehr ich sie verabscheue – nicht nur für das, was sie sind, sondern weil sie überhaupt existieren. Also werde ich sie abschaffen. Und als Anfang schaffen wir die Verlobungen ab.«

»Völlig?«

»Ich habe diese Tradition schon immer gehasst. Vielleicht funktioniert sie manchmal – Sie und Ihr Verlobter scheinen ja gut miteinander auszukommen. Aber meine Schwester wählte diesen hinkenden, dürren Jungen aus Havalais. Und warum? Weil er, genau wie Sie sagten, freundlich ist. Er ist das genaue Gegenteil von dem, was ihr Schicksal war, als sie zwischen die Mohnblumen floh.«

»Das ist er«, stimme ich zu.

»Würden Sie Ihren Verlobten immer noch wählen, wenn Sie die Möglichkeit hätten?«

»Ja.«

Er lächelt müde. »Ich stelle nicht Ihre Loyalität zu den Gesetzen Internments infrage, Stockhour. Das ist eine ehrlich gemeinte Frage. Kein Grund, ängstlich zu sein.«

Hatte ich Angst? Die Schnelligkeit meiner Antwort war ein Reflex, den ich mir durch die Verhöre angeeignet hatte, die meine Familie nach dem Sprung meines Bruders erdulden mussten.

»Das ist keine einfache Frage«, gestehe ich. »Mein ganzes Leben lang wusste ich, dass Basil und ich dazu bestimmt waren, zusammen zu sein. Ich weiß nicht, wie ich mich fühlen würde, wenn wir uns jetzt erst kennengelernt hätten. Oder wenn er und ich lediglich Klassenkameraden unter vielen gewesen wären. Jetzt liebe ich ihn, mehr kann ich Ihnen nicht sagen.«

»Vermutlich werden viele so wie Sie empfinden und das

ist in Ordnung.« Er hebt den Kopf, als wäre er zu einer wichtigen Entscheidung gekommen, auf die er ziemlich stolz ist. »Aber das wird meine erste Entscheidung als König sein. Behaltet eure Verlobten, wenn ihr möchtet, aber ich schaffe diesen archaischen Brauch ab.«

»Was ist damit, dafür zu sorgen, dass jeder sein Gegenstück bekommt? Was ist mit der Bevölkerungszahl?«

»Nicht jeder *will* ein Gegenstück, und selbst wenn doch, sollte man diese Entscheidung aus freien Stücken treffen können. Macht man es am Boden nicht so?«

Ich zucke mit den Schultern. »Sie haben mehr Platz, um sich zu entfalten. Dort unten macht man viele Dinge, die ich verrückt finde.« Wie eine Mutter, die ihre Kinder im Stich lässt, damit sie ohne sie die Welt sehen kann.

»Ja, ja. Ich glaube, Internment könnte sich etwas von ihrem Wahnsinn ausleihen. Ich will mit Ihrer Freundin Margaret über die Risiken sprechen, eine regelmäßige Fluglinie zum Boden zu eröffnen.«

»Wenn Sie sie Margaret nennen, wird Sie Ihnen nicht helfen. Es heißt Pen.«

»Auch gut. Pen. Ich habe gebeten, auch sie zu sehen. Wo ist sie?«

»Sie konnte das Krankenhaus noch nicht verlassen. Sie ist zu krank.«

»Das ist nicht akzeptabel.« Er bedenkt sein Königreich mit einem Stirnrunzeln. »Ich werde jemanden brauchen, der etwas von Mathematik und Physik versteht und mich berät.«

»Ihr Vater ist der Chefingenieur der Glasländer«, erinnere ich ihn, und auch wenn mir die Vorstellung, Pens Vater eine Machtposition zu verschaffen, Angst bereitet, weiß er eine Menge über die Energieversorgung der Stadt.

»Ich habe ihn noch nie besonders gemocht – viel zu freundlich, als hätte er ein paar Leichen im Keller. Ich hatte auch nie viel für Pen übrig, obwohl ich bewundere, wie sie denkt.«

»Dann haben Sie ihr vergeben, dass sie Sie beinahe umgebracht hat?«

»Ich bewundere sie wirklich. Sie gehört nicht zu der Sorte, die Leichen versteckt oder sich in Höflichkeiten ergeht. Bei ihr weiß man immer, wo man steht. Wenn ich jemanden für meinen Rat erwähle, dann ein Mädchen, das sich nicht an Hierarchien stört.« Er wirft mir einen scharfen Blick zu. »Aber ich befehle Ihnen, ihr das niemals zu verraten.«

»Aber natürlich, Euer Majestät.«

Er wendet dem Fenster den Rücken zu und sieht mich mit zusammengekniffenen Augen an. »Was wissen Sie über ihre Familie?«

Meine Knie drohen nachzugeben; ich überspiele es, indem ich mich neben ihm auf die Fensterbank stütze. »Sie ist Einzelkind. Ihre Mutter ist menschenscheu. Ihr Vater arbeitet mehr Stunden als die meisten – aber das wissen Sie bereits. Das steht alles in den Akten.«

»Sie müssen mehr darüber wissen«, bedrängt er mich. »Sie stehen einander so nahe wie ich meiner Schwester.

Das ist mir klar. Es ist diese beinahe übersinnliche Verbindung.«

»Wie bei einer Doppelgeburt«, wiederhole ich etwas, mit dem Pen uns einst beschrieb.

»Also müssen Sie mehr als das wissen.«

Ich blicke ihn an. »Würden Sie Celestes Geheimnisse so einfach preisgeben?«

Sein Lächeln ist traurig und liebevoll zugleich. »Sie müssten sie mir aus den Adern schneiden.«

»Dann verstehen Sie es.«

»Sie können es einem König nicht zum Vorwurf machen, dass er es versucht.«

»Pen ist Einzelkind«, wiederhole ich. »Ihre Eltern haben sich nicht wieder in die Schlange eingereiht. Mehr gibt es dazu nicht zu sagen.«

»In den vergangenen Tagen bin ich die Aufzeichnungen meines Vaters durchgegangen. Sie wissen, dass über jeden Bürger der Stadt eine Akte existiert. Hauptsächlich ärztliche Unterlagen. Allergien. Verhaltensauffälligkeiten. Pens Mutter hat etliche Einträge.«

Ja, das kann ich mir gut vorstellen.

»Das Blatt ihres Vaters hingegen ...« Er verstummt. Vermutlich wartet er darauf, ob ich etwas dazu zu sagen habe. Das habe ich nicht. »In den öffentlichen Aufzeichnungen gibt es gewisse Felder, um wiederholte Verstöße und Laster zu kennzeichnen – Tonika-Sucht, Störung des öffentlichen Friedens, Leute, die im Anziehungslager waren, Springer, was auch immer. Aber die Akte von Pens Vater ist völlig makellos. Abgesehen von einem schwarzen Punkt neben seinem Namen.«

Ein schwarzer Punkt. Das ist alles, um ihn für seine Taten verantwortlich zu machen. Pen war stark genug, um es zu überleben, aber sie wird von viel mehr als einem Tintenpunkt gezeichnet.

»Ich weiß nicht, was das bedeuten soll«, fährt der neue König fort. »Aber mein Vater hatte die Neigung, Verbrechen zu verzeihen, wenn sie von jemandem verübt wurden, den er für nützlich hielt. Und Nolan Atmus ist in der Tat nützlich, aber auf eine Art, die ich gern auf Armeslänge fernhalten würde. Wie ist Ihre Meinung dazu?«

Ich hole tief Luft. »Folgendes: Wenn Sie sie nicht mit Margaret ansprechen und den schwarzen Punkt nicht zur Sprache bringen, wird Pen Ihnen gern helfen.«

»Ausgezeichnet!« Seine plötzliche Fröhlichkeit ist eine Erleichterung. »Dann wollen wir sie besuchen.«

• • •

Pen ist schwach, aber geistig völlig klar, als der neue König und ich ihr Krankenhauszimmer betreten. Sie schenkt ihm ein trockenes Lächeln. »Wodurch komme ich zu dieser Ehre, Euer Majestät?«

Er ignoriert die Bemerkung, und als sie das Zeichenpapier bemerkt, das er ihr mitgebracht hat, hellt sich ihre Miene sichtlich auf. »Wir werden einen Flugpfad zwischen Internment und Havalais schaffen und die Wirkung ausrechnen, die er auf die neue Tendenz unserer Stadt hat, zu sinken.«

Gierig greift sie nach dem Papier. »Ich habe die Berechnungen bereits alle durchgeführt.«

Während sie die Wirkung erklärt, die der Jet auf Internments Höhe hat, schweigt sich der neue König über seine Pläne aus. Er stellt Fragen, die Pen nur zu gern beantwortet. Auf einem anderen Blatt zeichnet sie den Sonnenstein und erklärt, wie die Klumpen in der Erde auf eine Weise verdichtet werden, die durchaus Ähnlichkeit mit Kohle hat. Und als er genug gehört hat, rollt er ihre Zeichnungen ordentlich zusammen und schiebt sie sich unter den Arm.

»Wo wollen Sie hin?«, fragt Pen, als er zur Tür geht.

»Gründlich nachdenken«, antwortet er ziemlich entschieden. »Das ist oft notwendig, um ein Königreich zu führen.«

• • •

Stunden später lässt mich König Azure zu sich rufen, diesmal außerhalb des Turms. Gerade ist die Sonne untergegangen und er trägt eine Laterne. Noch hat er sie nicht entzündet. Wo auch immer wir hingehen, er will nicht mal von den Wachmännern gesehen werden, die ihn beschützen sollen.

Die Luft hat einen kühlen Biss, aber verglichen mit der Stickigkeit des Uhrenturms ist es eine Erleichterung. Ich weiß nicht, wie es die königliche Familie erträgt, so hoch oben in dieser abgestandenen Luft zu leben, vor allem während der langen Jahreszeit, in der es wie in einem Dampfbad ist.

Sobald er mich von den Wachmännern weggeführt hat, entzündet er die Laterne. Scheinbar gehen wir stundenlang stumm, bevor er das Wort ergreift. »Als Kinder haben meine Schwester und ich um die Aufmerksamkeit unseres Vaters gewetteifert. Aber wir taten es in dem Wissen, dass ich das Königreich erben würde. Wenn Papa mir also etwas anvertraute, habe ich es genossen. Es hat mir Spaß gemacht, meine Schwester mit Wissen zu quälen, das sie nicht haben durfte.«

»Jetzt klingen Sie wie mein Bruder«, sage ich und bereite mich auf den Schmerz vor, den diese Worte in meinem Inneren hervorrufen. Ich vermisse ihn und Alice so sehr.

»Eines Tages führte mich Papa in den Wald«, fährt er fort. »Celeste war nicht eingeladen. Zuerst war ich ziemlich selbstzufrieden. Ich war wichtig. Aber je weiter wir gingen, desto mehr sorgte ich mich. Ich war noch nie zuvor so tief im Wald gewesen und irgendwie breitete sich dieses ... Gefühl von Entsetzen in meinem Bauch aus.«

Ich hätte ebenfalls nie gedacht, dass der Wald so tief sein könnte. Als hätten wir eine Parallelwelt betreten, doppelt so groß wie unsere schwebende Stadt. Er sieht mich an, als wollte er ergründen, ob ich mich fürchte. Aber ich habe Jahre mit dem Versuch verbracht, mich in der Dunkelheit im Verstand meines Bruders zurechtzufinden. Ein paar Bäume und ein Sternenhimmel stören mich nicht.

»Was ist dort draußen?«

»Etwas, von dem mein Vater nicht wollte, dass es die

Stadt sieht.« Er hebt die Laterne, öffnet ihre Klappe und pustet die Kerze aus.

Meine Augen brauchen einen Augenblick, um sich an die Dunkelheit zu gewöhnen, dann erkenne ich voraus Lichtsplitter, die anscheinend aus einer Reihe von Gebäuden kommen, die sich hinter einen Zaun drängen.

Und ich verstehe.

»Das sind die Anziehungslager«, sage ich.

»Ja«, sagt König Azure. »Die erste Sache, die ich als König zerstören will. Normalerweise würden hier mehr Wachmänner patrouillieren, aber wie Sie sich vorstellen können, sind sie im Augenblick mit anderen Dingen beschäftigt. Wir können noch näher heran, aber wir müssen leise sein. Niemand soll wissen, dass Sie das gesehen haben.«

Er bewegt sich so lautlos wie ein Jäger, und ich gebe mir alle Mühe, es ihm nachzutun.

Vor dem Zaun geht er in die Hocke. »Hier«, flüstert er. »Sie können in das Fenster sehen.«

Ich raffe den Rock meines geliehenen Kleids und knie mich neben ihn. Ich folge seinem Blick und entdecke eine Frau mit einem vor den Mund gewickelten Tuch, die einer im Bett liegenden Gestalt eine Flüssigkeit einlöffelt. Es ist schwer zu glauben, dass sie noch lebt, aber ich glaube sie atmen sehen zu können.

»Ich habe die Operationen verboten«, sagt der König.

»Operationen?« Als ich mich verrenke, erhalte ich einen besseren Blick auf die Gestalt im Bett. Sie sieht aus wie ein Kind mit glatt rasiertem Kopf. Mir hüpft das Herz in den Hals. »Man macht etwas mit ihrem Gehirn«, hauche ich.

Das Schweigen des Königs ist seine Antwort. Ich bin froh, dass er mich nicht näher heranbringen kann. Ich will nicht sehen, was in diesen anderen Gebäuden ohne Fenster existiert.

»Das geht seit mehr als einem Jahrhundert so«, sagt König Azure. »So wie ich es verstanden habe, nahm alles seinen Anfang als Experiment, um die Jungen zu korrigieren, die sich von Jungen angezogen fühlten. Die Mädchen, die sich von Mädchen angezogen fühlten. Und diejenigen, die sich von beiden oder von gar nichts angezogen fühlten.«

»Hat es je funktioniert?«, frage ich entsetzt.

»Die Aufzeichnungen behaupten, es sei ein Erfolg gewesen, aber ich glaube es nicht. Hätte ich erdulden müssen, was an diesem Ort vor sich geht, hätte ich bestimmt gelogen und behauptet, geheilt zu sein. Sie nicht?«

Schwindel steigt in mir auf. Ich presse die Lippen zusammen und versuche mich nicht zu übergeben.

»Mein Vater hat ein ganz besonderes Interesse an diesem Ort entwickelt, schon als Junge, bevor er König wurde. Und seitdem ist der Zweck ausgeweitet worden, um Kriminelle und Verräter einzuschließen – jeden, den er verändern wollte. Falls sie sich erholen, sind sie nie wieder dieselben. Sie leiden unter Krampfanfällen oder Gedächtnisverlust, manchmal können sie kaum laufen. In einigen Fällen sind sie völlig auf ihre Verlobten angewiesen, damit die sich um sie kümmern.«

Ich erinnere mich an die Frau, die in meinem Apartmentgebäude lebte. Jeden Tag folgte sie ihrem Ehemann bis zur Tür und blieb dann dort stehen, um ihm nachzusehen. Ich frage mich, ob sie einst hier war.

»Das ist schrecklich«, sage ich.

»Ich will die ganze Anlage abreißen«, sagt er. »Soll sie eine Viehweide werden. Soll sie nach Mist stinken. Das würde mir gefallen.«

Im schwachen Lichtschein der weit entfernten Gebäude der anderen Lagersektionen sehe ich die Furcht in seinen hellen Augen. Und ich weiß, dass seine Stellung als Prinz ihn nicht vor diesem Schicksal bewahrt hätte, wäre seinem Vater die Wahrheit über ihn bekannt gewesen.

»Euer Majestät, es tut mir leid.«

»Das muss es nicht.« Er blinzelt und ist wieder voll da. »Ich habe Sie hergebracht, um Ihnen zu zeigen, dass Sie mir einen Gefallen getan haben. Solange mein Vater am Leben war, konnte dieser Ort nicht zerstört werden. Sie haben das getan, was ich schon vor langer Zeit gern getan hätte.«

Ich bin verblüfft, dass er die Ermordung seines Vaters als Gefallen betrachtet, obwohl ich mich langsam dieser Meinung anschließe. Wir gehen wieder und ich werfe einen Blick zurück auf diesen schrecklichen Schatten einer winzigen Stadt. Ich weiß, was er mir eigentlich sagen wollte. Nachdem der König versucht hat, die eigene Enkelin zu ermorden, um den Ruf des Königshauses zu bewahren, habe ich nicht mehr den geringsten Zweifel.

Ich habe Angst zu fragen, aber ich muss es tun.

»War mein Vater dort?«

Das Kerzenlicht wirft lange Schatten auf sein Gesicht. »Das kann ich nicht mit Sicherheit sagen. Nachdem Sie zum Boden aufgebrochen sind, wurden viele Wachmänner wegen ihrer Insubordination getötet. Andere erklärten ihre Loyalität. Und einige endeten im Anziehungslager. Der eigentliche Zweck besteht darin, die sexuelle Ausrichtung zu verändern oder es zumindest zu versuchen. Aber das ist eigentlich nur der Anfang. Mein Vater hing dem Glauben an, man könnte jeden Aspekt des Verstandes durch Operationen verändern.«

Ich mache auf dem Absatz kehrt und gehe zurück zum Lager. König Azure schnappt sich meinen Arm. »Morgan, nicht.«

Ich will mich losreißen, aber sein Griff wird nur fester.

»Lassen Sie mich los!«

»Würden Sie Ihre Stimme senken?«, zischt er durch die zusammengebissenen Zähne. »Ich habe Ihnen diesen Ort nicht gezeigt, damit Sie dort reinplatzen und eine Szene machen. Ich habe jetzt vielleicht den Befehl über dieses Königreich, aber ich bin immer noch dabei festzustellen, welchen Ratsmitgliedern meines Vaters ich vertrauen kann. Und ich kann nicht zulassen, dass Sie sich in Gefahr bringen.«

»Er ist mein Vater«, gebe ich zurück. »Er ist einer der

wenigen Menschen, die mir noch geblieben sind. Sie würden zurückgehen, wenn Sie Celeste dort vermuten würden!«

»Ja. Ja, ich würde den verdammten Ort niederbrennen, wenn ich müsste. Aber Celeste ist nicht dort, und Ihr Vater auch nicht. Ich habe nachgesehen.«

Ich wehre mich nicht länger, und er lässt meinen Arm vorsichtig los, bereit, mich zu überwältigen, sollte ich wieder loslaufen. Aber das tue ich nicht. Meine Beine fühlen sich wie Gummi an. »Sie haben nachgesehen? Was heißt das?«

»Nach dem Tod meines Vaters, während Sie sich erholt haben, gab es viel zu tun. König zu werden, ist gar nicht so einfach, müssen Sie wissen. Ich musste sozusagen den Schaden einschätzen. Dazu gehörte auch, die Anziehungslager zu durchforsten und den Status eines jeden Patienten zu erfahren.«

»Sie meinen Opfer.«

»Wenn Ihnen das lieber ist. Und ich habe den Operationen ein Ende bereitet und den Schwestern befohlen, die Opfer wieder gesund zu pflegen. Ich habe mir jedes Bett und jedes Gesicht angesehen und die erwachsenen Männer waren alle weg.«

Mir stockt der Atem. »Wie weg?«

Er zögert. »Für Patienten, die es nicht schaffen, gibt es einen Ofen.«

»Also für diejenigen, von denen Ihr Vater nicht wollte, dass sie es schaffen.« Ich ringe um jeden Atemzug und ertrage das Mitleid in den Augen des Königs nicht. Ich habe meine Eltern schon einmal verloren und hätte nicht gedacht, dass sich der scharfe Schmerz der damaligen Erkenntnis wiederholen könnte, aber jetzt erlebe ich, dass das sehr wohl möglich ist. Für den Schmerz, den man in einem Leben fühlen kann, gibt es keine Grenze.

Lex ist die einzige Person in beiden Welten, die das verstehen könnte. Wäre er doch nur hier. Ich würde sogar seinen Zynismus willkommen heißen, sein »So ist das nun mal, Schwesterchen. Was hast du erwartet?«, wenn er keinen Trost zu bieten hätte.

Aber nicht mal das ist mir vergönnt. Alles, was von meiner Familie noch übrig war, ist aus dieser schwebenden Stadt verschwunden. In unserem Apartment wartet niemand auf mich. Jetzt gibt es nur noch mich.

21

Celeste ist nicht die Närrin, als die ihr Bruder sie hinstellt. Sie erhielt einen vollständigen Bericht über sämtliche Geschehnisse in der Nacht, in der ihr Vater getötet wurde. Sie hat gehört, dass ein verrückt gewordener Wachmann ihren Vater getötet hat, der dann von mir überwältigt wurde.

Aber sie glaubt kein Wort davon, das sehe ich genau. In den Tagen vor der Krönung ihres Bruders sprechen wir kein Wort miteinander und die Wahrheit hängt zwischen uns in der Luft. Etwas zwischen dem, was sie gehört hat und was sie befürchtet.

Stunden bevor ihr Bruder König wird, finde ich sie auf der obersten Stufe vor meinem Zimmer sitzen. Mit der Fingerspitze streichelt sie das Gesicht ihrer Tochter.

»Was weiß man?«

Ich bleibe auf den Stufen stehen und halte mich am Geländer fest. Sie ist gerade nah genug, um den Fuß zu heben und mich die Treppe hinunter in den Tod zu treten, falls sie das will.

Als ich nicht antworte, hebt sie den Kopf. Es ist das erste Mal, dass sie mich seit den Qualen jener Nacht ansieht, und das Fehlen jeglichen Grolls in ihrem Blick überrascht mich. Da ist nur Neugier.

»Was soll wer wissen?«, frage ich.

»Das Königreich. Hat es von meiner Tochter erfahren?«

Es ist seltsam, dass ein Kind, das eine so wichtige Rolle zu spielen hat, noch immer namenlos ist.

»Es gab Gerüchte über ein Kind. Ein paar Leute haben es in der Nacht, in der wir zum Jet flohen, weinen gehört. Aber man hält es für das Kind einer Geliebten, die sich dein Bruder hielt. Oder dass er eine Flüchtige vom Boden gerettet hat und es ihr Kind ist. Es ist schwer zu sagen, was man glaubt – das ändert sich jede Stunde.«

Ihr scharfes Lachen trifft die Treppenhauswände wie ein Dutzend Schläge. »Das ist typisch. Er bekommt die Anerkennung, selbst dafür. Hast du gewusst, dass mein Bruder den ganzen Morgen mit Nim in einer Konferenz ist? ›Könige untereinander‹, hat er gesagt. Ich bin nicht mal eingeladen. Stell dir das vor.«

»Es ist sicherer für dich, wenn die Bürger das Gerücht glauben.« Ich will sie trösten, aber es ist auch die Wahrheit. »Sollte das Königreich herausfinden, dass du ein Kind außerhalb der Schlange bekommen hast, schwebst du in großer Gefahr. Das ist verboten.«

Sie schüttelt den Kopf. »Morgan, tote Könige haben unser Geschichtsbuch diktiert, männliche Bedienstete haben es kopiert. Ich frage mich, wie viele Töchter, Schwestern und Mütter in Wahrheit die Geschichte geschrieben haben, die es nie auf die Seite geschafft hat.«

Ich weiß, was sie denkt. Sie will ihrem Königreich ihr Werk verkünden. Sie will ihm ihr Kind zweier Welten präsentieren, und sie glaubt, dass man es lieben wird. So wie sie geglaubt hat, ihr Vater würde es lieben. Ich weiß auch, dass man ihr ihre Ideen nicht mehr ausreden kann, sobald sie sie einmal hat. Trotzdem versuche ich es.

Vorsichtig nähere ich mich und setze mich neben sie. »Celeste.« Meine Stimme ist leise. »Ich halte das, was du getan hast, für unglaublich mutig. Das tue ich wirklich. Und mit der Zeit werden die beiden Königreiche es ebenso betrachten. Dein Bruder will die Schlange abschaffen, und wenn er einen Flugpfad zum Boden eröffnet, werden alle Bürger mehr Freiheit haben, als sie sich vorstellen können. Auch dafür wird man dir danken.«

Sie blickt mich an.

»Aber im Augenblick werden sie nur sehen, dass du etwas hast, das sie nicht haben können. Dir hat man ein Recht zugestanden, das man ihnen verwehren würde. Dafür würden sie dich hassen.«

»Einige bestimmt. Aber das ist mir egal. Mein Lebensziel besteht nicht darin, beliebt zu sein. Es ist meine Mission, für Internment und Havalais das Richtige zu tun. Ich bin hier, um Veränderungen zu bringen. Dazu wurde ich geboren; das war mir schon immer klar, selbst bevor ich wusste, was es eigentlich bedeutet.«

»Und das wirst du«, versichere ich ihr.

»Nur nicht heute, ist es das?«

»An einem einzigen Tag kann nichts Großes erreicht werden.«

»Ach, das sehe ich aber anders.« Sie steht auf, und trotz ihres Temperaments ist sie gezwungen, sich langsam zu bewegen. Hätte sie den Rat ihres Arztes befolgt, wäre sie im Bett geblieben.

Es war eine schwere Geburt, wie mir ihr Bruder verraten hat. Nachdem der König stundenlang den Qualen seiner Tochter zugesehen hatte, befahl er dem Arzt, sie zu betäuben und das Kind aus ihrem Leib zu schneiden. Er war überzeugt, man könnte ihre Schreie im ganzen Königreich hören, und er wollte es beenden. Prinz Azure konnte nur hinter der verschlossenen Tür lauschen, während seine Schwester verstummte.

Mehr wollte er nicht darüber erzählen. Celeste hat kein Wort darüber verloren. Sie ist nicht die Sorte Mensch, die etwas so Unnützes wie Schmerzen anerkennt.

»Du und ich, wir unterscheiden uns nicht«, sagt sie. »Wir behandeln Regeln nicht, als wären sie Mauern. Vermutlich kam ich nur von höheren Mauern umgeben zur Welt, die es zu überwinden galt.«

»Manchmal ist es klug, so zu tun, als hätte man kein Interesse am Klettern.«

Ihr trauriges Lächeln verrät mir nicht, ob meine Worte zu ihr durchgedrungen sind. Ich hoffe es aber.

• • •

Die Krönungszeremonie findet am Abend statt. Seit Tagen haben der neue König und Nimble konferiert, während Celestes Nervosität nur noch gestiegen ist.

Drei Stunden vor der Zeremonie öffnet sich die Tür zum Arbeitszimmer des Königs und man bittet uns herein.

Für einen König ist es ein bizarrer Rat. Seine Berater bestehen aus Pen, Celeste und mir. Er hat sich noch immer nicht entschieden, ob Basil vertrauenswürdig ist. Frühere Könige haben sich auch gelegentlich mit drei Beratern zufriedengegeben, aber dabei hatte es sich nur um Männer gehandelt. Vor allem waren sie viel älter gewesen und viel besser in den alten Bräuchen bewandert als wir.

Aber dieser König hat für die alten Bräuche nichts übrig, und in dieser schwebenden Stadt sind wir die Einzigen, denen er vorbehaltlos vertrauen kann.

»Wie nett von dir, uns endlich einzuladen, lieber Bruder«, sagt Celeste, drängt sich an ihm vorbei und setzt sich neben Nimble, der sie besorgt betrachtet. Ihr Gesicht hat Farbe, und sie sieht durchaus gesund aus, aber etwas hat sich verändert. In wenigen Tagen ist sie um Jahre gealtert.

Ihr Haar fällt gerade auf die starren Schultern, es gibt keine geflochtene Krone mehr. Sie trägt ein locker sitzendes, mit Knöpfen versehenes Kleid, das ihre Figur verbirgt; der Kragen aus Spitze reicht bis an ihren zusammengebissenen Kiefer. Sie sieht ein Jahrzehnt älter aus als die durchtriebene Prinzessin, die sich als blinde Passagierin in den Metallvogel schlich. Trotzdem sieht sie auch immer noch

wie der Teil der Prinzessin aus, die ganz Internment liebt –
hübsch und harmlos.

»Celeste«, sagt der neue König. »Ich habe dich hergebeten, damit wir diese verdammte Zeremonie als Team überstehen. Aber damit das funktioniert, musst du mir vertrauen, ohne wegen der Hierarchie einen Wutanfall zu bekommen.«

»Einen Wutanfall?« Unschuldig sieht sie ihn an. »Natürlich nicht, Euer Majestät. Ich bin nur der Notersatz. Hier, um zu dienen.«

Er reibt sich die Schläfen und seufzt. Dann wendet er sich an uns. »Keiner der hier Versammelten hat je eine Krönungszeremonie erlebt, aber im Lauf der Geschichte wurden sie jedes Mal aufgezeichnet. Von den Seiten, durch die ich mich durchgekämpft habe, kann ich Ihnen sagen, dass sie lang und unerträglich sind. Die hier wird anders sein.«

»Muss das sein?«, fragt Pen. »Sie verkünden so viele Gesetzesänderungen.«

»Hinter dieser verschlossenen Tür haben wir nicht nur herumgespielt«, sagt er. »Ich habe mehrere neue Gesetze verfasst und dafür gesorgt, dass jeder Haushalt Kopien erhält. Ich halte diese Art für besser. Organisierter.«

Der neue König sitzt unbehaglich am Kopf des Tisches. Er trägt noch immer eines seiner weißen Rüschenhemden. Er sieht nicht im Mindesten wie ein König aus, und ich mache mir Sorgen, ob er diese Stadt wirklich im Griff haben wird.

»Das Hauptthema meiner Krönungsansprache wird der Boden sein«, sagt er. »Pen hat sich um die Berechnungen gekümmert, und ihr zufolge wird Internment ungefähr fünf Jahre brauchen, um zu den Koordinaten zurückzukehren, die es vor den Jetlandungen eingenommen hat. Darauf basierend wird Nimble, der nun der König von Havalais ist, die Konstruktion von Flugzeugen befehlen, die zwischen den beiden Königreichen verkehren. Läuft alles nach Plan, gibt es bald einen größeren Jet, der alle fünf Jahre Bürger zwischen den beiden Königreichen befördert.«

Celeste sieht ihren Bruder und dann Nim an. »Fünf Jahre? Wo werde ich während dieser Zeit sein?«

Das lässt den neuen König innehalten. In seiner Miene zeichnet sich nicht die geringste Empfindung ab, aber mir entgeht nicht, dass er die Luft anhält und sein Daumen leicht zuckt. »Du und dein Kind werden am Boden sein. Jemand mit königlichem Blut aus Internment muss das Projekt dort überwachen und als Repräsentant unseres Königreichs dienen. Dazu ist niemand besser geeignet als du.«

Celeste starrt mit weit aufgerissenen Augen wie betäubt ins Leere. Sie wollte eine wichtige Rolle übernehmen, aber so hat sie sich das bestimmt nicht gedacht.

»Fünf Jahre.« Ihre Stimme ist ein Flüstern. Sie blickt König Azure an. »Wann brechen wir auf?«

»Morgen früh.«

»Aber was ist mit Mutter?«

Er kann ihr nicht die Antwort geben, die sie hören will. Niemand sagt ein Wort und die Stille schaukelt sich um uns herum in die Höhe wie Wellen. Als ich es nicht länger ertrage, sage ich: »König Ingram hatte doch ein Funkgerät, mit dem er mit Ihrem Vater kommunizierte, oder?«

»Ja.« Der neue König räuspert sich. »Pen hat daran herumgebastelt.«

»Es ist etwas archaisch, geht aber«, meint Pen. »Es funktioniert mit Radiowellen, und solange jemand die richtige Frequenz einfängt, ist es zu gebrauchen.« Sie sieht mich an und senkt dann sofort den Blick. »Ich habe mich freiwillig gemeldet, um nach Havalais zurückzukehren und wöchentliche Berichte zu liefern. Eines der Gebiete, die ich beobachten werde, wird die Technologie sein.«

In meinem Bauch scheint ein Stein zu liegen. Und plötzlich kommen mir fünf Jahre wie ein ganzes Leben vor.

Der neue König muss meine Sorge bemerkt haben, denn er beugt sich vor. »Morgan, ich hätte wirklich gern, wenn Sie hierbleiben. Sie wissen mehr als ich über den Alltag in dieser Stadt. Im Gegensatz zu meiner Schwester und mir sind Sie in der Öffentlichkeit aufgewachsen. Ihre Familie hatte einen Springer, Sie mussten sich von Spezialisten behandeln lassen. Sie wissen besser als sonst jemand, wie wichtig eine Veränderung ist. Und ich wage zu behaupten, dass ich Ihnen vertraue.«

Ich bringe keinen ganzen Atemzug zustande. Ich verstecke die Hände unter dem Tisch, um ihr Zittern zu verbergen. Obwohl ich sie nicht ansehe, fühle ich Pens Blick auf mir ruhen.

»Ich muss darüber nachdenken, Euer Majestät.«

»Tun Sie das.«

Er spricht weiter über die Veränderungen, die er in der Stadt vornehmen will, aber ich behalte kein Wort davon. Fünf Jahre getrennt von meinem Bruder und Alice. Fünf Jahre in dieser Stadt, in der meine Mutter tot und mein Vater unauffindbar ist. Basil würde gern bleiben – das weiß ich. Er wäre wieder mit seiner Familie zusammen.

Aber was will ich?

Unter meiner Haut hält sich ein Frösteln, das nicht vergehen will. Nach dem Ende der Besprechung verlasse ich den Raum als Erste. Wie betäubt stolpere ich die Treppe hinunter in den Garten hinaus, wo sich die Mohnblumen wie Blut von den Pflastersteinen abheben.

Konzentriere ich mich auf den Mittelpunkt der Blumen, höre ich auf, die Ränder der Blütenblätter zu sehen, und alles verwandelt sich in einen roten Ozean. Die Menschen von Internment werden niemals die Schönheit und den Schrecken des vielen Wassers unter uns erleben, das mit Fischen und Tieren gefüllt ist, die uns ganz verschlingen können. Und die Meerjungfrauen und die Lichter, die im Hafen glitzern. Mein ganzes Leben lang habe ich mich gefragt, was sich unter dieser Stadt befindet, und die Wahrheit ist so viel größer und fantastischer, als ich mir hätte vorstellen können.

In fünf Jahren könnte ich so viel mehr davon sehen. Ohne Jack Piper, der jede meiner Bewegungen diktiert und mich ausbeutet, könnte ich Havalais sogar verlassen. Ich würde keinem König Bericht erstatten müssen.

Ich weiß nicht, wie lange ich von den unendlichen Möglichkeiten überwältigt dort sitze, bevor Basil neben mir Platz nimmt.

Ich lehne mich an ihn und er legt den Arm um meine Schultern. Zu wissen, dass ich ihn liebe, ist eine Sache, aber es ist etwas völlig anderes, daran erinnert zu werden, wie mühelos mein Körper mit seinem zusammenpasst. Als würde man nach Hause kommen.

Schließlich ergreift er das Wort. »Pen hat mir von deiner Besprechung mit dem König berichtet.«

Ich atme die Last aus, die meine Brust zermalmt hat. »Dann weißt du über sein Angebot Bescheid.« Ich blicke von den Mohnblumen zum Himmel mit seinen Wolkenfetzen. Hier oben ist der Himmel immer blau, immer ruhig, selbst wenn es unter uns stürmt. »Ich glaube nicht, dass ich das tun kann, Basil. Ich glaube nicht, dass ich fünf Jahre lang hierbleiben kann. Nicht, wenn sich mir die Gelegenheit bietet zu gehen.«

»Dann solltest du es auch nicht tun.« Er sagt es so mühelos, als hätte er stets gewusst, dass es dazu kommen würde. »Es sind fünf Jahre, keine Ewigkeit. Du hast ja die Möglichkeit zurückzukehren, wenn du willst.«

Obwohl ich die Antwort fürchte, frage ich: »Was machst du, wenn ich gehe?«

Er schweigt lange. »Ich liebe dich für dein abenteuerlustiges Temperament, Morgan, so sehr ich es auch immer gefürchtet habe«, sagt er dann. »Mein ganzes Leben habe ich gedacht, dass irgendwann der Tag kommt, an dem du eine Fahrt mit dem Wind buchst und im Himmel verschwindest.«

Ich sehe ihn an. »Aber das will ich doch gar nicht. Das weißt du doch, oder?«

Er lächelt. »Ja, ich weiß. Aber hätte sich diese Gelegenheit in unserer Jugend geboten, hätte ich versucht, dich zum Bleiben zu überreden. Ich hätte dich beschützen wollen, weil das meine Aufgabe ist. Die Vorstellung, dich gehen zu lassen, hätte mir schreckliche Angst eingejagt.«

»Basil ...«

»Aber ich würde eher zusehen, wie du im Himmel verschwindest, als zu versuchen, dich um meinetwillen hierzubehalten.«

»Du findest also, ich sollte gehen.«

»Du brauchst mich nicht, um dir das zu sagen.«

Ich starre auf meinen Verlobungsring, der vielleicht niemals mit seinem Blut gefüllt wird, da der neue König die Zwangsverlobungen abschaffen wird. Diese kleinen Glasringe haben Abertausende Hochzeiten gesehen. Aber noch nie wurde einer von einem Mädchen getragen, das allein aufbrach, um die Welt zu erforschen.

Es sind nur fünf Jahre, rufe ich mir ins Gedächtnis. Es ist nicht für alle Ewigkeit.

22

Ich habe keine Gelegenheit, dem König vor der Krönungszeremonie meine Antwort zu geben.

Ich borge mir ein Kleid von Celeste – ein helles Gelb, das mich an fallende Blätter erinnert – und folge den anderen die Stufen hinunter. Unterwegs nimmt Pen meine Hand und hält sie fest. Sie weiß noch nicht, wie ich mich entschieden habe. Ich frage mich, ob Thomas ihr zum Boden folgen wird, aber das wird ihre Entscheidung nicht ändern. Sie geht. Mit ihm oder ohne ihn. Mit mir oder ohne mich.

In weniger als einem Jahr mussten wir beide erwachsen werden. Wir fürchten uns nicht mehr so sehr davor, uns unserem Leben allein zu stellen. Sie wird nicht versuchen, mich von dem einen oder anderen zu überzeugen, und ich sie auch nicht. Wir werden nicht immer in derselben Stadt leben. Wir werden in entgegengesetzte Richtungen treiben, um die Welten zu erforschen, und uns im Laufe der Jahre immer wiederfinden, um in den Veränderungen zu schwelgen, die wir während unserer getrennten Zeit durchgemacht haben.

König Azure steht auf einer provisorischen Bühne, die Jahrhunderte alt ist. Ihre Stufen quietschen unter jedem Schritt. Internment kann niemals mit der Pracht des Bodens mithalten. Es gibt keinen funkelnden Palast von der Größe einer Stadt. Dafür verlieren wir uns hier oben nicht in der Illusion von Pracht. Der König will nicht blenden, er will nur herrschen.

Hunderte Menschen sind gekommen, um den Antritt eines neuen Königs zu erleben. Das geschieht nur einmal im Leben, und vermutlich wäre die ganze Stadt gekommen, hätte sie nur vor dem Uhrenturm Platz gefunden.

Ein Wachmann steht an der Kamera, die die Veranstaltung übertragen wird. König Azure ist von einer Mauer aus Wachmännern umgeben, als er seine Krönungsansprache beginnt. Wie immer steht Celeste an ihrem üblichen Platz neben ihm. Aber im Gegensatz zu den anderen Übertragungen sehen die beiden nicht gelangweilt aus. Da brennt ein Feuer in ihrem Blick.

Er vertieft das Thema Politik nicht. Er konzentriert sich hauptsächlich auf den Boden und dass seine Schwester die Entwicklung neuer Flugzeuge überwachen wird. In fünf Jahren verspricht er Flugzeuge, die groß genug sind, um mindestens fünfzig Passagiere auf einmal zu transportieren. In der Zukunft vielleicht sogar hundert. Vielleicht auch mehr. Die Zukunft dreht sich nur um Expansion.

Celeste ist so majestätisch und reglos wie eine Statue. Ich frage mich, ob die Aussicht, nach Havalais zurückzukehren, sie betäubt hat. Den ganzen Tag verfolgte mich das schreckliche Gefühl, sie würde die Geburt ihres Kinds oder etwas gleichermaßen Zerstörerisches verkünden. Aber das tut sie nicht und am Ende der Zeremonie bin ich erleichtert. Ich glaube, sie auch. In dem Moment, in dem die Rede beendet ist, flieht sie von der Bühne. Ihr Bruder wendet sich ihr für Bestätigung zu, und da ist nur die heranrückende Menge, die mit ihm sprechen will.

Jemand fragt ihn nach der Gesundheit der Prinzessin. Schließlich stand sie noch vor wenigen Tagen angeblich an der Schwelle des Todes.

»Der König spricht mit seinen Bürgern?«, fragt Nim.

»Natürlich«, erwidere ich. »Andererseits hat er kein Schloss, in das er sich zurückziehen kann. Nicht wie du nach deiner Rückkehr.«

»Ach, der alte Kasten«, sagt Nim. »Celeste findet, ich sollte ihn für etwas Soziales zur Verfügung stellen. Eine Art Notunterkunft. Ich glaube, da könnte sie einer interessanten Sache auf der Spur sein.« Er verdreht den Hals und mustert die Menge. »Wo ist sie?«

»Bestimmt versteckt sie sich irgendwo.« Ich versetze ihm einen Stoß. »Du solltest reingehen und nach ihr sehen.«

Sobald er weg ist, bahne ich mir einen Weg durch die Menge und gehe in Richtung Wald. Ich will nicht, dass König Azure mich findet. Noch nicht. Nicht, bis ich bereit bin, auf sein Angebot zu antworten.

Ich habe die Zeremonie gerade hinter mir gelassen, als sich jemand meinen Arm schnappt und mich zurückreißt.

Ich erwarte Pen, die mich dafür schelten will, dass ich sie in diesem Trubel alleinlasse, stattdessen blicke ich in das Gesicht eines mir unbekannten Jungen.

Er ist fast zu makellos, um echt sein zu können. Eine perfekt kolorierte Zeichnung aus einem von Birdies Modemagazinen. Auf seinem blonden Kopf ist nicht ein Haar durcheinander. »Verdrücken Sie sich doch nicht so schnell.« Seine Stimme ist so sanft wie bedrohlich. »Ich wollte unbedingt das Mädchen kennenlernen, das am Boden und zurück war. Morgan, richtig? Ich bin Virgil.«

In unserem Geschichtsbuch ist Virgil der Name eines Schreibers, der sich in eine Reine verliebte, die nach ihrem Tod ein Stern am Himmel wurde. Ihr Name war Celeste.

Ich löse mich aus seinem Griff. Alles an ihm ist so perfekt. Das ist also der Junge, den die Prinzessin heiraten sollte, der nur empfangen wurde, um ihr Gegenstück zu sein.

Der historische Virgil kam am Ende nicht mit der historischen Celeste zusammen, und ich frage mich, ob diesem Jungen schon klar ist, dass sich die Geschichte wiederholen wird.

»Ja«, sage ich. »Kann ich Ihnen irgendwie helfen?«

Seine Lippen verziehen sich zu einem schiefen Lächeln, das charmant wäre, wüsste ich nicht, wie sehr ihn Celeste und ihr Bruder hassen. »So erpicht zu helfen«, sagt er. »Das gefällt mir.«

Ich bin nur erpicht, ihn loszuwerden.

»Ich hatte gehofft, Sie können mir verraten, wo meine Verlobte hingelaufen ist. Sie war in dem Augenblick verschwunden, in dem ihr Bruder endlich mit seiner langweiligen Rede aufhörte.«

»Aber sie ist nicht mehr Ihre Verlobte. Hätten Sie seiner langweiligen Rede besser zugehört, wüssten Sie das.«

Er seufzt, als wäre das alles nur eine lästige Nebensächlichkeit. »Zuzusehen, wie dieser Kindkönig das Wasser testet, wird amüsant sein. Aber dieses Dekret wird nicht bestehen bleiben, davon bin ich überzeugt. Aber wie dem auch sei, haben Sie sie gesehen?«

»Nein, habe ich nicht.«

»Seit ihrer Rückkehr vom Boden bin ich mehrere Male vorbeigekommen«, sagt er. »Ich wurde jedes Mal abgewiesen und in dem Glauben gelassen, sie würde bald sterben. Stellen Sie sich nur meine Erleichterung vor, sie lebend und gesund zu sehen. Eine wunderbare Genesung, die vermutlich von der ganzen Aufregung über die neue Rolle ihres Bruders verursacht wurde.«

»So scheint es.« Sein kalter Blick hat mich meine Entscheidung, allein in den Wald zu gehen, hinterfragen lassen. Ich blicke an ihm vorbei zur Menge, die sich so endlos wie die Wellen des Ozeans in die Richtung von König Azure bewegt.

»Wären Sie so nett, ihr das zu geben?« Er hat einen zusammengefalteten Zettel aus der Brusttasche geholt. »Wenn Sie sie wiedersehen.«

»In Ordnung.« Ich bin erleichtert, dass das das Ende ist. Als er sich wieder der Menge zuwendet, sucht er noch immer nach ihr, obwohl er doch sicherlich weiß, wie sinnlos das sein wird. Mittlerweile ist sie schon lange weg und der einzige offene Eingang zum Uhrenturm wird von einem halben Dutzend Wachmännern beschützt.

Ich betrachte den Zettel in meiner Hand. Er ist zu einem perfekten Rechteck gefaltet und mit einer Schnur zusammengebunden. Wenn das eine Liebeserklärung ist, dann ist sie bestimmt nicht ehrlich.

»Wer war das?« Basil ist an meine Seite getreten.

»Celestes Verlobter.«

Er reißt die Augen auf. »Wirklich? Also das ist er.«

»Ich habe mich gefragt, warum sie nach der Rede so schnell verschwunden ist. Jetzt weiß ich es.«

Basil deutet auf ein Mädchen, das mit König Azure spricht. Aus dieser Entfernung kann ich nur erkennen, dass ihr Haar aufgetürmt ist. »Das ist seine Verlobte.«

»Wirklich?« Ich stelle mich auf die Zehenspitzen, um einen besseren Blick zu bekommen. »Woher weißt du das?«

»Er hat mich ihr vorgestellt. Zumindest scheinen sie ein freundschaftliches Verhältnis zueinander zu haben.«

Ich frage mich, ob sie die ganze Wahrheit über ihn und seine Vorlieben kennt. Von hier aus sieht es aus, als würden sie lachen.

»Ich wollte gerade weglaufen und mich verstecken«, sage ich. »Hast du Lust, dich mir anzuschließen?«

Er grinst. »Immer.«

Händchen haltend gehen wir. Das hat keiner von uns geplant, es scheint sich einfach so zu ergeben. Wir passen zusammen.

»Ich habe mich entschieden.« Obwohl er nichts sagt, fühle ich seine Anspannung. »Sobald die Zeremonie vorbei ist, sage ich dem König, dass er mir ein schmeichelhaftes Angebot gemacht hat, ich aber ablehnen muss.« Ich beuge mich vor, damit ich Basils Gesicht sehen kann. Er mustert mich. »Ich gehe zum Boden. Nicht für immer. Nur bis zum nächsten Flug nach Internment, dann komme ich zurück. Das muss ich. Internment wird mich immer rufen.«

Er zwingt sich zu einem Lächeln. »Gut. Ich hätte dir auch nicht geglaubt, wenn du mir gesagt hättest, du willst bleiben.«

»Basil ...« Um ein Haar verliere ich meinen Mut. Mein Herz schlägt schneller, in der ganzen Furcht und Aufregung liegt auch Schmerz. »Als wir Internment das erste Mal verließen, hast du dich dazu entschieden, mich zu begleiten. Du hast dich entschieden, deine Familie zu verlassen, und mich ... mich hat das glücklich gemacht, aber das ist kein einseitiges Unternehmen mehr. Es ist nicht für alle Ewigkeit. Du musst dich nicht für das eine oder andere entscheiden und ich auch nicht.«

Er nickt. »Ich habe das Gleiche gedacht.« Er bleibt stehen und wendet sich mir zu. »Ich muss jetzt bei meiner Familie sein. Sie hat Angst und Leland ist so jung. Ich will für ihn da sein, während er aufwächst. Meine Familie hat mich schon mal beinahe verloren, ich will sie nicht noch einmal verlassen.«

»Fünf Jahre sind nicht für immer«, erinnere ich ihn. »Und wenn Pen dem König Bericht erstattet, melde ich mich auch über Funk.« Ich drücke seine Hand. »Ich erzähle dir alles.«

»Ich werde für jede Übertragung da sein«, verspricht er.

»Erinnere mich – erinnere mich bei jedem unserer Gespräche, wie Internment ist. Ich glaube, ich habe während meines Aufenthalts am Boden viele Einzelheiten vergessen.«

Er starrt mich lange an, wir sagen kein Wort. Aber als er meine Wange streichelt, falle ich gegen ihn und kneife die Augen zu, um die Tränen einzusperren.

»Ich liebe dich schon mein ganzes Leben lang«, sage ich.

Er legt die Arme um mich. »Ich liebe dich auch.«

Später verbringen Basil und ich in der sternenhellen Stille unsere letzte Nacht zusammen. Wir spekulieren nicht darüber, was in fünf Jahren aus uns werden wird. Wir stellen uns nicht die Dinge vor, die wir sehen oder wie wir uns verändern werden. Wir sagen nichts, kein Wort, und in der Dunkelheit finden sich unsere Körper. Seiner bittet um Erlaubnis, meiner gewährt ihm Einlass.

Es ist schmerzhaft und friedvoll und auf seine ureigene Weise auch befreiend. Wir ziehen den anderen so nah heran, wie wir können. Und dann lassen wir einander los.

23

Bevor die Sonne ganz aufgegangen ist, klopft es an unserer Schlafzimmertür. »Morgan?« Es ist Pens Stimme. Sie öffnet nicht die Tür. »Der König will uns in zehn Minuten unten sehen. Bist du wach?«

»Ja. Ich bin da.«

Basil und ich ziehen uns an. Ich trage ein weiteres von Celestes geliehenen Kleidern – weiß mit einem Lochmusterrock, eine rote Schleife schnürt das Oberteil zu –, und mir wird bewusst, dass es das einzige Kleidungsstück von Internment sein wird, das ich mit zum Boden nehme. Und es gehört nicht mal mir.

Die einzige andere Sache, die ich trage, ist mein Ring, der im Frühlicht matt glänzt. Basil und ich haben einander nicht das Versprechen gegeben, sie zu tragen. Ich weiß nicht, ob er seinen Ring bei meiner Rückkehr in fünf Jahren noch tragen wird. Ich weiß auch nicht, ob ich meinen noch tragen werde. Aber im Augenblick spendet er mir Trost.

Wir gehen die Treppe hinunter. König Azure wartet in der Lobby auf uns, Celeste an seiner Seite. Sie hält ihr Baby in der Armbeuge und reibt sich die geröteten Augen, als hätte sie die ganze Nacht geweint. Nach der Zeremonie ging sie ins Schlafzimmer ihrer Mutter und schloss die Tür. Sie wollte ihre letzten Stunden in dieser Stadt an der Seite ihrer Mutter verbringen. Schließlich war das die einzige Zeit, die ihnen noch bleiben würde.

Nimble, Pen und Thomas unterhalten sich leise in der Nähe. Also hat sich Thomas entschieden, Pen zu folgen. Das überrascht mich nicht. Er wüsste nicht, wie er ohne sie atmen sollte, und vermutlich ist das auch gut so, denn sie braucht ihn genauso sehr. Sie ist nur zu stolz, ihm das zu sagen. Ihm mitzuteilen, dass sie zum Boden fliegt, kam für sie fast schon der Bitte gleich, ihr zu folgen. Mehr wäre nie möglich gewesen.

»Habe ich dir es schon gesagt?«, fragt Celeste mich. »Mir ist ein Name für meine Tochter eingefallen. Zuerst dachte ich an Riles für Nims Bruder, aber Riley passt doch viel besser für ein Mädchen, findest du nicht?« Liebevoll streicht sie mit dem Finger über die Wange des Säuglings. »Es ist ein starker Name. Der Name eines Mädchens, das keine Ungerechtigkeit stillschweigend hinnehmen wird. Ein Mädchen, das falls nötig einen Aufruhr anzetteln wird.«

»Ich habe das Gefühl, das würde sie sowieso tun, ganz egal wie sie heißt«, antworte ich. »Schließlich ist sie deine Tochter.«

Das erste Mal seit Tagen sehe ich Celeste lachen. »Ja.«

• • •

Auf dem Weg zum Jet umgeben uns ein Dutzend Wachmänner. Der Flug wird sehr beengt werden, denn viele der Männer vom Boden kehren zusammen mit uns zurück.

»Ich entschuldige mich dafür, dass es kein großer Abschied wird«, sagt König Azure. »Ich wollte keine Zuschauermenge. Es ist nicht sicher für euch.«

»Eine Menge ist das Letzte, was jemand von uns will«, sagt Celeste.

Nim hält jetzt seine Tochter; er sieht beträchtlich ausgeruhter aus. Man hat ihn früh in sein Zimmer geschickt, mit einer Pille, die ihm schlafen helfen sollte. Es ist seine Aufgabe, uns nach Hause zu fliegen, und der König hat darauf bestanden, dass er bis zum Morgen nicht gestört wird.

Der Jet wartet auf der anderen Seite der Gleise auf uns, und Basil bleibt bei mir, bis wir die Einstiegsleiter erreicht haben.

Das ist es. Das ist in der Augenblick, in dem ich ihn verlasse.

Als wir Internment das erste Mal verließen und der Metallvogel in die Tiefe sank, bekam Pen plötzlich einen Panikanfall. Sie hätte alles getan, um auf Internment bleiben zu können, obwohl sie wusste, dass der Ausstieg aus dem Vogel den Tod bedeutete.

Jetzt verstehe ich diese Panik. Zum ersten Mal verstehe ich sie richtig. Die Endgültigkeit meiner Entscheidung überwältigt mich; ich will nicht gehen und habe schreckliche Angst. In fünf Jahren wird sich diese Stadt ohne mich verändert haben. Basil wird älter sein. Ich werde älter sein.

Wir werden beide gelernt haben, wer wir ohne den anderen sind.

Würde ich bleiben, könnte ich ihn morgen heiraten. Selbst ohne die Schlange könnten wir in fünf Jahren sogar ein Kind haben.

Ich könnte bleiben. Das könnte ich.

Aber ich würde mir das niemals verzeihen. Die Dinge, die ich an Internment liebe, würden sich in die Dinge verwandeln, denen ich übel nehme, dass sie mich zurückhalten. Und so sage ich: »Leb wohl.« Nicht nur zu Basil, sondern zu allem, was ich zurücklasse.

Er küsst mich kurz. »Leb wohl.«

Die Wärme seiner Lippen wird mir den ganzen Weg nach unten bleiben, davon bin ich überzeugt, genau wie der dumpfe Schmerz tief in meinen Hüften, der mich an die vergangene Nacht erinnert.

Alle anderen haben sich verabschiedet und den Jet bestiegen. Ich gehe als Letzte.

»Halt!«, ruft eine Stimme, als Pen und Celeste mich in die Türöffnung ziehen.

Einen sprachlosen Augenblick lang glaube ich, es ist Basil, der doch mitkommen will. Aber nein, die Stimme gehört ihm nicht.

Celeste kneift die Augen zusammen und drängt sich an mir vorbei. »Was willst du, Virgil?«

Ihr Ex-Verlobter stolpert über die Gleise und rennt dann auf uns zu. Er kommt nicht weit. Die Wachmänner treten in Aktion, aber es ist König Azure, der sich ihn schnappt und ihm die Arme auf den Rücken dreht. Virgil wehrt sich. »Ich wusste, dass du versuchen würdest, dich ohne mich wegzuschleichen. Ich verlange, mit dir zu gehen!«

Celeste reibt sich entnervt mit den Händen die Augen. »Wenn du den Boden kennenlernen willst, hast du dazu in fünf Jahren Gelegenheit. Allein.«

»Du kannst nicht ohne mich gehen«, ruft er. »Wir sind dazu bestimmt, zusammen zu sein. Ich wurde dazu geboren, dein Partner zu sein.«

»Was geschehen ist, ist geschehen. Wir haben uns nichts mehr zu sagen. Ich schlage vor, du schaffst dir deine eigene Zukunft. Ich breche auf, um mit meiner anzufangen.«

»Es gibt einen anderen, richtig?«, faucht er. »Ich wusste es. Die Lust hat dich um den Verstand gebracht!«

Celeste weicht nicht zurück. Sie ist kein Kind mehr, das zwischen die Mohnblumen laufen muss, um sich von ihm zu befreien. »Es gab immer eine andere. Mich!«

Sie knallt die Tür zu, der Riegel fällt.

Die Maschinen erwachen zum Leben, und ich eile zu dem winzigen ovalen Fenster, um einen letzten Blick auf Internment zu werfen, bevor es verschwunden ist. Sekunden später sind wir in Bewegung, und Basil ist zu weit von mir entfernt, um sein Gesicht erkennen zu können. Er steht still da und sieht mir nach, obwohl ihm der Staub und der Wind ins Gesicht wehen.

Und dann haben wir die Windbarriere durchbrochen, und als die Wolken hinter uns zurückbleiben, kann ich ihn nicht mehr sehen.

Pen und Celeste legen die Arme um mich, und wir sehen gemeinsam zu, wie unsere Stadt zu einem Schatten am Himmel wird. Dann ist auch er verschwunden.

»Wo wirst du nach unserer Landung hingehen?«, fragt Pen.

»Überall hin«, antworte ich.

Danksagungen

Wie immer danke ich meinen Eltern und meiner Familie, die mich stets unterstützt haben und meine ersten Fans waren. Und weil sie die Gedichte ertrugen, die ich in der Highschool schrieb. Vor allem danke ich meinen kleinen Cousins, die zu so großartigen jungen Lesern aufwachsen und mich stets darum bitten, ihnen meine Geschichten zu erzählen, wann auch immer Zeit dafür ist.

Ich danke meiner Agentin Barbara Poelle, deren Glaube an mich selbst nach diesen vielen Jahren noch nicht ins Wanken geraten ist. Du bist der Grund, warum man mich für eine gut geölte Schreibmaschine hält, wo ich doch in Wirklichkeit die Frau bin, die in der Toilettenkabine vor sich hinschluchzt. Ein Dank auch an Rachel Ekstrom für ihre Hilfe und literarischen Einsichten, als ich sie am dringendsten brauchte. Und weil sie so viel Zeit investiert hat, mir dabei zu helfen, die Dinge zu verstehen.

Ich danke dem Team von Irene Goodman für die überwältigende Unterstützung. Nicht nur für diese Geschichte, sondern für meine ganze Karriere – und nicht nur am Anfang, sondern auch schon zuvor. Und einen

Dank an meinen Lektor Jaime Levine, ohne den es dieses Buch nicht gegeben hätte, das können Sie mir glauben. Ich danke dir für die grenzenlose Geduld, die veganen Dinner und den Frozen Yogurt danach. Nicht zu vergessen die zahllosen Unterhaltungen, die die Flamme wieder entzündeten, nachdem ich glaubte, sie würde endgültig erlöschen.

Einen Dank an Harry Lam, den professionellen Alleswisser und Ausnahmegenie, der meine Ideen stets auf den Prüfstand stellt und mich dazu ermuntert, sie bis zum Ende zu durchdenken; du bist die größte Konstante in meinem Leben, und mir fehlen die Worte, um meinen Dank auszudrücken. Ich danke meinen Arbeitsehefrauen und Vertrauten Beth Revis und Aprilynne Pike; ihr seid der Humor in der hohlen Leere und all die kitschigen, überschwänglichen Dinge, mit deren Niederschrift ich aufgehört habe, als ich meine Poesiephase endlich hinter mir ließ. Also danke ich euch noch einmal herzlich.

Ferner danke ich: Laura Bickle und Aimée Carter für die großzügige Unterstützung, sowie Tahereh Mafi, deren Brillanz mich dazu inspiriert, besser zu werden. Leigh Bardugo, deren Bücher meine selbst gewählte Belohnung waren, wenn ich mein tägliches Schreibziel erreichte. Alexandra Cooper und Amy Rosenbaum, die von Anfang an an diese Geschichte glaubten.

Ich danke meinem Verleger Simon & Schuster BFYR, weil er damals ganz am Anfang ein Risiko mit einer unbekannten Autorin einging und mir so viele wertvolle Lektionen über die Industrie beibrachte, die ich den Rest meines Lebens mit mir tragen werde.

Und ich danke immer, immer und immer wieder meinen Lesern für ihre Loyalität, Wärme und ihr Lachen, das ich in den dunkelsten Stunden des Schreibens wie eine Laterne vor mir hertrage.

Eva Siegmund
Cassandra –
Niemand wird dir glauben

ca. 400 Seiten, ISBN 978-3-570-31183-7

Nachdem Liz und Sophie dem Sandmann entkommen sind, arbeitet Liz als Blog-Jounalistin bei Pandoras Wächter. Nach einem kritischen Artikel über die Abschaffung des Bargelds wird sie verhaftet – sie soll den Chef der NeuroLink AG getötet haben. Alle Beweise sprechen gegen sie – aber ist sie wirklich eine Mörderin? Als Liz verurteilt und aus Berlin verbannt wird, bleibt ihre Schwester Sophie in der Stadt zurück. Nun ist es an ihr, die Wahrheit herauszufinden, doch bald ist auch Sophie in Berlin nicht mehr sicher.

www.cbt-buecher.de